우리들의 롤러코스터 2

클로에 윤 장편소설

우리들의 롤러코스터 2

한끼
Han kki

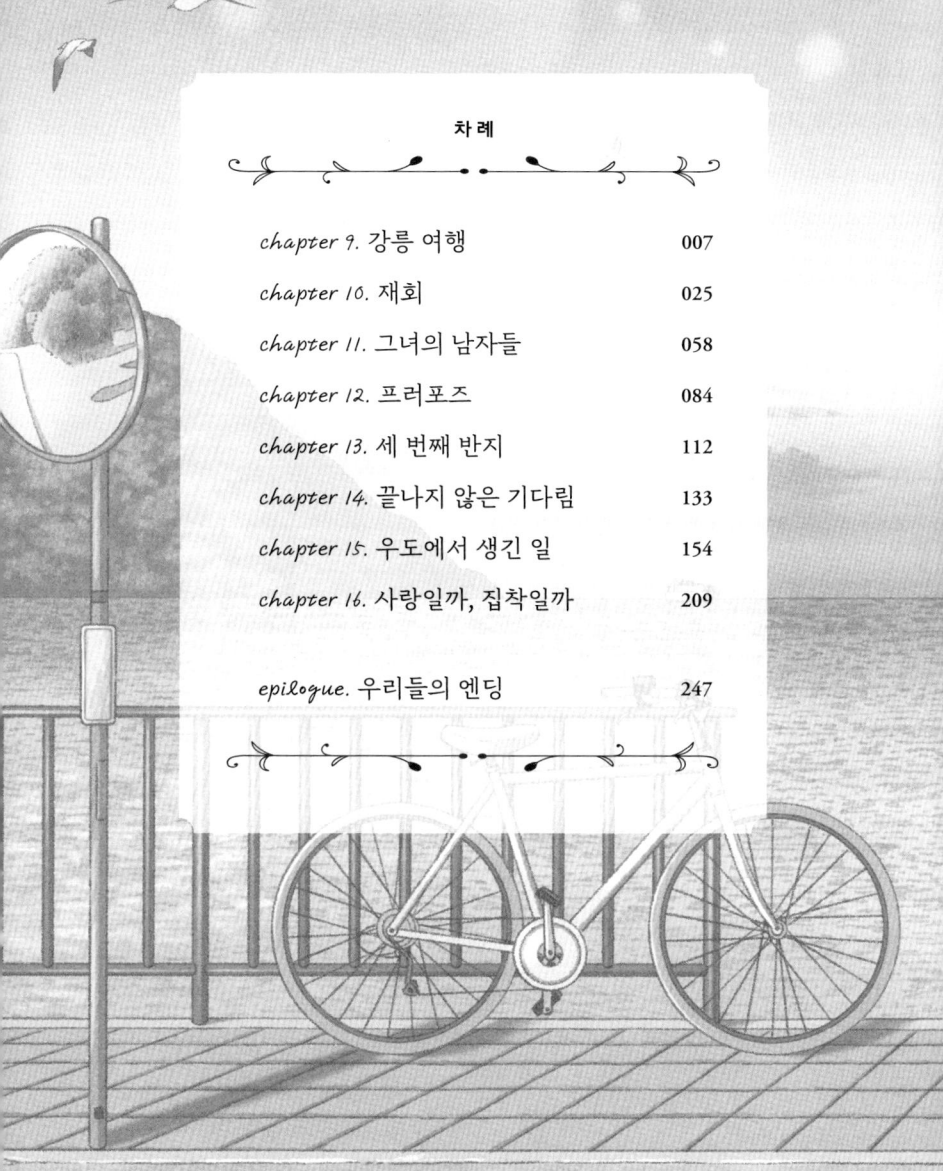

차 례

chapter 9. 강릉 여행   007

chapter 10. 재회   025

chapter 11. 그녀의 남자들   058

chapter 12. 프러포즈   084

chapter 13. 세 번째 반지   112

chapter 14. 끝나지 않은 기다림   133

chapter 15. 우도에서 생긴 일   154

chapter 16. 사랑일까, 집착일까   209

epilogue. 우리들의 엔딩   247

강릉 여행

    전율은 유에게 당분간 학교에 데리러 가지 못한다고 말했다. '중요한 일'이 있다고 했지만 그 중요한 일이 무엇인지는 말하지 않았다. 일주일 동안 SNS에는 전율이 어떤 여자와 함께 차에 타고 내리는 모습, 멋지게 꾸미고 어딘가로 바쁘게 걸어가는 모습이 찍힌 사진들이 떠돌았다. 화신고에서는 전율이 곧 보이그룹 데뷔를 앞두고 있다느니 하는 소문이 돌았고, 유의 친구들은 혹시 전율에게 다른 여자가 생긴 거 아니냐며 유를 다그쳤다. 하지만 유는 느긋하게 대답했다.

    "율이에게 여자는 나밖에 없거든."

    야간 자율 학습을 마친 유가 교문 밖으로 나오자, 정문 앞에 세

워져 있던 자동차의 라이트가 눈부신 빛을 쏟아 냈다. 차에서 내린 전율은 해맑게 웃으며 유의 손을 잡아끌었다.
"내가 오늘 너 납치한다!"
어리둥절한 유를 조수석에 앉히고 전율은 뒷좌석에 올라탔다. 차 안에는 박지오와 에스타도 있었다. 운전석에 앉은 남자를 유가 '누구세요?' 묻는 얼굴로 바라보았지만 그는 운전만 할 뿐이었다.
전율이 들뜬 얼굴로 말했다.
"유야, 안전벨트 맸지? 대디한테 소원권 써서 이틀 동안 너를 빌렸어. 이럴 땐 카트라이더 한 보람이 있다니까."
윤 사장은 내키지 않는 듯 흠흠 헛기침을 했지만, 이연희 여사가 "소원을 들어주지도 않을 거면 율이랑 게임도 하지 말아야죠!"라며―빌려 가 봤자 별로 쓸모도 없는―딸내미의 외박을 흔쾌히 허락해 주었다.
차는 빠르게 학교 앞을 벗어났다. 몸을 바짝 앞으로 기울인 전율이 유의 귀에 대고 말했다.
"신 대표가 이번에 엔터테인먼트 회사 차리는데 자기네 오디션에 참가하면 강릉 리조트 빌려주겠다고 해서 그거 준비하느라 바빴어. 나 오디션에 1등으로 붙었거든? 근데 계약 조건에 여자친구 사귀면 안 된다는 게 있더라고. 연예인 되면 너랑 헤어져야 한다고 해서 다 때려치웠어. 그래도 약속대로 리조트는 빌려주겠대."
"신 대표?"
"응. 신은서."
신세기의 누나인 그녀는 유와 함께 병문안을 갔던 그날 병원에서 전율에게 오디션을 제안했다. 세계적인 아이돌로 키워 주겠다며 거액의 계약금을 제시했고, 해외 연수까지 보내주겠다고 했다. 그런데 막상 계약서를 읽어 보니 어떤 연애 스캔들도 허락하지 않는다는 조건이 붙었다. 전율은 그 조건이 무엇을 의미하는지 알고 있었다. 그래서 모든 걸 포기하고 유에게 돌아온 것이다.

"원래 너랑 둘이 가려고 했는데 이것들이 먼저 차에 타는 바람에 끌어 내리질 못했어. 아무튼 오늘은 나만 믿어!"

유는 자신이 타고 있는 차가 신세기의 차—비 오는 날 좌석 등받이가 눕혀졌던 차—라는 걸 200킬로미터의 거리를 달리고 나서야 알았다.

새벽 1시. 경포대 해수욕장에 내린 박지오와 에스타는 환호성을 지르며 파도가 철썩이는 밤바다를 향해 달려갔다. 유는 전율의 손을 잡고 해변을 걸었다. 전율은 자신의 후드 점퍼를 벗어 유에게 입혔다. 10월의 밤공기는 서늘했지만 답답한 가슴이 뻥 뚫리는 것 같았다.

유와 전율은 백사장에 앉아 박지오와 에스타가 노는 걸 지켜보았다. 두 사람은 서로를 바다로 밀치다가 파도에 넘어졌고, 넘어진 상태에서도 못 일어나게 하려고 누르고 잡아당겼다. 그 모습을 보는 유의 입가에 웃음이 번졌다.

"유야, 그렇게 웃겨? 날 보고 웃어야지, 왜 저것들을 보고 그렇게 좋아 죽어?"

"그냥 보고만 있어도 즐거워."

머리부터 신발까지 물에 젖은 두 사람이 슬금슬금 다가왔다. 전율은 갈아입을 옷이 없으니 다가오지 말라며 경고했고, 박지오는 질색하는 전율의 몸을 꽉 끌어안았다. 그들의 목표는 전율이 아니었다.

"김별! 지금이야!"

멀뚱멀뚱 서 있던 유의 몸이 공중으로 붕 떠올랐다. 에스타는 유를 번쩍 안아 들고 바다를 향해 달렸다.

박지오가 물귀신처럼 전율에게 매달려 있는 동안 에스타는 유와 함께 파도를 맞았다. 높은 파도는 에스타의 마음을 대변하듯 두 사람을 집어삼켰다. 유는 에스타의 목을 힘껏 끌어안았다.

"무서워."

에스타는 그녀의 몸을 안고 아름답게 미소 지었다.

"걱정 마. 안 놓을게."

그러는 사이 박지오를 패대기치고, 파도 속으로 걸어 들어온 전율은 에스타에게서 유를 빼앗았다. 응징이라도 하듯 에스타를 바다로 힘껏 밀어 넣었고, 박지오와 에스타는 한편이 되어 전율을 넘어뜨렸다. 파도는 쉴 새 없이 밀려와 그들을 적셨다.

먼저 백사장으로 나온 유는 앉아서 바다를 보았다. 인생에서 빛나는 최고의 순간을 꼽으라면 주저 없이 지금, 이 순간을 꼽을 것이다. 세 사람과 함께하는 매 순간은 늘 반짝거렸으니까.

에스타가 유의 옆에 와서 앉았다. 그는 유의 어깨를 가볍게 안았다. 어둠 속에 맞닿아 있는 바다와 하늘은 구분되지 않았지만 그곳에는 분명한 경계가 있었다. 결코 만날 수 없는 바다와 하늘을 보며 에스타는 희미하게 웃었다.

"우리는 앞으로 어떻게 되는 건지 누가 좀 알려 줬으면 좋겠다."

이렇게라도 모두가 함께할 수 있어서 행복하다면 이기적인 걸까. 유는 어깨를 감싸고 있는 에스타의 손을 잡고 말했다.

"사랑은 상대방을 위해서가 아니라 자신을 위해서 하는 것인지도 몰라. 누구를 어떤 방식으로 얼마나 많이 사랑했는가보다는 '사랑을 했다'라는 사실이 더 중요한 건지도…. 사랑하는 마음만으로도 충분히 완벽하니까."

멀리서 물에 젖은 전율이 달려왔다.

"김별! 유 옆에서 1미터 떨어져!"

어느덧 시간은 벌써 새벽 2시였다. 몸이 으슬으슬 떨리기 시작했으므로 서둘러 새 옷으로 갈아입어야 했다. 네 사람은 경포대 앞 제일 큰 24시 편의점에서 현란한 무늬의 남성용 반바지와 더 현란한 무늬의 티셔츠를 사 들고 해변과 1킬로미터쯤 떨어져 있는 리조트로 걸어갔다.

방은 두 개였다. 전율이 유를 따라 들어가려고 하자 박지오가 목덜미를 잡았다.

"전율, 넌 이쪽이야, 인마."

유는 혼자 방을 차지하고 뜨거운 물로 샤워를 했다. 편의점에서 남성용 드로즈는 세 개에 한 세트로 팔았지만 브래지어는 팔지 않았다. 유는 젖은 교복과 속옷을 빨아서 널고 편의점에서 산 형광색 핫팬츠와 민소매 티셔츠를 입고 침대에 누웠다.

전율, 박지오, 에스타는 컵라면에 물을 부었다. 파도 소리가 드문드문 들리는 방 안에서 컵라면을 앞에 두고 나누는 그들의 대화는 어느 때보다 진지했다.

"김별, 너 해 봐서 알잖아. 다른 여자 만나는 동안에는 유 생각 안 할 수 있냐? 그럼 나도 다른 여자 좀 만나 보게."

박지오의 질문에 에스타가 대답했다.

"결과만 말하자면 난 실패. 다른 여자 100명 만나도 유 얼굴 한 번만 다시 보면 원래대로 돌아와. 모르지. 넌 쉽게 정리할 수 있을지도."

전율이 끼어들었다.

"그런 이야기는 나 없는 데서 좀 해 줄래?"

박지오는 덜 익은 컵라면을 젓가락으로 쿡쿡 찔렀다.

"전율 볼 때마다 좀 안쓰러웠어. 도대체 윤유가 뭔데 사람을 잠도 못 자게, 밥도 못 먹게 만드나 의아했거든. 근데 가끔 유가 쏜 거에 한 방씩 맞으면 정신이 나가더라고. 이걸 어떻게 설명해야 하지? 뭔가 나한테 이상한 걸 쏴."

전율은 덜 마른 머리카락을 쓸어 넘겼다.

"이번 기회에 호적 정리를 좀 하자. 박지오, 너 처음에 뭐라 그랬어? 정정당당하게 고백하고 유가 날 선택하면 깨끗하게 물러난다며. 근데 지금 뭐야. 겁나 질척거리는 거. 그리고 김별! 너도 차라리 박지오처럼 고백해 버리고 시원하게 차이든가. 네가 할 말 많은 더러운 눈빛으로 유 쳐다보는 거 짜증 나거든? 다 정리해. 안 그럼 친구고 뭐고 없어."

에스타가 소시지 껍질을 벗기면서 말했다.

"내 눈빛이 어때서? 그리고 나 유한테 고백했어."

처음 듣는 소리에 박지오의 눈이 커졌다.

"뭐? 진짜? 언제? 뭐라고 고백했는데? 유가 뭐래?"

"뭘 뭐래. 차였지."

"오케이. 그럼 깔끔하게 가위바위보 하자."

전율은 들고 있던 버터구이 오징어로 박지오의 입을 때렸지만 박지오는 아랑곳하지 않고 주먹을 내밀었다.

"셋 다 고백했으니까, 1대 0대 0. 삼세판은 해야지. 가위바위보 한 번만 해 보자. 이번에도 전율 네가 이기면 정리할게."

"어. 해, 그럼."

세 친구는 유를 두고 가위바위보를 하는 지경까지 이르렀다. 그건 승패와 상관없이 불완전한 길 위에서 방황하는 자신들을 위로하기 위한 최선의 방법이었다. 도착점이 없다는 걸 알면서도 그녀 곁을 빙글빙글 맴돌아야만 하는 전율, 박지오, 에스타의 눈물겨운 분투인 것이다.

첫판은 박지오가 이겼다.

"1대 1대 0!"

이번에도 박지오가 이겼다.

"5판 3승!"

전율이 굴복하지 않고 두 판 더를 외쳤다. 끝을 모르는 가위바위보는 그 밤 내내 계속되었다.

다음 날 느지막이 일어난 세 친구는 아침 겸 점심을 먹기 위해 밖으로 나왔다. 그들은 편의점에서 산 옷이 꽤 잘 어울렸다. 새롭게 유행하는 스타일인 양 트로피컬 꽃무늬의 화려한 셔츠와 반바지가 시선을 사로잡았다. 셋이 그러고 있으니 경포대가 아니라 남태평양 휴양지에 온 것 같았다. 먼저 나와서 떠들던 그들은 뒤늦게 나온 유를 보고 말을 멈추었다.

"왜…. 나 이상해?"

속옷은 적당히 말랐는데 빨아 널었던 교복은 여전히 물이 뚝뚝 떨어졌다. 어쩔 수 없이 어제 입고 잔 형광색 핫팬츠와 소매 없는 티셔츠를 입고 나왔더니 영 어색했다. 평소 같으면 유의 옷차림을 보고 제일 먼저 한마디 했을 박지오가 오늘따라 그녀를 쳐다보지도 않았다.

유는 해변을 따라 앞서 걷는 박지오의 옆으로 가서 슬쩍 팔을 당겼다.

"지오야, 너 화났어?"

"야! 씨. 깜짝이야. 만지지 마!"

뒤를 돌아본 전율과 에스타는 한심하다는 표정을 짓고는 점심 메뉴를 상의했다.

"내가 어제 뭐 실수한 거 있어? 컵라면 먹으러 안 가서 그래?"

지난밤 박지오는 유에게 컵라면을 먹으러 오라고 전화했다. "오기 귀찮으면 우리가 갈까요?" 하고 묻는 그에게 유는 속옷을 안 입고 있어서 못 간다고 말했다. "다 젖어서 빨아 널었어"라는 말이 끝나기도 전에 그는 전화를 끊어 버렸다. 박지오는 듣는 순간 상상해 버린 본인의 천재적인 상상력에 분노가 일었다. 그래서 제일 먼저 샤워를 하고도, 찬물로 샤워를 한 번 더 했다.

"내 몸에 허락 없이 손대지 마라."

평소에는 누나라고 부르면서 화가 나면 '너'라고 부르는 박지오의 버릇을 유는 알고 있었다.

"반말하는 거 보니까 화난 거 맞는데….'

"몰라! 너 저리 가. 전율! 네 여친 데려가!"

유는 고개를 갸우뚱했다. 원래 남자들은 시즌마다 인격이 바뀌나? 계절이 바뀌면 호르몬도 급격하게 변하는지, 에스타 다음엔 박지오 차례인 것 같다.

전율은 해변에 있는 마트에서 화려한 무늬가 그려진 긴 원피스를 사서 유에게 입혔다. 그들은 밥을 먹고 백사장에 자리를 잡았다. 모래놀이를 하기도 하고, 누워서 일광욕을 하기도 했다. 늦은 오후에는 카페에서 수다를 떨었고, 해가 질 무렵에는 음악을 틀어 놓고 춤을 추었다.

하와이안 패션의 친구들은 어딜 가나 눈에 띄었다. 전율, 박지오, 에스타가 노는 걸 지켜보던 유는 문득 세 사람 사이에 자신이 잘못 끼어 있는 것 같은 기분이 들었다. 나 때문에 혹시라도 저 아이들의 우정에 금이 간다면 나는 나를 용서할 수 있을까? 에스타의 질문이 머릿속에 둥실 떠올랐다.

"우리는 앞으로 어떻게 되는 걸까?"

언제까지 이렇게 줄다리기를 하며 균형을 유지할 수 있을지 알 수 없었다. 줄이 끊어지거나 한쪽으로 심하게 당겨지면 우리가 함께했던 이 모든 시간과 행복했던 추억들이 한순간에 사라져 버리게 될까 봐 겁이 났다. 유는 네 사람 중 빠져야 할 한 사람이 있다면 그건 바로 자신일 거라는 생각을 했다. 그녀의 마음속에 '끝'이 자리를 잡게 된 건 그날부터였다.

유가 화장실을 간 사이 짧은 원피스를 입은 여자 두 명이 박지오와 에스타에게 말을 걸어왔다. 평소 같았으면 꺼지라고 했을 박지오가 웬일인지 같이 놀자는 그녀들의 제안에 흔쾌히 응했다.
근처 조개구이 가게로 들어간 그들은 야외에 있는 테이블에 둘러앉았다. 여자들은 스무 살이라고 했고, 세 친구도 스무 살이라고 소개했다.
"쟤는 열아홉."
박지오가 유를 가리켰다. 틀린 말은 아닌데, 유는 기분이 이상했다.
조개가 타닥타닥 익어 갔다. 처음 만난 사이에 오갈 법한 대화가 이어졌다. 다니는 학교, 전공, 사는 곳, 놀러 오게 된 계기. 수많은 대화 속에 진실은 10분의 1밖에 되지 않지만 여자들은 첫 만남에 모든 걸 알고 싶어 했고, 박지오와 에스타의 거짓말은 막힘이 없었다.
박지오의 목소리는 평소보다 컸다.
"역시 어린 애보다는 너 같은 여자가 내 취향이야."

"나 같은 여자? 어떤 여잔데?"

그녀 역시 나이를 속인 건지도 모른다. 스무 살이라고 하기에는 또래의 어설픔이나 풋풋함이 느껴지지 않을 만큼 성숙했다. 니트 소재로 된 파란 원피스는 몸매를 드러내는 디자인이어서 풍만한 가슴골이 훤히 들여다보였다. 박지오는 그곳에서 시선을 떼지 않고 말했다.

"아무 데서나 자면 위험하겠어. 너도 북 카페 같은 데서 널브러져 자거나 그러진 않지?"

오늘 막 나가기로 작정했는지 그는 아무 말이나 계속 떠벌렸다.

"내가 메추리알 까 줄까? 입 벌려 봐. 너도 새끼 메추리 닮았나 보게."

학교 앞에서 혼자 살고 있다는 그녀는 박지오에게 물었다.

"내 방으로 2차 갈래?"

박지오는 유를 쳐다보면서 대답했다.

"그래, 좋지."

박지오가 동급생이 아닌 '여자'를 상대하는 모습이 유에게는 낯설었다. 무슨 대단한 이야기를 하는 것도 아닌데, 여자들은 감탄하며 웃고 박수를 쳤다. 반면에 에스타는 말을 많이 하지 않아도 그 모든 게 가능했다. 전율이 가장 싫어하는, 일명 '여자 홀리는 더러운 눈빛'—이라고 말하지만 사실은 묘하게 퇴폐적이고 매혹적인 눈빛—으로 상대를 바라보기만 해도 여자들은 얼굴을 붉혔다.

"별아, 너처럼 괜찮은 애가 왜 여자친구가 없어?"

여자의 질문에 에스타는 무심한 듯 대답했다.

"여자한테 별로 관심 없어요."

음료수를 마시던 유는 가볍게 기침을 했다.

전율은 젓가락을 테이블에 탁 내려놓고 자리에서 일어났다. 이놈이나 저놈이나 도저히 못 들어 주겠다. 유치한 연극을 하는 이유가 유 때문이라면 그들의 눈앞에서 유를 데리고 사라져 주는 수밖에 없었다.

유는 나가려는 전율의 팔을 붙잡았다.

"율이… 오빠, 어디 가요?"

당장이라도 나갈 것처럼 일어섰던 전율은 오빠라고 부르는 유의 존댓말에 웃음을 터트렸다.

"윤유, 너 방금 뭐랬어? 오빠? 하하하."

그 말이 뭐가 그렇게 웃긴지, 박지오와 에스타가 만들어 낸 B급 분위기 탓에 저조했던 전율의 기분이 갑자기 확 좋아졌다. 유는 일어선 채로 폭소하는 전율을 보며 난처한 표정을 지었다. 오늘은 셋 다 상태가 정상은 아닌 것 같다.

전율은 냉큼 자리에 앉았다.

"여기 계속 있어야겠다. 그래야 윤유한테 오빠 소리 듣지."

목적도, 의미도 없는 식사를 마쳐갈 때쯤 박지오는 소주잔을 입으로 가져갔다. 유는 놀라서 손을 뻗었다.

"저기… 지오 오빠, 술… 마셔도 되는 거예요?"

코웃음을 치고 단숨에 털어 넣은 박지오는 유를 똑바로 쳐다보며 말했다.

"이거 물이야. 그리고 넌 나한테 말 걸지 마. 오늘은 네 목소리

안 듣고 싶어."

이유를 알 수 없는 차가움에 유의 얼굴에는 걱정과 곤혹스러움이 드러났지만 전율은 오히려 후련하다는 듯이 끝나 가는 자리를 즐겼다.

"아까부터 궁금했는데 율이 목걸이 독특하다."

에스타는 옆에 앉은 여자에게 친절히 설명해 주었다.

"저 목걸이는 유가 채워 놓은 거예요. 저 애가 순진해 보여도 들개 조련은 끝내주게 하거든."

"들개 조련? 그건 뭐야?"

"야생동물 조련 같은 건데, 말 안 듣게 생긴 놈들을 살살 꾀어서 애완동물로 삼는 거예요. 죽을 때까지 주인만 섬기도록."

"대단한 능력이네. 나도 배워 보고 싶다."

"배워서 되는 게 아니라 타고나야 해요."

쨍그랑, 소주잔이 바닥에 떨어졌다. 파란 원피스를 입은 여자가 박지오의 무릎 위에 올라가 목을 끌어안았다. 박지오는 적극적인 그녀의 스킨십을 피하지 않고 받아들였다. 굴곡진 몸을 따라 손을 흘려보내며 그녀와 어른스러운 키스를 나누었다.

"유야, 난 일편단심이다"라고 말하면서 환하게 웃던, 소년과 남자의 중간쯤 되는 얼굴을 가진 그는 사라지고 없었다. 유는 그가 변한 게 자신의 탓인 것만 같아 마음이 아파 와서 고개를 들 수가 없었다. 전율은 유의 손을 잡았고, 유는 전율을 따라 식당 밖으로 나왔다.

전율과 유가 나간 뒤 박지오는 파란 원피스의 그녀를 떼어 냈다. 자기혐오와 환멸이 밀려들기도 전에 에스타의 질책이 먼저 날아들었다.

"유 표정 봤어? 그러면 기분이 나아질 거라고 생각해?"

박지오는 크게 한숨을 내뱉었다. 가슴속에서 무언가 울컥 올라와서 눈꺼풀이 뜨거워졌다. 이러고 싶지 않은데, 왜 이러고 있는 건지 본인도 알 수가 없었다. 사랑을 했을 뿐인데, 뭔가 잘못하고 있는 것만 같은 기분. 용서를 빈다면 누구에게 빌어야 하는지도 모르겠다.

파란 원피스의 그녀가 한 잔 더 하러 가자며 박지오의 팔을 잡았다. 그는 최대한 정중하게 "꺼지세요"라고 말했다. 오늘이 지나면 이름도, 만났다는 사실조차도 잊어버릴 여자들은 떠났다. 입안을 소주로 헹구고 자갈이 깔린 바닥에 퉤 뱉었다. 조개구이를 먹다가 키스라니. 위생과 청결에 예민한 박지오는 헛구역질을 억지로 참았다. 이런 짓을 수없이 반복하고도 멀쩡한 에스타가 대단하게 느껴졌다.

박지오는 흐려진 눈빛, 약간은 지친 목소리로 에스타에게 물었다.

"김별, 넌 이대로도 괜찮다고 생각해?"

에스타는 고민 없이 그렇다고 대답했다.

"전율이랑 유 옆에 그냥 이대로 있는 게 맞는 건지 난 모르겠어."

"나도 처음엔 아니라고 생각했어. 그래서 둘 다 안 보려고 작정하고 미친 듯이 다른 곳에 집중했어."

"그런데?"

에스타의 나른한 목소리가 공기 중에 서서히 번졌다.

"그러면 그럴수록 괴로웠고, 내가 아닌 내 모습으로 겉도는 기분이었어. 이제는 유를 갖지 못해도 이 관계를 지킬 수 있다면 이대로도 괜찮다는 생각이 들어. 균형을 유지하려고 노력하는 건 나뿐만이 아니라는 걸 알게 됐어. 유도 나름대로 최선을 다해 너랑 나를 받아 주고 있다는 걸."

에스타의 말에 귀 기울이던 박지오는 그가 한 말의 의미를 파악했는지 아닌지 모를 표정으로 핀잔을 늘어놓았다.

"웃기고 있네. 언제부터 생각 같은 거 하면서 살았다고."

"만약 유가 나를 사랑하게 된다면 엄청 실망할 것 같아. 나같이 별 볼 일 없는 놈을 선택한다는 건 유도 별 볼 일 없는 여자라는 뜻이거든. 남자 보는 눈이 없는 여자는 매력 없어. 그런데 유는 달라. 유가 나를 선택할 가능성은 전혀 없어. 나처럼 나약하고 비겁한 놈이랑은 어울리지 않는 용감하고 강한 여자거든. 그게 내가 유를 사랑하는 이유이기도 하고."

"무슨 말인지는 알겠는데 정신적인 사랑만 하기엔 육체가 너무 건강해서 힘들다는 거야. 유 옆에서 이렇게 사랑하는 것도 하라면 평생 할 수 있을 것 같아. 그런데…."

박지오는 절친에게 자신의 심정을 숨김없이 털어놓았다.

"솔직히 말하면 안고 싶고, 키스하고 싶어. 가끔은 그 이상도 상상해. 그런 상상을 하고 나서 유의 얼굴을 마주할 때 내 기분이 어떤지 모를 거다. 아무렇지 않게 대해야 하는데 아직 그 정도로 뻔뻔하지가 않아."

머리카락을 부여잡는 친구의 괴로움을 이해한다는 듯 에스타는 박지오의 어깨를 툭툭 두드리며 은근히 놀렸다.

"그러게 아까 파란 원피스 따라가지 그랬어. 딱 네 취향이던데?

가슴도 크고."
"취향 바뀐 지가 언젠데."
"허리에 손까지 올리던 새끼가."
"윤유가 나의 전부가 아니라는 걸 보여 주고 싶어서 그랬어."
"실패네."
"응. 완전 실패."
박지오는 전율과 유가 숙소로 돌아가는 걸 막아야 한다며 식당을 뛰쳐나왔다.
그 시간 유와 전율은 해변에 앉아 아이스크림을 먹었다. 우울해하는 유에게 아이스크림을 사 준 전율은 미래에 대한 진지한 이야기를 하자면서 아기는 몇 명 낳을지, 이름을 뭐라고 지을지, 신혼집 마당에 토끼를 키우는 건 어떤지와 같은 이야기를 신이 나서 떠들어 댔다.
전율은 유의 손을 움켜쥐고 만지작거리며 말을 꺼냈다.
"곰곰이 생각해 봤는데, 아무래도 너랑 같이 있으려면 나도 대학을 가는 게 좋을 것 같아."
말하고도 쑥스러운지 먼 바다 한 번 쳐다보고 발끝으로 모래를 팠다.
"조금 어렵겠지만 도전은 해 보려고. 그러니까 네가 나를 좀 도와줘. 공부 같은 거 해 본 적 없어서 뭐부터 어떻게 해야 하는지 잘 모르겠더라고. 전교 1등 여친 만날 줄 알았으면 공부 좀 해 놓을걸. 이제 도서관도 같이 다니고, 그리고 또…."
전율이 상상의 나래를 펼치고 있을 때, 멀리서 후다닥 달려온 박지오가 유의 옆자리에 털썩 앉았다.

"유야, 오빠도 아이스크림 한 입 줘. 아."

유는 숟가락으로 아이스크림을 푹 떠서 박지오의 입에 넣었다. 그걸 본 전율은 유의 숟가락을 뺏더니 자신의 것과 바꾸었다. 유는 "네가 먹던 건 나만 먹을 수 있어"라는 전율의 말을 흘려들으며 박지오에게 물었다.

"이제 화 풀렸어?"

"아까처럼 '지오 오빠, 화 풀렸어요?' 이렇게 물어봐. 그러면 대답해 줄게."

유를 내려다보는 건방진 박지오의 머리카락이 바람에 흩날렸다.

"오빠 같은 소리 하고 있네. 유한테 누나라고 불러."

전율이 뭐라고 하자 유는 편한 대로 불러도 괜찮다고 말했다.

"그럼, 자기라고 불러도 돼?"

에스타의 물음에 전율과 박지오의 입에서 동시에 욕이 튀어나왔다.

바다를 바라보던 세 남자는 편의점에서 폭죽을 사 왔다. 넓은 해변에 하트 무늬로 폭죽을 꽂은 뒤 불을 붙였다. 어두운 밤하늘로 날아간 불꽃은 그리 높지 않았지만 예뻤다. 각자의 옆에서 웃고 있는 전율, 에스타, 박지오의 얼굴처럼 빛났다.

전율은 놀이공원으로 소풍 갔던 날, 롤러코스터가 가장 꼭대기에 올랐을 때와 같은 목소리로 크게 외쳤다.

"유야, 사랑해!"

박지오와 에스타도 큰 소리로 외쳤다.

"나도 사랑해!"

유가 수줍게 답했다.

"사랑해."

처음으로 넷이 사진을 찍었다. 네 사람은 각자의 방식으로 이 순간을 마음속 깊이 새겼다. 그리고 그 사진은 8년째 전율의 침대 머리맡을 지키고 있었다. 오지 않을 한 사람을 기다리면서.

재회

8년 뒤, 현재.

감미로운 재즈 피아노 선율이 흐르는 거실에서는 박지오와 에스타가 손에 술잔을 들고 대화에 빠져 있었다.
"마리라는 여자가 유랑 그렇게 닮았어?"
에스타의 물음에 박지오가 고개를 끄덕였다.
"그렇다니까. 피카츄는 관심 없다고 잡아떼지만 둘이 저녁까지 먹은 걸 보면 유를 대신하려는 게 분명해."
"어떻게 생겼는지 궁금한데? 한번 보고 싶다."
"유보다는 똘망똘망하지. 맹한 느낌은 없어."
에스타는 추억에 잠긴 듯 미소를 지었다.

"유는 어린애 같은 표정이 귀여웠는데…. 웃을 때도 예뻤지만 찡그리는 표정이 더 예뻤어."

"걔도 지금 스물일곱 살이야. 언젠가 옆을 지나쳤는데 못 알아본 걸지도 몰라. 혹시 알아? 살쪄서 투실투실한 아줌마가 됐을지."

마리를 데려다주고 오피스텔로 돌아온 전율은 옷을 갈아입고 거실로 나왔다.

"회사 여직원이 유랑 그렇게 닮았어?"

에스타의 물음에 전율은 고민도 없이 대답했다.

"아니. 전혀."

"그럼, 오늘 그 여자랑 저녁 먹은 건 뭐야?"

"그냥 먹었어."

이번엔 박지오가 웃으면서 떠보았다.

"너 여태껏 여자랑 밥 먹은 적 없잖아. 근데 왜 마리랑은 먹었어? 역시 잘해 볼 생각이 든 거야?"

꼬치꼬치 물어 오는 친구들 때문에 전율은 버럭 짜증이 났다.

"네놈들이 이딴 식으로 귀찮게 하니까 내가 여자랑 밥을 안 먹는 거야!"

전율은 유가 떠나고 6개월 뒤 처음으로 그녀의 소식을 들었다. 유의 어머니가 사진을 한 장 보내왔다. 호주의 한 의과 대학 입학식 사진이었다. 긴 머리를 짧게 자른 사진 속 유는 활짝 웃고 있었다. 전율은 그 사진을 받고 6개월 동안 참았던 눈물을 다 쏟아 냈다. 그리고 열병으로 일주일을 앓았다.

유가 뭐라고 거짓말을 했는지는 모른다. 시간이 흐르며 자연스럽게 멀어졌다고 생각한 이연희 여사는 혹시나 하는 마음에 사진을 보낸 것이다. 윤지와 지현에게까지 말하지 않고 떠난 유는 모두를 버렸다. 전율은 그녀를 용서할 수 없을 것만 같았지만 다시 만날 수 있기를 날마다 바랐다.

"사랑아, 오늘 어떤 게임을 하는지 선생님께 설명 들었니?"
"네, 누나. 내가 잠들면 꿈속에 나타나서 나를 괴롭히는 괴물을 혼내 줄 거죠?"
"응. 그럴 거야. 우리 사랑이 아프게 하는 나쁜 괴물을 저기 캡틴 아메리카 가면 쓴 선생님께서 무찔러 주실 거니까 한숨 푹 자고 나서 다시 만나자."

유는 헐렁한 환자복을 입은 아이의 손을 잡고 수술실로 들어갔다. 휴 세인트 병원 인턴 6개월 차인 유가 수술실에서 맡은 일은 뇌종양 수술을 앞둔 어린 환자의 머리카락을 깎는 일이었다. 가늘고 부드러운 머리카락을 면도칼로 조심스럽게 걷어 내면서 최대한의 집중력을 모아 상상했다. 이 작은 아이가 놀이터에서 뛰어노는 모습, 유치원 가방을 메고 씩씩하게 걷는 모습을. 수술이 끝나고 나면 지금까지의 아픔이 꿈이었던 것처럼 개운하게 기지개를 켜고 일어나 따뜻한 햇살을 맞게 될 것이다.

호주의 의과 대학에 입학한 유는 6년간의 공부를 마치고 한국으로 돌아왔다. 의사 면허를 취득하자마자 휴 세인트 병원에서 인턴

생활을 시작했다. 의사로서 유의 강점은 '평정심'이었다. 오래전에 길을 잃은 마음은 긴장, 설렘, 초조, 떨림 등의 감정을 정교하게 차단했고, 유의 손끝은 심장 없는 기계처럼 오차가 없었다. 사귀던 남자에게 프러포즈를 받을 때도 감동보다 난처함이 밀려왔다.

유가 병원에 갓 들어왔을 때 전문의 과정을 마치고 소아과를 개원한 선배가 사귀자고 고백했다. 유는 아무 생각 없이 고개를 끄덕였고, 그는 사귄 지 6개월 만에 프러포즈했다. 그에게 받은 청혼 반지는 유의 가방 속에 있었다.

3일간의 고단했던 병원 일을 마치고 퇴근하는 날, 유는 병원 앞에서 기다리고 있던 흰색 벤틀리에 올랐다. "밥부터 먹을까?" 묻는 그의 말에 유는 고개를 저었다.

"씻고 싶어요. 집에 먼저 갈래."

운전석에 앉은 사람은 신세기였다. 신세기는 피곤에 지친 유가 집까지 편안히 갈 수 있도록 부드럽게 차를 몰았다. 출발한 지 얼마 되지 않았을 때 유의 휴대폰이 울렸다. 며칠 전에 프러포즈한 남자친구의 전화였다.

"네, 선배. 오늘은 제가 피곤해서요. 죄송해요. 내일 만나서 이야기해요."

한 톤 낮아진 목소리, 손으로 얼굴을 가리고 있어도 난감해하는 표정이 눈에 선하다. 통화가 끝난 뒤 창밖을 바라보는 유의 눈동자 속에는 아무것도 담겨 있지 않았다. 신세기는 습관처럼 목에 걸린 목걸이를 만지작거리는 그녀를 보면서 옅은 한숨을 내쉬었다. 고등학생 때나 지금이나 똑같다. 그녀의 미지근한 태도는 쉬운 문제를 어렵게 만들었다.
"남자친구를 왜 피해?"
"생각할 시간이 필요해서요."
"좀 더 솔직하게 행동해. 그리고 그 열쇠, 돌려줄 거 아니면 버려. 아님 다시 돌아가든가."
가늘게 꼬인 붉은 실 목걸이에는 열쇠가 걸려 있었다.
"이제 와서 어떻게…. 나 율이 얼굴 볼 자신 없어요."
아름다웠던 시간은 마른 장미 꽃잎처럼 부서져서 흔적도 없이 사라졌다. 그들의 기억 속에 더 이상 '윤유'라는 존재는 없을 것이다. 각자 새로운 사랑을 만나 그녀가 모르는 그들만의 세계를 만들어 가고 있을 테니까. 이제는 입지 않는 낡은 교복처럼 학창 시절의 추억이 되어 버린 자기 자신을 마주하는 게 두려웠다.
"너 그 남자랑 결혼이라도 할 거야?"
"오빠는 내가 어떻게 했으면 좋겠어요?"
유의 질문에 신세기는 웃음을 터트렸다.
"네가 어떤 결정을 하든 나와는 상관없어."
집 앞에 도착한 차 안에는 침묵이 흘렀다. 신세기는 재킷 안주머니에서 명함 한 장을 꺼내 유에게 건넸다. 유는 명함을 받아 들었다.
"전율 연락처야. 네가 알아서 해."
고등학교 졸업식 다음 날, 일정상 하루 먼저 호주로 떠난 부모님을 대신해서 새벽 4시에 유를 공항까지 데려다준 건 신세기였다. 그리고 그 후에도 1년에 두세 번씩 호주로 건너가 유의 방학이나 휴가를 함께 보냈다. 유가 혼자 한국에 들어간다고 했을 때 부모님은 신세기에게 유를 맡겼고, 그는 기꺼이 그녀의 보호자가 되어 주었다.

유에게 남자친구가 생기면 신세기는 한 걸음 물러났다가, 사귀던 남자와 헤어지면 다시 옆자리에 와서 섰다. 그에게도 종종 여자가 있었지만 오래가지는 못했다. 유의 존재를 알면서 만남을 유지하려는 여자는 없었기 때문이다. 두 사람은 뭐라 정의할 수 없는 관계를 이어 가면서 서로의 옆에 있어 주었다.

집으로 들어온 유는 신세기가 주고 간 전율의 명함을 손에 들고 한참을 들여다보았다. 그는 생각보다 매우 가까운 곳에 있었다. 그녀는 명함을 책 사이에 꽂아 놓고 신세기에게 전화를 걸었다.

"밥 먹자면서. 배고파요. 다시 와."

그녀가 샤워를 마치고 나왔을 때 초인종이 울렸다.

이 집을 구해 준 사람은 신세기였다. 유가 병원에서 먹고 자는 동안 가사 도우미를 불러서 청소를 하고, 시계 건전지를 갈고, 생필품을 사다가 채워 놓는 일을 도맡아서 한 것도 그였다. 세기 오빠는 비밀번호를 알고 있는데, 왜 벨을 눌렀을까? 의아하게 생각하며 현관문을 여는 순간, 유는 당혹스러움에 동작을 멈추었다.

"선배."

현관문을 잡고 있는 사람은 그녀의 남자친구 성훈이었다.

"들어가도 돼?"

허락을 구하는 것 같으면서도 그는 이미 현관으로 들어와서 신발을 벗고 있었다. 유는 어떻게 해야 할지 몰라 문 앞에서 머뭇거렸다.

"잠깐이면 돼."

집 안으로 들어온 그는 거실 한가운데 서서 그녀를 다그쳤다.

"못 기다리겠어. 대답."

확실히 조바심 난 얼굴은 작정하고 온 듯 일그러져 있었다.

"대답하는 데 이렇게 오래 걸리는 이유가 뭐야? 우리 사랑하는 거 아니었니? 난 우리가 서로 사랑한다고 생각했어!"

"결혼은 조금 이른 것 같아요. 병원 일 시작한 지 얼마 안 되기도 했고…."

성훈은 유의 어깨를 손으로 잡으며 내려다보았다. 그녀는 젖은 머리카락을 말리지도 못했고, 옷도 다 챙겨 입지 않아 얇은 티셔츠 아래 맨다리가 드러났다.

"그게 무슨 상관이야. 결혼하는데 사랑 외에 다른 조건이 필요해? 내가 여태까지 참고 기다려 주었잖아. 얼마나 더 기다려야 하는 건데?"

유는 불편한 표정을 지었지만, 그는 적당히 넘어갈 생각이 없어 보였다. 6개월이나 사귄 여자친구의 집에 오늘 처음 와 보았다. 지금껏 묘하게 거리를 두던 그녀였다. 남자를 사귀는 게 처음이라서, 혹은 부끄러움을 많이 타서 그런 줄로만 알았다.

그는 유의 팔을 강하게 잡아당겼다. 쓰러지듯 소파에 앉은 그녀에게 조금은 다정한 목소리로 물었다.

"유야, 우리가 남이니? 너랑 나 연인이잖아."

처음 병원에 들어갔을 때 그는 작은 것부터 하나하나 알려 주며 세심하게 그녀를 챙겼다. 그러나 유의 무심함은 늘 불만이었다. 보통 여자와 너무 다른 건조한 태도는 연애를 하면서도 심한 갈증을 불러일으켰다. 연락 자체가 되지 않는 건 둘째 치고, 어떤 애정 표현도 스킨십도 허락하지 않았다.

"데이트 한 번 못 한 건 바빠서 그렇다 쳐도, 키스도 못 했다는 거 내 친구들이 알면 깜짝 놀랄 거다. 너 진짜 너무한 거 아니야?"

"잠깐만요, 선배. 저는 아직…."

거칠게 덮쳐 오는 그의 숨결이 불쾌해서 유는 고개를 돌렸다. 빠져나오려 발버둥을 칠수록 그녀를 누르는 힘도 강해졌다. 유의 몸을 멋대로 깔고 앉은 그는 욕구를 채우려는 듯 유의 입술과 턱과 목덜미를 되는대로 물고 빨았다.

입고 있던 티셔츠가 위로 올라가 유의 갈비뼈가 드러났을 때, 현관에서 번호 키 누르는 소리가 들렸다. 그리고 곧 활짝 열린 현관문 안으로 신세기가 들어왔다. 낯선 신발을 보고 걸음을 멈춘 그의 시선은 어린애가 주무르다 팽개친 떡처럼 소파에 아무렇게나 널브러져 있는 유와, 그녀의 다리를 깔고 앉아 있는 성훈을 향했다.

신세기는 빠르지 않은 걸음으로 걸어왔다. 유의 몸 위에서 내려온 성훈은 벌겋게 달아오른 얼굴로 물었다.

"넌 누구야? 윤유, 이 새끼 뭔데 여길 들어와? 여기 너 혼자 사는 집 아니었어?"

유는 겁먹은 눈으로 신세기를 보았다. 손목은 잡혔던 모양 그대로 부어 있었고, 성훈에게 물린 흔적으로 곳곳이 붉었다. 어떤 일에도 크게 동요하지 않는 냉정한 인격을 가진 신세기도 이런 장면은 도저히 참을 수가 없는지 고개를 돌렸다.

"나가."

그러지 않으면 이 집에서 아름다운 결말은 보기 어려울 거라는 말은 하지도 않았는데, 펄쩍 뛰던 성훈의 얼굴색이 차츰 정상으로 돌아왔다. 신세기의 감정 없는 목소리와 눈빛을 읽었는지 성훈은 슬금슬금 눈치를 보며 현관으로 향했다. 신발에 발을 넣으면서 유에게 소리쳤다.

"윤유! 전화 좀 받아!"

그가 나가자마자 신세기는 소파 옆에 놓여 있던 커다란 담요를 펼쳐서 웅크리고 있는 유의 머리에 푹 뒤집어씌웠다.

"밥은 다음에 먹자."

유는 성훈을 만나려고 했지만 며칠째 연락이 되질 않았다. 프러포즈를 받은 지 2주가 다 되어 가도록 반지는 돌려주지 못했다. 거절할 걸 알고 피하는 건지 아니면 다른 이유가 있는 건지 알 수 없었다.

유는 병원에서 쪽잠을 자고, 배달 음식을 먹고, 화장실에서 씻으며 바쁘게 지냈다. 3일째 되는 날 간호사 세영이 술 한잔할 건데 같이 가자며 유를 졸랐다. 술은 잘 못 마신다고 손을 저어 보았지만 살갑게 팔짱을 끼는 그녀의 권유를 이기지 못하고 병원 근처로 나갔다.

작은 선술집에 유와 세영, 그리고 오 간호사와 인턴 동기 다람까지 여자 네 명이 모여 앉았다. 한지로 둘러싼 주홍빛 조명이 은은히 빛났다. 가장 나이가 많은 오 간호사가 유리잔에 맥주를 따르며 살 맛 난다는 표정을 지었다.

"이런 자리 오랜만이다. 그치?"

"요즘 너무 바빴어요."

세영이 귀엽게 투정을 부리며 잔을 들었다.

"그러게. 유 쌤은 병원에 있어도 얼굴 보기 힘들어. 병원 일 혼자 다 하는 거야?"

유는 오 간호사가 따라 주는 맥주를 받으며 대답했다.

"열심히 배우고 있어요."

다 같이 건배했다. 시원하게 넘어가는 탄산에 유의 눈썹이 찡그려졌지만 한 방울도 남기지 않고 마셔 버렸다. 세영이 웃으며 말했다.

"유 쌤은 술 마실 때 표정이 정말 귀여워요."

주문한 안주가 나오고, 본격적인 수다가 시작되었다. 대부분은 병원에서 있었던 이야기로 환자, 의사, 간호사, 보호자 할 것 없이 수많은 사람이 그들의 대화 속에 등장했고, 홀짝홀짝 잔을 비워 갈 때마다 대화의 주제도 깊어졌다.

오 간호사가 궁금하다는 듯이 물었다.

"나 예전부터 궁금했는데, 유 쌤 목에 걸린 그 열쇠는 뭐야? 집 열쇠는 아닌 것 같고…."

목에 걸고는 있지만 옷 속에 숨기고 있어서 밖으로 드러난 적이 거의 없는 열쇠가 오늘은 보란 듯이 붉은 실과 함께 나와 있었다. 유는 열쇠를 만지면서 대답했다.

"아, 이건… 아주 중요한 것을 여는 열쇠인데…."

그 중요한 것을 지금은 잃어버렸다.

"보물 상자? 아니면 금고?"

더는 말할 수 없어서 웃고만 있는 유에게 또 다른 질문이 날아들었다.

"저는 유 쌤 손목의 문신이 궁금해요. 무슨 뜻이에요? 더블유… 제이… 에스?"

왼쪽 손목 맥박이 뛰는 곳에 동맥을 따라 짙은 검정색 잉크로 'Belongs to wjsdbf'라는 타투가 새겨져 있었다.

질문을 건넨 세영의 눈은 궁금증과 기대로 빛났지만 대답해야 하는 유의 눈은 먼 곳을 향해 가는 사람처럼 몽롱해졌다. 손목의 문신을 손끝으로 더듬으며 유는 꿈을 꾸듯 말했다.

"전율…."

몸이 떨릴 정도로 감격스러움을 의미하는 한자어를 영문 상태에서 타이핑하면 나오는 알파벳이었다. 황홀했던 기억을 잊고 싶지 않아서 5년 전에 새겨 넣었다.

더 이상 말을 잇지 못하고 맥주를 마신 유는 활짝 웃었다.

"다 오래전 일이에요. 아주 오래전…."

앳된 얼굴과는 반전되는 문신과 늘 걸고 다니는 붉은 실 목걸이. 목걸이에 걸린 열쇠는 무엇을 여는 열쇠인지 병원 사람들은 짐작조차 하지 못했다.

유는 어떨 땐 의외로 대담하고, 가끔은 무슨 생각을 하는지 모를 정도로 멍하다가도 일을 할 땐 야무졌다. 비밀이 많아 보이는 유의 존재는 남 이야기 하길 좋아하는 사람들의 표적이 되어 끊임없이 입방아에 오르내렸지만 정작 본인은 바빠서 그런 걸 신경 쓸 여유가 없었다.

이런저런 이야기가 돌고 돌던 술자리에서 어느 순간 대화 주제는 '첫사랑'으로 넘어갔다.

"유 쌤, 첫사랑 이야기 해 주세요."

술에 취한 유는 세영의 말에 웃으며 손을 저었다.

"그건 말할 수 없어요."

"궁금해요!"

모두 유의 첫사랑 이야기가 궁금한지 대화를 멈추고 귀를 기울였다. 유는 그곳에 없는 또 다른 존재에게 속마음을 털어놓듯이 조심스럽게 말했다.

"나는… 남자친구가 세 명이라서 세 배로 행복하고 세 배로 슬프고…. 예쁘고 아프고…. 내가 바보 같아서 나 혼자 감당하기에는 너무 멋진 녀석들이라… 나 혼자 독차지하기에는 아까운 보석들이라서… 모두에게 상처를 주고 말았어요."

횡설수설하는 유의 얼굴은 웃고 있었지만, 그녀의 코끝은 추운 날 눈바람을 맞은 사람처럼 빨갰다.

술자리가 거의 끝나 갈 무렵 신세기에게 전화가 왔다. 유는 부드럽게 쏟아지는 머리카락을 한 손으로 부여잡고 테이블 위에 고개를 떨어트렸다.

"내가 어디 있는지 오빠는 알지? 항상 알고 있었잖아. 데리러 와요. 나 너무 졸려."

옆 사람 바꾸라는 그의 말에 유는 다람에게 자신의 휴대폰을 건 냈다.

"다람아, 세기 오빠가 바꿔 달래. 너도 세기 오빠를 알아?"

다람은 '세기 오빠'가 누구인지 당연히 모른다. 신세기는 위치를 밝히지 않고 헛소리를 해 대는 유 대신 멀쩡한 사람을 바꿔 달라고 한 것뿐이었다. 그리고 유가 술을 마셨다는 건 앞으로 30분 안에 장소가 어디든 제 집 안방처럼 누워서 잠들어 버린다는 뜻이었다. 아무 데서나 자는 버릇은 나이가 들어도 고쳐지지 않았다.

유가 어디에 있는지 파악하고 집에 무사히 데려오는 것이 신세기가 하는 일 중 가장 주된 업무였다. 그 외에는 밥 챙겨 먹이기, 아픈 곳은 없는지 체크하기, 가끔 유가 좋아할 만한 곳에 가서 산책시키기 등이 있다. 이쯤 되면 애완동물을 돌보는 수준이랄까…. 원래도 정신없는 그녀였지만 전율과 헤어지고 나서는 정신을 건조대에 널린 빨래처럼 대충 널어놓고 산다. 그걸 수습하는 게 신세기의 역할이고 그런 면에서 두 사람은 잘 맞았다.

테이블 위에 이마를 댄 채로 잠들어 버린 유를 어떻게든 깨워 보려 애쓰던 동료들은 신세기의 등장에 안도하고 그녀를 내어 주었다.

유는 아이스크림과 숟가락을 챙겨 신세기의 집 소파에 앉아 TV를 켰다. 그가 혼자 사는 집은 사람이 안 사는 집처럼 몇 번을 와도 흔적이 없다. 일주일에 두 번 가사도우미가 와서 버릴 건 버리고 비울

건 비워 준다. 그는 아이스크림을 좋아하지 않으면서도 냉동실에는 커다란 아이스크림을 꼭 채워 놓았다.

씻고 나온 신세기는 커피를 내렸다.

"밥은 나가서 먹을래, 아니면 집에서 시켜 먹을래?"

"밖에 나가기 귀찮아. 시켜 먹어요. 이거 영화 결제해도 돼?"

"마음대로."

유는 영화 한 편을 결제하면 최소 열 번에 나누어 본다. 영화가 시작하면 자꾸 잠들어 버리는 바람에 처음에는 영화 도입부만 열 번을 보더니 이제는 요령이 생겼는지 이어 보기 기능을 사용하기도 한다. 옆에 와서 앉은 신세기는 커피를 마시면서 레스토랑에 전화를 걸어 브런치 세트를 주문했다.

고급스러운 인테리어의 욕실에 칫솔이 두 개, 거실 슬리퍼도 두 개였다. 디자인은 유의 집에 있는 것과 똑같았다. 물건을 살 때 여러 개를 사서 양쪽 집에 나누었다. 유는 인테리어나 생활용품, 가구 같은 것에는 관심이 없었다. 그녀가 필요해서 사는 물건은 책과 공책, 메모지, 혹은 샤프심 같은 소모품 정도였다.

그녀의 집에 있는 물건은 신세기가 직접 사서 가져다 놓은 것들이었다. 어떤 날은 현관 매트가 바뀌어 있고, 어떤 날은 소파에 쿠션이 놓여 있었지만, 유가 집의 변화를 눈치채는 건 몇 주 이상 지나야 가능한 일이었다. 유는 욕실 앞에 깔린 매트가 이탈리아 수입 제품이라는 것도, 가격이 1천만 원이 넘는다는 것도, 머리맡에 걸린 그림과 같은 디자이너의 작품이라는 것도 알지 못했다.

신세기의 옷장 한구석에는 유가 입었다가 벗어 놓은 반바지와 티셔츠가 깔끔하게 세탁되어 있었다. 그녀가 읽다가 놓고 간 책도 신세기의 책꽂이에 꽂혀 있었고, 머리를 묶었던 까만 고무줄도 소파 밑에서 종종 발견되곤 했다. 두 사람은 함께한 시간만큼이나 서로의 삶에 깊이 스며들어 있었다.

"그 사람과는 끝냈어?"

신세기의 물음에 유는 잊고 있던 숙제를 떠올리듯 불안한 표정을 지었다.

"연락을 받지 않아요. 선배 소아과에 직접 찾아가서 반지를 돌려줘야 할 것 같아."

얼마짜리인지 모르는 다이아 반지를 계속 가방에 넣고 다니는 건 부담스러웠다. 관계가 언제 끝이 나건 내 물건이 아닌 건 돌려주고 싶었다. 이제는 반지를 볼 때마다 그 사람을 떠올리는 것조차 불편했다.

유의 대답을 듣고 신세기는 아무 말 없이 커피를 마셨다. 그는 한 번도 진심을 솔직하게 표현한 적이 없었다. 유는 가끔 그에게 이런저런 질문을 던져 보고, 나름대로 추측해 보려 했지만, 늘 벽에 가로막혔다. 그가 자신을 사랑하고 있다는 생각 같은 건 하지 못했다. 놀랍게도 그것이 두 사람의 기묘한 관계를 유지할 수 있는 비결이었다. 그리고 어쩌면 두 사람 모두 그 사실을 알고 있는지도 모른다.

전율의 퇴근길에는 친구들도 함께였다. 마리를 보고 싶다며 회사에 찾아온 에스타는 출장 나간 그녀를 보지 못한 채 지하 주차장으로 내려왔다.

"왜 하필 오늘 출장이야? 괜히 헛걸음했잖아."

투덜거리는 에스타에게 전율이 어이가 없다는 듯이 말했다.

"내 직원 일하는 걸 네 스케줄에 맞출 이유는 없다고 보는데?"

"얼마나 닮았는지 궁금해."

"내 회사가 네놈들 놀이터야? 여자 만나려면 다른 데 가서 알아 봐."

"다음에 올 땐 연락하고 올 테니까 마리 씨 꼭 사무실에 잡아 놔."

박지오가 웃으며 빈정거렸다.

"그렇게 기대하고 보면 하나도 안 닮아 보일 수 있어. 기대하지 말고 무심결에 봐야 얼핏 닮았구나 하는 걸 느낄 수 있지. 넌 아마 실망할 거다."

그들이 탄 차는 지하 주차장에서 나와 큰길로 들어섰다. 노래를 틀고, 저녁 메뉴를 상의했다. 우회전 신호를 받아 옆 건물 모퉁이를 매끄럽게 돌았을 때 전율은 심장이 쿵 떨어지는 걸 느꼈다.

유를 닮은 뒷모습에 심장이 내려앉은 건 이번이 처음은 아니었다. 쫓아가서 어깨를 잡고 돌려세우면 완전히 다른 얼굴이었다. 저 여자도 아니겠지, 고개를 돌리는 찰나 그녀가 뒤를 돌아보았다. 설마… 유?

운전하는 전율이 한눈을 파는 사이 뒷좌석에서 박지오의 다급한 목소리가 들렸다.

"전율! 앞에! 앞을 봐!"

앞을 볼 겨를도 없이 길가에 정차되어 있던 차를 들이받았다. 전율은 차 문을 벌컥 열고 내리더니 건물 안으로 들어간 여자를 따라 뛰었다. 휴대폰을 들여다보던 에스타는 황당한 얼굴로 빈 운전석과 뛰어가는 전율을 번갈아 보았다. 박지오는 창밖을 향해 소리쳤다.

"야! 사고 내고 도망가면 뺑소니야!"

전율은 엘리베이터가 닫히기 직전에 문을 잡았다. 서너 명이 타고 있는 엘리베이터 안에서 그녀를 발견했다. 허공에서 두 사람의 눈이 마주치는 순간, 10미터짜리 파도가 덮치듯 온몸에 전율이 일었다. 그는 발이 떨어지지를 않았다.

"타실 거예요?"

앞에 있던 여자가 물었다. 전율은 엘리베이터 안으로 겨우 발을 옮겼다. 엘리베이터가 올라가는 동안 사람들이 차례로 내렸고 마지막 층인 옥상 정원에 도착했을 땐 두 사람만 남았다.

유는 내려야 할 층을 지나쳤다. 건물 4층에 선배의 소아과가 있었다. 오늘은 꼭 반지를 돌려주려고 했는데 앞에 선 남자 때문에 놓쳐 버렸다. 남자는 전율을 닮았다. 고등학생이던 그가 성인이 되었다면 이런 얼굴일까?

전율은 유의 손을 잡고 엘리베이터에서 내렸다. 두 사람은 옥상 정원에 마주 섰다. 유의 시선이 전율의 얼굴을 찬찬히 훑고 아래로 내려갔다. 그의 쇄골 근처에 걸려 있는 빛바랜 자물쇠. 그걸 보는 순간 부풀어 오르던 댐이 무너지듯 순식간에 밀려든 애틋함에 눈앞이 뿌옇게 흐려졌다. 부정하려 하지 마. 율이 닮은 남자가 아니라는 거 알잖아.

그가 한 걸음 앞으로 다가왔다. 물결치듯 떨리는 손끝, 눈앞에 있는 서로의 존재를 믿을 수가 없어서 어떤 말도 꺼낼 수가 없는 먹먹한 시간이었다. 지금은 좀 울어야겠다고 뇌에서 명령한 적도 없는데 유의 고장 난 눈물샘은 앞도 보지 못하게 만들어 버렸다. 전율은 유를 품에 가득 안았다. 그의 품 안에서 눈을 감자 전율이 온몸으로 느껴졌다.

유는 전율을 만나게 되는 날을 상상하곤 했다. 나를 보면 어떤 표정을 지을까? 나는 그를 보면 어떤 표정을 지어야 하지? 상상 속 그는 화를 내기도 하고, 그녀를 알아보지 못하기도 하고, 모르는 사람인 것처럼 지나치기도 했다. 혹은 다른 여자와 사랑에 빠져 있기도 했다.

그래서 두려웠다. 용서받지 못할 것 같아서, 아니면 다른 여자와 함께 있는 그를 볼 자신이 없어서 평생 모른 채로 살고 싶었다. 아니. 거짓말이다. 사실은 보고 싶었다. 그를 다시 만나기를, 다시 사랑할 수 있기를 마음 깊은 곳에서 간절히 바랐다. 유의 마음은 빈틈이 너무 많아서 거짓과 진실이 뒤섞여 줄줄 샜다. 7년 전 모두를 위한 그녀의 선택은 최악의 선택이었다.

후다닥 뛰어오는 누군가의 발소리에 전율이 조심스럽게 그녀를 가슴에서 떼어 냈다. 박지오의 걸음이 멈추었다.

"이거, 뭐야…."

"왜? 뭔데."

그리웠던 목소리에 유가 뒤를 돌아보니 박지오와 에스타가 있었다.

7년 3개월, 그들은 재회했다.

네 사람은 아무 말도 없었다. 누구도, 어떤 말도 꺼내지 못했다. 에스타가 유에게 다가갔다. 그러고는 믿을 수 없다는 듯이 물었다.

"얘가… 마리야?"

주변을 한 바퀴 돌며 천천히 그녀를 훑었다.

"와, 미쳤네. 쌍둥이야 뭐야. 너무 닮았어."

에스타는 고개 숙인 유 앞에 얼굴을 들이밀고 살폈다. 유 역시 젖은 눈을 들어 그를 바라보았다. 흩날리는 금빛 머리카락, 쌍꺼풀 없이 크고 시원한 눈매, 길고 빼곡한 속눈썹, 예쁜 콧날과 입술은 그대로인데 조금 더 큰 키와 단단해진 체격, 물씬 풍겨 오는 남성적인 분위기가 그리스 신처럼 아름다웠던 에스타의 매력을 극대화시켰다. 열여덟 살이었던 고등학생은 성인 남성이 되어 그녀 앞에 나타났다.

"에스타."

유의 입술 사이로 그의 이름이 흘러나왔다. 에스타는 바지 주머니에 손을 꽂고 놀란 눈으로 물었다.

"내 본명을 알아? 전율, 너 벌써 마리한테 내 이야기도 했어? 진짜 신기하네. 목소리도 똑같아."

에스타는 유에게서 눈을 떼고 전율을 보았다. 전율은 친구에게 우는 모습을 보여 주기 싫어서 고개를 돌린 채 손바닥으로 눈물을 닦아 냈다. 확실히 이상한 그의 행동에 에스타의 동공이 흔들렸다.
"너 지금 뭐 하는 거야? 왜 그래?"
옥상 정원 입구에 서 있던 박지오 역시 하늘을 향해 뜨거운 숨을 내쉬며 애써 눈물을 참고 있었다. 에스타는 그녀의 얼굴을 똑바로 쳐다보았다.
"너… 누구야?"
떨리는 목소리는 이미 답을 알고 있었다.
"별아… 미안해."
믿을 수 없다는 듯 에스타의 발이 주춤 한 걸음 물러났다.
"너… 설마…."
"나야. 유."
에스타 팔의 솜털이 일제히 섰다. 소름이 온몸을 훑어 내렸다. 가슴에 다 담을 수도 없을 만큼 벅찬 그 순간, 허락도 없이 뛰어든 남자의 우렁찬 목소리가 옥상 정원에 쩌렁쩌렁 울렸다.
"여기 벤츠 8889 차주분 계세요? 지금 안 내려오시면 경찰에 뺑소니 접수 들어갑니다!"
7년 만에 첫사랑과 재회하는 엄청난 장면에 찬물이 확 끼얹어졌다. 전율은 눈에 뭐가 들어간 척하며 유에게 말했다.
"잠깐만 여기 있어. 금방 올게. 어디 도망가지 말고."
전율이 1층으로 내려간 뒤 유, 박지오, 에스타는 옥상 정원 테이블에 둘러앉았다. 박지오는 고개 숙인 유를 뚫어지게 노려보았다.

묻고 싶은 게 너무 많으면 어떤 말부터 꺼내야 할지 모르게 된다는 말이 무슨 뜻인지 몸소 체험하는 중이었다.

"나 호주로 유학 갔었어."

유의 말에 박지오는 귀청이 떨어질 듯 소리쳤다.

"그걸 왜 이제 와서 말하는 건데! 누가 너 못 가게 발목 잡을까 봐 그랬냐?"

"미안."

"어떻게 말도 없이 사라질 수가 있어? 우리가 그거밖에 안 됐어? 너한테 도움 안 되는 놈들이라 피도 눈물도 없이 버렸냐? 도망갔으면 죽을 때까지 거기서 살지 여긴 왜 나타나!"

끝없이 쏟아질 것 같던 책망이 한순간 뚝 멎었다. 입을 다문 박지오의 시선이 유의 얼굴에서 몸을 거쳐 발끝으로 향했다. 눈을 감은 채 향기만 맡았어도 그녀라는 걸 알아챌 수 있었을 것이다.

그녀는 예전 모습 그대로였다. 사랑스러운 이목구비와 몽롱한 눈빛은 여전한데 하나 달라진 게 있다면 성숙하다는 표현보다는 고혹적이라는 말이 더 어울릴 만큼 묘한 매력을 풍긴다는 것이었다. 왠지 모르게 나른한 분위기에서 타락한 여신의 느낌이 났다.

"다시 나타나려면 애 둘 딸린 아줌마로 나타나든가…."

과거 그 시절보다 사람을 더 환장하게 만드는 유의 분위기에 박지오는 말문이 막혔다. 그런 그를 제쳐 두고 에스타가 진지하게 말을 꺼냈다.

"율이한테는 알고 보니 귀신이었다고 둘러댈 테니까, 도망가려면 지금 가. 우리 지금 너 없이도 잘 살고 있어. 휘둘리는 건 한 번이면 충분해."

박지오는 에스타의 말에 즉각적으로 반대했다.

"나는 아니야. 별똥별, 넌 그럼 이번엔 빠져. 난 휘둘려도 괜찮아."

에스타도 즉시 말을 바꾸었다.

"그럼 나도 도망가라는 말 취소."

박지오는 한심하다는 얼굴로 에스타를 보았고, 에스타는 어깨를 으쓱했다. 지난 세월 동안 한 번도 꺼내지 못했던, 가슴속에 무거운 짐처럼 쌓아 두었던, 심장에 가시처럼 박혔던 서운함을 속 시원하게 뱉어 내고 나서야 서로를 만났다는 게 실감이 났다.

"윤유, 보고 싶었어."

박지오의 그 말 한마디에 유의 눈에 눈물이 그렁그렁 고였다.

"말도 안 하고 사라져 버린 건 정말 미안해."

유는 혼자서는 어떤 꽃도 피울 수 없다는 걸 알았다. 두려움은 형체가 없는 망상이라는 것도 알았다. 지금껏 겪었던 불안과 스스로에 대한 실망이 그들 앞에서는 아무것도 아닌 일이 되었다.

사고 처리를 마친 전율이 거친 숨을 몰아쉬며 옥상으로 돌아왔다. 유의 옆에 앉은 그는 낯선 사람을 보듯 그녀의 얼굴을 눈에 담았다.

"왜 도망갔어?"

그땐 이유가 있었다. 지금 생각해 보면 정말 말도 안 되는 이유였다.

"내가 없으면, 나만 없으면 너희 셋이 행복할 거라고 생각했어. 나 때문에 혹시라도 세 사람 사이가 망가질까 봐 겁이 났어."

"그래서 도망가니까 좋았어?"

"다시 오고 싶었는데 그러지 못했어. 용기가 안 났어."

시선을 내리깔고 대답하는 유의 원피스 자락이 바람에 날렸다.

"또 도망가려고?"

유는 앞에 앉은 박지오와 에스타를 보았다. 그리고 전율과 눈을 맞추었다. 매일 그리워했던 얼굴들, 안 보고 살 수 없다는 걸 절실히 깨달았다.

"아니. 이제 아무 데도 안 가."

"개 목걸이는 전율이 아니라 윤유 네가 해야 해. 위치 추적 장치 달아서."

박지오의 말에 에스타가 덧붙였다.

"만약 또다시 도망갈 거면 전율 목에 걸린 자물쇠는 풀어 주고 가."

지금까지 했던 어떤 말보다 숙연해지는 말이었다.

전율은 유의 얼굴을 왼쪽 가슴에 최대한 가깝게 끌어안았다. 자물쇠 목걸이는 전율의 생명줄이었다. 아마 그게 없었더라면 유를 기다리지도 못했을 것이다. 그것만이 유가 돌아올지도 모른다는 희망이 되어 주었다.

"기다리게 해서 미안해."

전율은 더욱 세게 유를 안았다.

"미안하다는 말 하지 마. 네가 그 말을 할 때마다 내 수명이 줄어."

그들은 옥상 정원을 벗어나 근처에 있는 식당으로 갔다. 밥을 먹는 동안 다시 만났다는 것을 실감하며 재회의 기쁨을 하나씩 풀어 냈다. 그들의 이야기는 구멍 난 양말 같아서 감쪽같이 꿰매려면 시간이 필요하겠지만 서두를 필요는 없었다.

박지오는 젓가락을 탁 내려놓고 중대한 선언을 하듯 큰 소리로 말했다.

"자! 다시 만났으면 다시 시작해야지!"

그러고선 유를 향해 다정한 눈빛을 보냈다.

"윤유, 아까 옥상에서 보고 첫눈에 반했어. 나랑 사귀자."

유는 아무 대답도 하지 않고 빙긋 웃었다. 누가 뭐라 하지도 않았는데 박지오는 억울하다는 듯 말을 덧붙였다.

"먼저 고백하는 놈이 이기는 거 아니야? 저번 판은 전율이 차이고 게임 끝난 거잖아!"

전율은 일일이 대꾸하는 것도 귀찮다는 듯 대답을 재촉했다.

"최대한 빨리 끝내 버리는 게 나도 마음 편하니까 얼른 해치워 버리자. 유야, 망설이지 말고 냅다 걷어차."

유는 수줍게 웃으며 물었다.

"지오야, 그럼 우리 오늘부터 1일이야?"

고기를 자르던 전율의 손동작이 멈추었다. 농담인 건 알겠는데, 순간 가슴이 철렁했다.

박지오가 흐뭇하게 웃으며 말했다.

"윤유, 넌 이제부터 내 여자다."

에스타가 잽싸게 줄을 섰다.

"박지오 차이면 그다음은 나. 전율 네가 내 뒤에 줄 서면 되겠네."

가위를 손에 든 채 굳어 버린 전율을 보고 유가 웃었다. 해맑게 웃는 그녀를 보며 모두가 웃었다. 이렇게 웃은 게 언제인지 기억도 안 날 만큼 메말라 있던 가슴에 촉촉한 비가 내렸다. 아주 오래전 잃어버렸던 소중한 것을 되찾은 기쁨과 행복에 진심으로 감사했다.

한창 식사를 하고 있을 때, 유의 휴대폰이 울렸다. 발신자는 성훈 선배였다. 그와 끝내려고 마음먹었는데 소아과 건물에서 전율을 마주치는 바람에 까맣게 잊고 있었다. 반지는 아직도 가방 속에 있었다.

유는 망설임 없이 전화를 받았다. 세 남자의 시선이 유에게 집중되었다.

"네, 선배. 지금요? 아, 네. 그럼 거기로 갈게요."

만나자는 그의 말에 유는 알았다고 대답한 뒤 전화를 끊었다. 얼른 만나서 반지를 돌려주고 정리할 생각이었다. 주섬주섬 가방을 챙기는 그녀를 보고 전율이 황당한 얼굴로 물었다.

"어디가?"

"아… 그게. 나 지금 진짜 중요한 일이 있어서 먼저 가 봐야 할 것 같아."

박지오와 에스타는 어이가 없어서 헛웃음을 흘렸다. 7년 만에 다시 만났는데 밥 먹다 말고 간다는 윤유의 정신 상태는 예전이나 지금이나 변한 게 없었다.

"지금 나랑 다시 만난 것보다 더 중요한 일이 있어?"라고 묻는 전율의 눈은 곧 튀어나올 듯 커졌다.

"다음에 이야기해 줄게. 너 만나기 전에 꼭 해야 하는 일이야."

자리에서 일어난 유는 정말 급한 사람처럼 식당을 뛰쳐나갔다.

즐겁게 밥을 먹던 세 남자는 잠시 황당한 표정을 지었지만 상대는 윤유였다. 수저를 팽개치고 각자 소지품을 챙겨서 일어났다. 서둘러 밥값을 계산하고 유의 뒤를 쫓았다.

소아과 근처, 그러니까 밥을 먹던 건물 바로 옆 건물 카페로 들어간 유는 먼저 와서 기다리고 있던 성훈 앞으로 다가가 마주 앉았다. 곧 따라 들어간 전율과 박지오, 에스타도 옆 테이블에 앉았다.
 유는 힐끔 옆을 보았다. 이런 상황에서 성훈과 어떻게 대화를 시작하고 마무리 지어야 할지 몰랐다. 세 남자가 앉아 있는 테이블과 유가 앉은 테이블은 겨우 의자 하나 들어갈 정도로 가까워서 대화 소리가 다 들리고도 남았다.
 "선배, 이거 돌려드리려고요."
 유는 가방에서 반지 케이스를 꺼내 테이블 위에 올렸다. 모자를 푹 눌러쓴 성훈은 애원하듯 유의 손을 부여잡았다. 옆 테이블에서 날아온 여섯 개의 날카로운 시선이 성훈에게 잡힌 유의 손과 성훈의 얼굴로 사정없이 날아들었다.
 "그날은 미안해. 내가 성급했다는 것도 알고 실수한 것도 알아. 우리 처음부터 다시 시작하자."
 유는 그제야 상처를 알아보았다. 며칠 전까지 멀쩡했던 그의 얼굴은 만신창이가 되어 있었다.
 "선배 얼굴…."
 "아, 이거. 어떤 조폭 같은 새끼들이 덤볐는데, 지금 경찰이 수사 중이야. 하필 목격자도 없고 CCTV도 없어서 개 같은 상황이긴 하지만."

유는 잡혔던 손을 빼냈다. 다시 시작하자는 그를 위해 할 수 있는 건 미안하다고 말하는 것밖에 없었다. 성훈은 살짝 흥분한 목소리로 그날 그 남자 때문이냐고 물었다.

"너 나 말고 다른 남자도 동시에 만나고 있니?"

"그건 아니에요. 우리, 선후배 사이로 돌아갔으면 좋겠어요."

"다른 남자가 있다고 해도 괜찮아. 정리할 시간을 줄게. 내가 너 사랑하는 거 알잖아. 그동안 네가 원하는 대로 많이 참았어. 그런데 이건 정말 너무 하지 않니?"

"결혼은 아직 너무 이른 것 같고, 또…."

고개를 돌려 옆 테이블을 보자 세 남자는 기가 막힌다는 표정으로 유를 보고 있었다. 결혼이라니, 역대급 삽질에 할 말을 잃었다. 당장 일어서려는 전율의 팔에 매달린 박지오가 눈으로 말했다. '냅 둬 봐. 윤유 저거 어디까지 가나 보자.'

"결혼은 성급했다고 쳐. 선후배 사이로 돌아가자는 게 무슨 뜻이야. 헤어지자는 거야? 이유가 뭔데!"

길길이 날뛰는 성훈을 더는 보고 있을 수가 없어서 전율이 몸을 일으켰다. 유의 옆에 서서 그에게 말했다.

"저기요, 내 여자친구가 잠깐 바람난 것 같은데 다시 데려갈게요. 그만 질척거리고 다른 여자 알아봐요."

성훈의 눈썹이 잔뜩 치켜 올라갔다.

"넌 또 뭐야?"

"나 윤유 남친이다."

"남친? 그럼 그때 그 새끼는 누군데?"

그때 그 새끼? 얼굴이 붉으락푸르락하다 못해 눈이 희번덕거리는 성훈의 질문에 전율의 눈썹이 꿈틀거렸다. 전율은 유를 돌아보고 물었다.

"유야… 하나 더 있냐?"

성훈은 지금까지 지었던 표정 중 가장 비열한 표정을 지었다.

"윤유, 순진한 척하는 얼굴로 남자가 한둘이 아니었네. 그것도 모르고 프러포즈까지 하다니. 내가 완전 호구였어. 이 새끼 저 새끼한테 다 주면서 나한테만 안 준 거야? 이래서 반반하게 생긴 것들은 꼭 얼굴값을 한다니까. 기분 더럽네 씨발."

전율이 성훈의 멱살을 잡아 일으켰다. 앉아 있던 박지오와 에스타도 자리에서 일어났다. 성훈은 멱살을 잡힌 채 낄낄 웃었다.

"너도 얘네 집 비밀번호 알아? 아무 때나 문 열고 들어오는 새끼들이 도대체 몇 명일까 궁금하네."

멱살을 가까스로 뿌리친 성훈은 한껏 구겨진 옷을 정리하며 유에게 삿대질했다.

"너 앞으로 병원 생활이 쉽지는 않을 거다. 각오하는 게 좋아."

씩씩거리며 나가려다 말고 다시 돌아온 성훈은 테이블 위에 놓여 있는 반지를 집어 들고 카페를 나갔다. 매우 짧은 시간에 벌어진 일임에도 불구하고 피해자는 김성훈 한 명이 아니었다. 유 앞에 와서 앉는 전율도 타격이 컸는지 손바닥으로 얼굴을 쓸어내렸다.

유는 더듬더듬 상황을 설명했다.

"그게… 사귀던 남자한테 프러포즈를 받았는데 오늘 반지를 돌려줬어. 그리고 헤어지자고 말한 건데….”

박지오가 혀를 끌끌 찼다.

“사귀던 남자? 아주 정신이 나갔구나. 전율 팽개치고 도망쳐서 겨우 저딴 놈을 사귀다니. 눈깔이 있는 건지 없는 건지. 전율 의문의 1패다.”

아직 전율의 질문은 끝나지 않았다.

“비밀번호로 문 열고 들어온 그 새끼는 누군데?”

그는 그녀의 집 비밀번호를 알고 있는 또 다른 남자의 존재가 거슬렸다. 오늘 써야 할 하루치 판단력을 다 써 버린 유는 머릿속이 하얘졌다. 뭐라고 대답해야 좋을지 몰라서 대답을 미루었다. 전율은 당장 그녀의 집으로 가서 비밀번호를 바꾸든지 도어록을 바꾸든지 해야겠다며 유에게 앞장서라고 했다.

그들은 다 같이 전율의 차를 타고 유의 집으로 향했다. 가는 내내 '비밀번호를 풀고 들어온 그 새끼'에 관해 묻는 전율에게 유는 그 남자가 신세기라는 말을 차마 할 수가 없어서 입을 꾹 다물었다.

아담한 신축 타운 하우스 2층이 유가 혼자 살고 있는 투룸이었다. 1층은 주차 공간이었고, 계단을 올라가자 현관문이 나왔다. 세 남자는 두근두근 설레는 마음으로 첫사랑의 은밀한 서식지에 발을 들여놓았다. 어두운 집 안에 전등이 켜지자 나지막한 감탄사가 흘러나왔다.

“와, 어제 이사 왔어? 아직 짐 정리가 안 된 건가…” 하고 중얼거리는 에스타에게 유가 조금은 부끄러운 듯 말했다.

“병원에서 먹고 자고 하니까 집에 있을 시간이 거의 없어서….”

"여자 혼자 사는 집은 다 깨끗한 줄 알았는데, 아니구나⋯."

물건이 많지도 않은데 방금 이사를 온 건지 아니면 이사 갈 건지 모를 정도로 어수선했다. 집은 꽤 널찍하고 새집 티가 물씬 풍겼지만 제자리에 있는 물건은 하나도 없었다. 택배 박스는 뜯지도 않고 쌓여 있어서 안 뜯을 거면 택배를 왜 시킨 건지 의아했다. 박지오와 에스타는 정리가 안 된 집 안 여기저기를 둘러보더니 거실에 앉았다.

"차 한 잔 줄래?"

그들이 거실 한가운데 앉아 느긋하게 차를 달라고 하는 시간은 밤 9시였다. 전율은 차 키 줄 테니까 집으로 가라면서 두 사람을 내쫓았다. 툭 던진 차 키를 얼떨결에 받아 든 박지오는 황당한 얼굴로 물었다.

"넌 안 가?"

"난 여기 있어야지. 내일 아침에 저거 뜯어내고 새것 사다가 다시 달아 놓게."

멀쩡한 도어락이 뜯길 위기에 처했지만 말리는 사람은 없었다. 다만 전율이 유네 집에서 잔다는 건 적극 반대에 부딪혔다.

"너 7년 전에 유한테 차였잖아. 왜 아직도 남자친구인 척해? 아까 내가 먼저 고백했거든? 나 오늘 유랑 같이 있을 거야. 네가 가."

박지오는 거실 바닥에 벌렁 드러누웠다. 그리고 우연히 보게 된 소파 밑에서 볼펜을 한 움큼 꺼냈다. 볼펜들의 은신처인가? 쓰다 말고 잃어버린 볼펜들이 전부 소파 밑에 있다는 사실을 볼펜의 주인은 모르는 것 같았다.

전율은 최후의 수단을 꺼냈다.

"네 차 어디 있는지 알려 줄 테니까 가."

박지오는 몸을 벌떡 일으켰다. 한 달째 차를 못 찾고 있던 박지오에게 전율의 말은 솔깃하면서도 화가 나는 제안이었다.

한 달 전 지인과 술 약속이 있어서 옆 동네에 차를 몰고 갔던 박지오는 술에 취해 택시를 타고 돌아왔다. 다음 날 차를 찾으러 가 보았지만 도대체 어느 건물에 차를 세워 놓은 건지 기억이 나질 않아 비슷비슷하게 생긴 건물의 지하 주차장을 모두 돌아다녔다. 그런데도 결국은 찾지 못해서 전율의 차를 얻어 타는 중이었다.

"알고 싶으면 가라고. 내일 알려 줄게."

차가 어디에 있는지 알고 있으면서도 여태 말을 안 했다는 사실에 박지오는 어이가 없었지만 차를 찾는 게 우선이었으므로 자리에서 일어났다. 반면 에스타는 이 집에 완벽하게 적응한 사람처럼 매우 편안한 자세로 소파에 누웠다. 바닥에 굴러다니던 캐러멜 하나를 까먹으며 전율에게 물었다.

"우리 집으로 유를 데리고 가는 건 어때?"

"'우리 집' 아니고 '내 집'이거든? 내 집에 있는 짐, 재활용 센터에서 찾고 싶지 않으면 가."

전율은 더 이상은 방해받고 싶지 않았다. 나가라고 밀어내는 그의 우악스러운 힘에 박지오와 에스타는 떠밀리듯 집을 나갔다.

오롯이 둘만 남은 집에는 정적이 흘렀다. 유를 소파에 앉혀 놓고 전율은 그 앞에 무릎을 꿇었다. 조금은 어색한 공기 속에서 활활 타오르는 눈빛을 감추지 않고 유를 응시했다.

"너를 보면 제일 먼저 어떤 말을 해야 할까 그간 수없이 고민했는데….”

소파에 앉아서 고개를 숙인 유는 어쩐지 그를 보는 게 낯설어서 시선을 피했다. 두근거리는 심장과 붉어지는 뺨이 그와 함께 있다는 사실을 증명했다.

"막상 네 얼굴을 보니까 아무 말도 생각이 안 나."

유는 전율의 눈을 바라보았다. 보고 싶었다고, 나도 아주 많이 보고 싶었다고 말해야 하는데 열아홉 그 시절로 돌아간 것처럼 전율 앞에서는 하고 싶은 말이 나오지 않았다. 그에게서 소년의 이미지는 찾아볼 수가 없었다. 원한다면 당장이라도 유를 가질 수 있는 유일한 남자였다.

전율은 그녀의 손목을 잡았다. 손목에 새겨져 있는 타투를 엄지로 훑었다. 뭐라고 쓰여 있는 건지 아까부터 신경 쓰였다. 자세히 들여다본 그는 웃었다.

"내 거 맞네. 여기 그렇게 쓰여 있네."

전율은 장난스럽게 웃다 말고 눈빛을 바꾸었다. 유가 앉아 있는 소파를 양손으로 짚고 몸을 앞으로 기울였다. 눕듯이 기대 버린 그녀의 등에 소파 등받이가 닿았다.

"차 한 잔 줄까?"

그녀가 물었지만 전율은 거절했다.

"아니."

"그럼….”

전율의 입술이 유의 입술에 포개졌다. 순식간에 스며들 듯 엉켜 버린 두 사람의 혀가 영혼을 헤집는 동안, 그들의 손은 실재하는 서로의 존재를 확인하느라 바빴다. 눈앞에 있다는 사실이 믿기지 않아서, 전율은 유의 얼굴을 쓰다듬던 손으로 머리카락 사이를 더듬고, 귓바퀴와 귓불을 만지고, 몸을 힘껏 끌어안았다.

꿈속에서 만난 그녀가 아니라 따뜻한 피가 흐르는, 살아 숨 쉬는 그녀를 만지고 있다는 사실에 가슴이 벅찼다. 이 순간을 얼마나 기다렸는지 넌 모를 거라고, 귓가에 속삭였다. 그의 가슴에 파묻히다시피 안겨 있던 그녀 역시 감동을 참지 못하고 눈물을 흘렸다.

전율은 유의 얼굴을 보며 물었다.

"너무 좋아서 우는 거야?"

"응. 기뻐서. 너무 좋아서."

전율은 입고 있는 셔츠의 단추를 하나씩 풀었다. 유는 그의 행동을 가만히 지켜보았다. 셔츠를 벗은 그는 유에게 자기 몸을 확인시켜 주듯이 그녀의 시선 앞에 머물렀다. 그녀에 대한 미련은 남았어도, 그 시절에 대한 미련은 없었다. 성인을 흉내 낸 소년이 아닌, 완벽한 성인의 몸으로 그녀를 마주한 전율은 또 한 번 사랑에 뛰어들 준비가 되었다.

유는 매끄러운 전율의 어깨와 가슴 근육을 손끝으로 더듬었다. 전율은 유의 몸 위로 올라왔다. 목에 걸린 자물쇠가 눈앞에 시계추처럼 흔들렸다. 유는 자물쇠를 손으로 움켜잡았다. 자물쇠를 잡아당기자 힘없이 끌려온 그의 얼굴이 유의 얼굴 위로 쏟아졌다. 그 순간 전율은 잊고 있던 것이 떠올랐다. 목걸이의 주인은 전율이 아니라 그녀였고, 그녀가 그의 주인이라는 사실이…. 두 사람의 주종 관계에서 자신은 한 번도 우위를 차지할 수 없었다는 사실도….

그녀의 남자들

 평소보다 늦게 출근한 전율에게 마리가 "커피 드릴까요?" 하고 물었다. 전율은 언제나처럼 거절하고 휴대폰만 뚫어지게 쳐다보았다.
 "왜 이렇게 전화를 안 받지?"
 오늘 아침 단물 빨린 껌처럼 길바닥에 내팽개쳐진 전율은 내내 이런 상태였다. 출근 시간에 늦은 유를 택시에 태워서 병원 앞에 내려 준 그는 달려가는 유의 뒷모습만 허탈하게 바라보았다. 몇 시에 퇴근하는 건지 물었지만 대답도 듣지 못했다.
 벌써 유에게 열 번째 전화를 걸었다. 받지 않아 초조함에 다리가 덜덜 떨렸다.
 "문자도 확인 안 하네…. 병원에 있는 거 맞아? 분명히 병원 문 앞에 데려다주었는데. 설마….”

또 도망간 건 아니겠지? 불안함에 중얼중얼 혼잣말하는 전율을 보며 마리는 고개를 갸우뚱했다. 설마 그 여자가 나타난 건가?

결국 전율은 사무실을 뛰쳐나갔다. 유를 의심하는 건 아니지만 정말로 병원에서 일하는 건지 확인해야 마음이 놓일 것 같아서 주차장으로 내려갔다. 마침 건물 안으로 들어오던 자신의 차를 발견했다. 창문이 내려가고, 운전석에 있던 박지오가 물었다.

"안 그래도 점심 같이 먹으려고 왔는데, 알고 내려온 거야?"

전율은 뒷좌석에 올라타자마자 병원으로 가자고 말했다.

"왜? 어디 아파?"

"유, 하루 종일 연락이 안 돼."

조수석에 앉은 에스타가 뒤를 돌아보고 물었다.

"하루 종일이라는 건 몇 시를 기준으로 말하는 거야? 걔 아침에 출근한 거 아니었어?"

"아침 9시에 출근시켰지."

박지오의 입에서 찰진 욕설이 흘러나왔다.

"씨발, 미친놈. 겨우 세 시간 연락 안 됐다고 직장으로 찾아가는 게 정상이냐? 어우, 소름 끼쳐. 만약 내 여친이 전율 같은 여자라면 난 지구 반대편으로 도망갈 것 같아. 다시 돌아온 유가 겁나 대단한 거야."

투덜대면서도 박지오는 병원을 향해 차를 몰았다. 유가 일하는 곳에 뜬금없이 찾아온 세 사람은 박물관에 견학 온 학생들처럼 두리번거리며 병원 안을 배회했다. 일하는 애인 혹은 친구 애인의 직장에 찾아올 정도로 서로가 할 일 없는 놈들이라는 걸 처음 알았다.

"유, 무슨 과에서 일한대?"

박지오의 물음에 전율은 고개를 저었다.

"나도 몰라."

"몇 시에 퇴근인데?"

"몰라."

박지오의 표정이 구겨졌다.

"대화라는 걸 안 했어?"

"어젠… 대화할 상황이 아니었어."

한 대 칠까? 주먹을 쥐는 박지오의 팔을 에스타가 잡았다. 어제까지 멀쩡하던 전율이 동네 바보가 된 건 윤유만이 부릴 수 있는 마법이었다.

병문안을 온 것도 아니고, 아파서 온 것도 아닌 그들은 정처 없이 병원을 떠돌면서 에스컬레이터를 타고 올라갔다 내려오기를 반복했다. 아무리 뻔뻔한 박지오라고 해도 원무과에다 대고 윤유 어디 있냐고 물어보는 건 도저히 할 수가 없어서 볼일이 있는 척 어슬렁거렸다.

그때 멀리서 바쁘게 걸어오는 유를 발견하고 박지오가 손을 번쩍 들었다.

"유야!"

유는 출입문 쪽을 돌아보고 활짝 웃었다. 자신들을 발견한 줄 알고 들떠서 가까이 가려던 전율, 박지오, 에스타는 걸음을 멈추었다. 한 남자아이가 유의 품으로 뛰어들었다.

"엄마!"

쌀을 빌리고 있던 유는 남자아이를 힘껏 안아 올렸다.

"엄마, 보고 싶어서 못 참을 뻔했어요."

아이의 말에 유는 얼굴에 웃음을 가득 머금고 말했다.

"엄마도 울 다로 기다렸지. 가자! 맛있는 쿠키 만들러. 재료 준비해 놓았어."

"오예! 엄마 최고!"

유와 아이는 손을 잡고 멀어져 갔다.

유에게 애가 있었어? 세 남자의 얼굴이 허옇게 굳었다. 그렇지 않아도 7년 전, 그녀가 임신하고 다른 남자와 해외로 날랐다는 소문이 떠돌긴 했다. 에스타는 손가락을 하나하나 꼽으며 무언가 계산하더니 두 손을 아래로 떨어트렸다.

"애가 몇 살 정도 돼 보여?"

"여섯 살? 일곱 살?"

박지오가 대답하는 사이 전율은 유가 간 곳을 향해 달렸다. 그는 유의 앞을 막아섰다. 여긴 어쩐 일이냐는 듯 동그란 눈으로 올려다보는 유는 쳐다보지도 않고, 전율은 그 옆에 서 있는 작은 인간의 얼굴을 뚫어지게 보았다. 눈, 코, 입. 나를 안 닮았다. 전율의 심장은 가슴을 뚫고 나올 듯이 뛰었고, 입이 마르고 손이 떨렸다.

유는 차분한 목소리로 물었다.

"율아, 언제 왔어?"

허둥지둥 뒤따라온 박지오와 에스타도 전율 옆에 서서 자기들끼리 질문과 대답을 주고받았다.

"누구 닮은 것 같냐?"

"몰라. 전율은 아닌 것 같아. 쌍꺼풀이 없어."

"전율도 고2 때까지는 쌍꺼풀 없었어. 유 때문에 겁나 울어서 생긴 거지."

"코도 조금 눌렸는데?"

"그건 엄마 닮았나 보다."

"전율, 양심 없는 새끼⋯. 그렇게 철저하게 감시했는데. 그 겨울, 방학 숙제한다는 핑계를 대고 유네 집에 눌러앉았을 때부터 알아봤어. 언제부터 숙제 따위를 했다고. 애 만드는 게 학교 숙제면 대한민국 출산율 걱정할 필요도 없겠네."

두 사람의 역사적인 첫 경험에 대해서 정확히 아는 사람은 아무도 없었다. 유가 그런 얘길 떠벌릴 성격도 아니고, 전율은 철저하게 비밀에 부쳤기 때문이다. 친구들에게 굳이 내색하지 않았기에 박지오와 에스타는 전율의 신체 기능을 의심할 정도였다.

유는 전율과 친구들이 왜 여기 와 있는 건지, 그들이 무슨 대화를 하는 건지 몰라서 눈만 깜박거렸다. 남자아이가 유의 파란색 가운을 잡아당겼다.

"엄마, 이 아저씨들 누구예요?"

"그게⋯."

뚫어져라 아이의 얼굴만 보고 있던 전율이 물었다.

"애 아빠가 누구야?"

유는 이름이 잘 기억나지 않는지 잠시 생각하더니 대답했다.

"아, 이은택 씨."

때마침 아이가 전율의 뒤를 향해 해맑게 손을 흔들었다.
"아빠!"
모두가 몸을 돌려 그를 보았다. 나이는 40대, 허리둘레도 40인 치는 되어 보이는 엄청난 인상의 소유자가 웃으며 유에게 고개를 꾸벅 숙였다.
"안녕하세요, 선생님."
"다로 아버님. 오늘은 다로 놀이 치료가 있어서요. 40분 정도 걸릴 것 같아요."
"매번 감사합니다."
목례로 대답한 유는 바빠 죽겠는데 연락도 없이 불쑥 찾아와서 이상한 소리만 해 대고 있는 세 남자를 가볍게 지나쳐 다로의 손을 잡고 놀이 치료실이라고 쓰여 있는 방으로 들어갔다. 이은택 씨는 푸근한 얼굴로 닫힌 문을 보고는 시간 때울 곳을 찾아 사라졌다.
박지오가 중얼거렸다.
"요즘은 유치원 교육이 도대체 어떻게 되었기에 애가 의사를 엄마라고 불러…. 마미와 닥터가 헷갈릴 수 있나?"
긴장이 풀린 전율은 치료실 앞에 놓여 있는 긴 의자에 쓰러지듯 누워 버렸다. 100년 치 놀랄 거 다 놀라서 이제는 웬만한 일에는 안 놀랄 자신이 생겼다.

유는 밀려드는 온갖 일에 화장실에 갈 시간조차 없었다. 겨우 밥

을 먹고, 이를 닦고, 꺼져 있던 휴대폰을 충전기에 꽂았다. 전원을 켜자마자 날아드는 메시지는 전율로부터 온 것이었다. 유는 낮에 그들이 병원에 왔었다는 사실도 깜박 잊고 있었다.

"율아, 전화했었어? 미안. 일하느라 못 받았어."

고3 수험생도 아니고 연락 안 하는 조건으로 사귀는 거 아직도 유효한 거냐고 따져 묻는 전율의 볼멘 목소리가 전화기 너머로 들려왔다.

"너무 바빠서 이제 겨우 시간이 났어. 그런데 아까는 병원에 왜 왔어?"

"너한테 엄마라 부른 그 애는 뭐냐? 걘 엄마가 없어?"

"다로는 엄마가 안 계셔. 뇌척수염으로 돌아가셨거든. 다로도 작년에 수술받고 치료 중이야."

물어본 사람 머쓱하게 너무 안타까운 사연을 들어 버려서 전율은 말문이 막혔다. 밥은 먹었는지, 일은 언제 끝나는 건지, 데리러 갈까? 물어보려던 말이 순서대로 나오기도 전에 유의 휴대폰이 울렸다. 응급실에서 온 연락이었다.

"나 가 봐야 해. 이따가 다시 전화할게."

"뭐? 잠깐만! 언제 끝…."

통화 시간 33초. 끊긴 전화를 들여다보는 전율의 등 뒤에서 박지오의 숨넘어가는 웃음소리가 들려왔다.

"하하하. 유 처음 만났을 때도 연락 엄청 안 됐잖아. 전화 더럽게 안 받고, 문자 씹는 것도 모자라 아예 차단하고. 오랜만이라 그런지 신선한데? 여전해."

전율은 유의 영혼이라도 남아 있는 것처럼 휴대폰을 받쳐 들고는 믿기 어렵다는 듯 물었다.

"의사가 원래 이런 직업인가? 병원에서 뭘 하는데 애가 전화할 시간도 없어? 근로기준법 그런 건 적용 안 돼? 아침에 출근했으면 퇴근을 해야지 퇴근을!"

"전율, 나 너 한번 안아 봐도 되냐?"

박지오가 감격스러운 표정으로 일어나 전율을 와락 안았다. 전율은 징그럽다며 그를 떼어 냈다. 박지오는 오랜만에 사람 냄새 나는 전율의 모습을 보고 흐뭇함을 감추지 못했다.

"그리웠어. 그때의 전율로 돌아온 거 너무 반갑다, 친구야."

유가 멀리 있는 것도 아니고 병원에 있는 걸 눈으로 확인한 이상 보고 싶다고 안달 나 봐야 소용없는 일이었다. 그녀의 퇴근을 목 빠지게 기다리며 간간이 날아오는 문자 메시지 하나에 하루를 다 산 것처럼 뿌듯함을 느끼는 수밖에.

그렇게 3일이 지났다. 유는 3일 전과 같은 옷에 부스스한 머리를 질끈 묶고 병원 밖으로 나왔다. 데리러 온다던 전율을 찾느라 병원 주차장을 두리번거리고 있을 때, 낯익은 차 한 대가 눈에 들어왔고, 곧이어 익숙한 목소리가 들려왔다.

"신세기…? 네가 왜 여기 있어?"

신세기는 놀라지도 않고 태연하게 인사를 건넸다.

"어이, 전율. 오랜만이다."

유가 옆에 와 있는 줄도 모르고, 신세기에게 고정된 전율의 눈에서 푸른빛이 튀었다. 가장 두려워한 순간을 마주한 전율의 심장이 고동쳤다.

"그… 비밀번호가 너야?"

신세기는 여유롭게 웃었다.

"무슨 말인지 모르겠네. 알아들을 수 있게 말해."

유는 전율의 팔을 잡았다. 마음 같아서는 신세기와 대화를 이어가고 싶었지만, 병원을 나서는 사람들의 시선 때문에 전율은 유를 차에 태우고 주차장을 벗어났다.

"비밀번호 누르고 들어온다던 남자가 신세기였어?"

그는 화가 났다고 표현하기에 부족할 만큼의 분노를 겨우 참고 있었다. 무릎 위로 시선을 내린 유는 고개를 끄덕였다.

"언제부터?"

유는 고등학교 졸업식 다음 날 공항까지 데려다준 사람이 신세기였다는 걸 밝혔다. 전율은 도무지 운전에 집중할 수가 없어서 조용한 공터에 차를 세웠다. 이런 걸 본인 입으로 직접 물어봐야 하는 현실이 참담했지만 묻지 않고서는 그냥 넘어갈 수가 없었다.

"신세기랑 사귀었어?"

당장 무너질 것 같은 그의 표정에 유는 말문이 막혔다. 절대로 선을 넘은 적 없는 사이였지만 뭐라 설명해야 할지 몰라서 단어를 골랐다. 대답 없는 유를 보며 전율의 감정이 고조되었다.

"나 없는 동안 신세기랑 사귀었냐고 묻잖아!"

"아니야. 세기 오빠는 그런 거 아니야. 그냥 도와줬어. 내가 도움이 필요할 때 이것저것 많이 도와줬어."

"그냥 도와주는 사이라면서 너네 집 비밀번호는 어떻게 알고 있는 건데?"

"그건…."

유는 차창 밖으로 고개를 돌려 버리는 전율의 손을 잡고 달래듯 손가락 마디를 쓰다듬고 또 쓰다듬었다.

"율아…."

전율은 자신의 손을 감싸고 있는 유의 하얀 손등을 보고 어느 정도 진정을 되찾았는지 그녀와 눈을 맞추었다. 그녀의 눈동자는 언제나처럼 맑고 고요했다. 두 사람이 사귀었든 아니든 이제 와서 그런 건 중요하지 않았다. 지금 느끼는 감정은 그녀에게 선택받지 못한 것에 대한 패배감과 좌절감이었다.

나는 그녀를 잃고 지금까지 혼자였는데, 신세기는 내가 잃어버린 모든 걸 가지고 있었다. 나는 그토록 아파하고 괴로워했는데, 그녀는 내가 없이도 신세기와 잘 살고 있었다. 그녀 옆을 지키는 사람이 왜 나일 수는 없었던 건지. 왜 내가 아니었는지.

그녀와 함께하지 못한 지난 시간이 전율에게는 치명적이었다. 가장 찬란해야 할 그의 20대 절반 이상이 폭격을 맞은 것처럼 뻥 뚫려 있었다. 그것은 무엇으로 메울 수도, 되찾거나 보상받을 수도 없었다. 그걸 그녀가 알았더라면 이런 잔인한 짓은 하지 못했을 것이다. 아파도 참는 게 전율의 습관이고, 또다시 버림받을지도 모른다는 두려움에 떨면서도 사랑할 수밖에 없는 게 그의 운명이었다.

전율이 말했다.

"집으로 가자."

전율의 오피스텔에 이영이 얼굴을 들이밀었다.

"집에 집주인은 없고 객식구들만 잔뜩 있네. 전율 얼굴 좀 보고 가려고 했더니."

전율이 집에 있었으면 문을 안 열어 주었을 거라는 사실을 망각한 듯, 이영은 편의점에서 산 과자와 맥주를 아일랜드 식탁에 내려놓으며 투덜거렸다. 소파에 왼팔을 베고 누워서 느긋하게 휴대폰을 보던 박지오가 말했다.

"전율을 왜 여기 와서 찾아? 유네 집에 가서 찾아야지."

이영의 눈이 번쩍 뜨였다.

"유? 국민 첫사랑? 그녀가 돌아왔어?"

호들갑스럽게 묻는 이영의 질문에 대답하는 박지오의 반응은 심드렁했다.

"앞으로 전율 얼굴 보기 힘들 거다. 지금도 정신없거든. 유한테 휘둘리느라."

연애 중일 때 전율은 인간이 아니라 윤유의 개다. 이영이 쏟아질 듯 크게 뜬 눈으로 다시 물었다.

"박지오, 너는 왜 가만히 있어? 너도 그 여자 못 잊고 그리워했잖아!"

이번엔 에스타가 대답했다.

"유가 도망간 이유를 아는데 또 그러면 멍청이지. 우리는 조용히 빠지기로 했어."

박지오는 동의한 적 없다며 반박했다.

"난 빠지기로 한 적 없어. 전율이 불쌍해서 시간을 조금 주는 거야. 나도 조만간 본격적으로 유한테 갈 거니까 말리지 마."

이영은 흥분을 감추지 못하고 박지오와 에스타를 번갈아 가며 유를 소개해 달라고 졸랐다.

"진짜 한번 보고 싶어! 유가 어떤 여자인지 너무 궁금해!"

세 남자를 사랑의 구렁텅이에 빠트린 그녀가 누구인지 궁금해서 이영은 참을 수가 없었다. 하지만 이영이 졸라 댄다고 해도 두 사람은 유를 소개해 줄 생각이 없었다. 유는 낯을 많이 가리는 성격이라서 모르는 사람과 함께 있는 걸 불편해했고, 불필요하게 인맥을 넓히는 걸 원치 않았기 때문이다.

그렇게 하자고 정한 적도 없는데, 예전부터 박지오와 에스타는 은근히 유의 인간관계를 관리했다. 셋이 나누기에도 모자란 그녀의 시간을 공유할 또 다른 누군가가 생기는 건 별로 내키지 않는 일이었다. 그게 여자든 남자든 상관없이 그랬다.

어느 순간부터 언제나 넷이 함께였다. 가끔 유의 친구들과 어울리기도 했지만, 다른 누구도 침범할 수 없는 그들만의 영역이 분명히 존재했다. 그걸 깨트리고 싶지 않은 건 전율, 박지오, 에스타 모두 마찬가지였다. 유의 고요한 그늘 속에서 완벽한 균형을 유지하길 원했다.

다행인 건, 유 역시 사교적인 성격이 아니었으므로 누가 다가오든 멀어지든 크게 연연하지 않았다는 것이다. 아마 본인이 관리를 받았다는 사실조차 모를 것이다.

휴대폰을 들여다보던 에스타가 시간을 확인했다.

"지금쯤 유 퇴근해서 집에 갔을 텐데. 밥이나 같이 먹자고 전화 해 볼까?"

유의 가방에서 전화벨이 울렸지만 받을 수 있는 상황이 아니었 다. 전율은 유의 머리카락 사이에 얼굴을 묻고 아득하게 멀어져 가 는 이성을 찾으려는 시도도 없이 마냥 깊이 파고들었다. 끈질기게 이어지던 벨소리가 멎고, 이번에는 전율의 전화가 울렸다.

"율아… 전화…."

움직임을 멈춘 전율은 왼팔로 유를 안고 오른손으로 휴대폰 전원 을 꺼 버린 뒤 다시 그녀의 발목을 잡아 입을 맞추었다. 시작도 끝 도 없는 사랑의 행위가 밤새도록 이어졌다. 전율이 그녀를 놓아 준 건 동이 틀 때쯤이었다.

"유야, 결혼하자."

"갑자기 무슨 소리야…?"

"너 오늘 쉬는 날이지? 잘됐다. 구청 가자. 혼인 신고부터 해야 겠어."

"혼인 신고라니…."

유의 어깨에 얼굴을 묻은 전율이 중얼거렸다.

"너 도망 못 가게 묶어 놓을 방법이 없을까 곰곰이 생각해 보다 가, 아무래도 결혼하는 게 좋을 것 같다는 결론을 내렸어. 그리고 아기를 낳아야겠어. 최대한 빨리."

결혼은 아직 생각해 본 적 없는 유는 대답할 기운도 없어서 강아 지처럼 품에 안긴 그의 얼굴을 쓰다듬기만 했다. 콘센트에 코드를 꽂아야 충전되는 전자 제품처럼, 밥 먹는 시간을 제외하고는 몸의 한 부분을 기어코 연결하고 있으려는 전율에게 시달리느라 유는 온종일 비몽사몽이었다. 아침부터 구청에 가자고 설쳐 대는 전율 때문에 쉬지도 못했다.

다음 날 전율은 출근하는 유에게 '혼인 신고서'를 내밀었다. 숙제를 내 주는 선생님처럼 "월요일까지 이거 다 작성해 와." 하고는 병원 앞에 내려 주었다.

유는 병원에 들어서자마자 묘한 분위기를 느꼈다. 그녀를 향한 시선과 수군거림이 착각이 아니라는 걸 간호사실에서 달려 나온 세영이 알려 주었다. 세영은 유를 한쪽 구석으로 끌고 가서 성훈과의 일에 관해 물었다.

"성훈 쌤이랑 헤어졌어요? 만나는 남자가 한둘이 아니라고, 유 쌤 완전 가벼운 여자라고 소문났어요! 사실 아니죠? 성훈 쌤이 차이고 나서 안 좋은 소문 퍼트리는 거죠?"

유는 남의 이야기를 듣듯 멍한 눈동자로 세영을 보았다. 가만두지 않겠다고 씩씩거리던 성훈의 상처투성이 얼굴이 떠올랐다.

"소문이 아닌 것 같던데? 그날 우리 다 같이 봤잖아. 유 쌤 술 취했을 때 어떤 남자가 와서 데리고 가는 거."

등 뒤에서 들려온 목소리에 유와 세영이 돌아보니 같이 회식했던 오 간호사였다.

"꽤 오래 만난 사이 같던데, 양다리 맞지 뭐. 아니야?"

오 간호사 옆에 있던 또 다른 간호사가 말을 덧붙였다.

"엊그제도 병원 앞에서 봤어요. 남자 둘이 서로 유 쌤 데려가려고 싸우던데. 그래서 성훈 쌤을 찾았어요?"

유가 아무 말도 하지 않는 동안 연애 방식에 대한 각자의 의견을 내세우느라 간호사 스테이션이 떠들썩해졌다. 결혼보다는 자유로운 연애에 찬성한다는 어린 간호사들은 능력만 된다면 최대한 많은 사람을 만나 보는 것도 나쁘지 않다며 유의 편을 들었다.

"꼭 한 사람만 만나라는 법은 없잖아요"라고 누군가 말하자 흥분한 오 간호사가 소리쳤다.

"그렇다고 연애를 할 때 한 번에 두 명, 세 명이랑 하면 그게 인간이니!"

오 간호사의 전 남자친구가 양다리를 걸치는 바람에 울고불고 헤어졌다는 건 유 빼고 다들 아는 사실이었다.

자신의 세계를 다른 사람에게 설명하는 것 자체가 애초에 불가능한 일이었으므로, 거짓도 진실도 일일이 해명할 필요 없다고 생각한 유는 먼저 가 보겠다며 인사를 하고 그곳을 벗어났다. 논란의 주인공이 긍정도 부정도 하지 않고 침묵으로 일관했다는 이유로 소문은 왜곡되어 삽시간에 병원 전체로 퍼져 갔다.

CEO 데스크에 앉은 전율은 마케팅 총괄 팀장인 승재에게 물었다.

"형은 결혼했으니까 이거 써 봐서 알지? 여기 뭐 쓰는 건지 나 좀 알려 줘."

전율은 뚫어지게 보고 있던 서류를 승재에게 내밀었다. 그는 서류를 받아 들고 황당한 얼굴로 물었다.
"너 결혼했어? 갑자기 무슨 혼인 신고서야?"
전율은 수능 시험지를 앞에 둔 수험생처럼 진지했다.
"'본'이 뭐야? 뭘 한자로 쓰래. '등록 기준지'는 뭔데? 뭐가 뭔지 하나도 모르겠네."
승재 앞에 커피를 내려놓던 마리는 데스크 위에 있는 혼인 신고서를 보고 흠칫 놀랐다. 어쩐지 요 며칠 정신이 나간 것 같더라니. 그래도 혼인 신고서까지 나오는 건 너무 이르지 않나?
전율은 마리가 옆에 있든 말든 혼인 신고서 작성에 골몰했다.
"증인란에 두 사람 서명을 받아야 하는데 형이 하나 해 줄래?"
커피를 마시려던 승재가 버럭 소리쳤다.
"야, 인마! 네가 누구랑 결혼하는지도 모르는데 증인을 어떻게 서? 여자 먼저 데려와서 인사시키는 게 순서 아니냐?"
"아, 왜! 서 줘. 증인!"
막무가내로 증인을 서 달라고 떼쓰는 전율을 보며 승재는 뭐 이런 놈이 다 있나 싶어 고개를 저었다. 그동안 회사를 함께 이끌어 가면서 봐 왔던 전율은 매사에 무덤덤하고 남 일에 관심이라고는 없는 담백한 인간이었다. 연애하는 꼴은 본 적이 없어서 몰랐는데, 여자에 꽂히면 물불 안 가리는 타입이라는 걸 처음 알았다. 승재는 못 이기는 척 타일렀다.
"그러지 말고 한번 데려와. 이번 주 워크숍 가는 거 알지? 7년을 기다린 여자가 어떻게 생겼나 얼굴이나 좀 보자. 그 뒤에 증인 서

줄게."

"그럼 나 오늘 좀 일찍 퇴근할게. 해야 할 일이 있어서."

전율은 쓰다 만 혼인 신고서를 챙겨 들고 밖으로 나갔다. 마리는 자신과 닮았다는 그 여자가 몹시 궁금해졌다.

전율은 거실 소파를 하나씩 차지하고 누워 있는 박지오와 에스타에게 볼펜을 건넸다.

"간디, 화성. 이리 와 봐. 이것 좀 써."

화성은 '별'이라는 별명에서 한 걸음 나아가 다차원적인 성격을 반영한 에스타의 또 다른 별명이었다. 에스타는 전율이 내민 혼인 신고서를 들여다보더니 말없이 돌려주었다.

"누구 맘대로 혼인 신고서를 써. 유가 너랑 결혼한대?"

박지오의 질문에 전율은 딱 잘라 말했다.

"증인이 두 명 필요해. 너희 둘이 여기에다가 이름 쓰고 사인하면 돼."

"미친놈. 차라리 신체 포기 각서에다가 사인을 하지."

박지오가 볼펜과 혼인 신고서를 테이블에 던지듯 내려놓자 전율은 이해되지 않는다는 표정을 지었다.

"어차피 유는 내 거고, 올해든 내년이든 나랑 결혼할 건데 뭐가 문제야?"

박지오는 한심함을 넘어서 답답함에 울화통이 터졌다.

"이 새끼는 어떻게 고등학생 때보다 더 정신 못 차리는 것 같아. 전율, 제발 정신 좀 차려!"

"왜? 도대체 뭐가 문젠데?"

전율은 뭐가 문제인지 진짜 모르겠다는 얼굴이었다.

"유가 너랑 결혼한대?"

"아니."

"그게 문제지! 왜 너 혼자 난리야? 네가 무슨 쉰 살 노총각이야? 뭐가 급하다고 결혼식도 안 하고 혼인 신고서부터 써?"

"그럼 뭐부터 해야 해? 애부터 만들어? 그건 이미 하고 있어."

소파에 누워 있던 박지오는 다리 사이에 끼고 있던 쿠션을 전율에게 던졌고, 전율은 날아오는 쿠션을 주먹으로 쳐 냈다. 공격에 실패한 박지오는 탁자에 던져 놓았던 혼인 신고서를 집어 들었다. 당장이라도 찢을 것처럼 양손으로 종이를 들고 전율을 똑바로 쳐다보았다.

전율은 박지오에게 손짓했다.

"이리 내놔. 그거 찢으면 네가 새로 산 그 명품 티셔츠도 다 찢어 버릴 거야."

"어. 그래 찢어, 새끼야. 또 사면 돼. 내 눈에 흙이 들어가기 전에 이 결혼 절대 안 돼!"

"흙, 원하는 만큼 넣어 준다니까. 일로 와!"

두 남자가 넓은 거실을 뛰어다니며 서로 쫓고 밀치는 장면을 보며 에스타는 추억에 잠겼다. 왠지 아련했다. 여고 앞에서 하던 짓을 아직도 하는 게 신기하기도 하고, 유를 중심으로 이렇게 뭉쳐 있다는 게 놀랍기도 하다.

유가 퇴근하는 날 저녁, 세 사람은 병원 주차장에서 그녀를 기다렸다.

"이러고 있으니까 옛날 생각난다. 그치? 여고 앞에서 거의 매일 기다렸는데. 추억 돋네."

박지오의 말에 전율이 허공을 보며 빈정댔다.

"내 여친 기다리는데 왜 네놈들이 따라오는지 난 그때도 몰랐고 지금도 모르겠어."

"우리 다 함께 마르퀴산 섬으로 이민 가는 건 어때? 거긴 옛날에 일처다부제였다더라? 우리 셋이서 유를 먹여 살리는 거야."

"애 낳으면 애 아빠가 누구인지 모르고?"

말 같지도 않은 박지오의 일처다부제 소리에 전율이 코웃음 치자 에스타가 답했다.

"이은택 씨만 아니면 돼."

"미친 소리들 하고 있다."

유와 세 친구는 저녁을 먹으러 고깃집으로 갔다. 식당에 들어가서 앉자마자 전율은 유 앞에 손바닥을 내밀었다.

"숙제는 다 했어?"

"무슨 숙제?"

"혼인 신고서 썼냐고."

유는 그게 가방에 있는지도 몰랐을뿐더러 꺼내 볼 시간도 없었다. 박지오가 유를 대신해서 내밀고 있는 전율의 손바닥을 찰싹 쳐 냈다.

잠시 후 이영이 엄청난 에너지를 뿜으며 테이블로 달려왔다. 4인용 테이블에 의자 하나를 더 끌어와서 앉은 그녀는 안쪽에 앉아 있는 유를 호기심 가득한 눈으로 보았다. 마른 몸, 작고 화장기 없는 얼굴에 까만 눈동자가 청순함의 극치였다.

"얘가 유야? 영화나 소설 속 인물인 줄 알았는데 실존 인물이라니. 겁나 예뻐! 뭔가 주변에 뿌옇게 빛이 나는 것 같아!"

등을 돌리고 앉은 전율은 넓은 어깨로 유를 가렸다. 유의 컵에 물을 따라 준 에스타가 이영의 호칭을 지적했다.

"유 우리보다 한 살 많아."

그 말에 놀란 이영은 입을 가린 채로 있는 힘껏 떠들었다.

"뭐? 진짜? 몰랐어. 죄송해요, 언니! 얘들이 나이는 이야기한 적 없어서 당연히 동갑이라고 생각했는데 너무 어려 보여요. 얼굴에 순수함이 묻어 있어! 어떻게 전율이랑 사귀는 거지? 상상이 안 돼. 얘들은 누가 봐도 타락했는데!"

박지오가 이영의 정강이를 발로 찼다.

"유 앞에서 웬만하면 주접떨지 말고 얌전히 있어!"

이영은 꿋꿋하게 자기소개를 했다.

"안녕하세요. 이영이라고 합니다. 박지오 전 여치… ㄴ… 읍…."

박지오는 이영의 입을 틀어막고 그녀의 귓가에 낮은 목소리로 말했다.

"입 다물어. 나랑 사귀었다는 말 했다가는 전 여친 취급 제대로 해 줄 테니까."

전 여친 취급이라는 건 지구에 없는 사람 취급하겠다는 말과 같았다. 손을 떨쳐 낸 이영은 매우 자랑스럽게 박지오의 어깨에 팔을 두르고 웃었다.

"전우예요. 전우! 백골 부대 12사단 동기!"

군 면제자 주제에 백골 부대가 어디 있는지도 모르면서 아무 말이나 뱉어 내고 웃는 그녀의 말에 맞장구쳐 주는 사람은 아무도 없었다.

의사인 유의 손이 일회용 물수건보다 깨끗할 게 분명했지만, 전율은 물수건으로 유의 손가락을 하나하나 정성스럽게 닦았다. 그러는 동안 맞은편에 앉아 있던 에스타가 메뉴판을 내밀었다.

유와 에스타는 다정하게 얼굴을 맞대고 메뉴를 골랐다. 소고기와 돼지고기를 구별할 줄 모르는 유에게 먹고 싶은 걸 고르라고 해 봤자 별 의미는 없었다. 메뉴판으로 가려 놓은 둘만의 공간에서 은밀한 시간을 즐기는 게 에스타는 좋을 뿐이었다.

"유, 술 마실 줄 알아? 뭐 마실래?"

에스타의 물음에 박지오가 대꾸했다.

"얘 술 못 마실 것 같은데. 한 잔 마시고 기절하는 거 아니야? 너처럼."

에스타는 샴페인 한 잔 정도의 주량을 갖고 있었다.

세 남자가 유의 주량을 계산하고 그녀가 취할 것을 대비해 뒷일까지 의논하는 동안 이영의 입은 동굴처럼 벌어졌다. 그들의 대화 주제와 관심이 오로지 한 여자에게 집중되어 있는 게 신기했다. 익숙한 듯 고고하게 자리를 지키고 있는 유의 평온함이 더욱 놀라웠다.

박지오는 유의 손에 잔을 쥐여 주고 술 한 잔을 따랐다.

"너랑 술 마시는 게 내 소원이었는데. 드디어 소원이 이루어지는 건가?"

전율은 달걀찜을 한 숟가락 떠서 호호 불며 유의 입에 넣을 준비를 했다. 유는 술잔을 입으로 가져갔다. 기특하면서도 마냥 사랑스럽다는 세 남자의 눈길을 받으며 한 방울도 남김없이 마셔 버렸다. 테이블에 빈 잔을 내려놓자 축구 결승 골이 들어간 듯한 박수와 환호가 요란하게 터졌다.

"와! 하하하!"

이제 막 첫사랑을 시작한 사춘기 소년처럼 어쩔 줄 몰라 얼굴을 붉힌 전율은 미리 준비하고 있던 달걀찜을 유에게 먹여 주었다. 무장 해제된 박지오의 눈웃음은 둘째 치고, 늘 아슬아슬하게 느껴졌던 에스타의 눈빛도 순수하게 바뀌었다.

"자기야, 나랑 잔 바꾸자. 네 입술 닿은 잔으로 마시면 더 맛있을 것 같아."

에스타가 유에게 손을 내밀자 유는 방금 마신 술잔을 에스타의 손에 건넸다. 전율은 그걸 잽싸게 빼앗아 주머니에 넣었다. 박지오가 짜증을 부렸다.

"술잔 내놔! 술 따라 주게."

"내 잔에 따라. 하나로 같이 마실 거야."

전율이 안 내놓겠다고 고집을 부리자 박지오는 고기를 뒤집던 집게로 전율의 주머니를 뒤졌다.

"옷에 기름 묻잖아, 새끼야!"

"소주잔 훔치는 거 절도야. 사장님 불러?"

"고기나 뒤집어!"

유의 술잔을 차지하려는 유치한 다툼은 열여덟 살 때의 모습 그대로였다. 유는 에스타가 건넨 음료수를 마시면서 버터에 절인 옥수수를 먹었다. 국민 첫사랑과 머저리들의 생방송을 시청하던 이영은 처음 보는 그들의 모습에 다물어지지 않는 입안으로 누구도 따라 주지 않은 소주를 흘려 넣었다.

박지오가 본격적으로 밀린 대화를 해 보자며 유에게 물었다.

"너한테 프러포즈한 그 인간은 뭐냐? 너 정말 그런 놈이랑 사귀었어? 눈이 어떻게 된 거 아니야?"

"착한 사람이었는데…."

"너한테 나쁜 사람은 도대체 누군데? 무슨 짓을 어떻게 해야 나쁜 놈이 되는 건지 궁금하다. 너 기억 안 나? 고2 때 네가 김별 착하다는 헛소리를 해 갖고 김별이 착하면 나는 간다니! 했더니 그때부터 전율이 나보고 간디라고 부르잖아. 뭔 별명이 나랑 겁나 안 어울려. 나는 인류애가 없다고!"

"푸하하하하!"

이영의 웃음소리가 고깃집 전체를 울렸다. 지금껏 전율이 박지오를 간디라고 부를 때마다 도무지 어울리지 않는 그 별명이 어디에서 왔을지 궁금했는데, 오늘에서야 출처를 알았다.

"아무튼 윤유, 한 번만 더 도망가면 그땐 죽은 사람 취급할 거야. 진심이야. 너 사라진 날짜를 기준으로 제사상 차릴 거니까 그런 줄 알아."

제사상에는 윤유가 좋아하는 얼그레이, 식혜, 아이스크림, 오이, 파슬리, 해바라기씨 같은 걸 올릴 거라며 그녀의 제사상에 올릴 음식 목록을 세 남자가 돌아가면서 끝말잇기 하듯이 주고받았다. 덕분에 유는 본인도 몰랐던 음식 취향을 알게 되었다.

전율은 유를 지그시 바라보았다.

"내가 없던 지난 7년 동안 어떻게 지냈는지 말해 봐."

10개월 14일. 고등학교 시절 전율과 유가 사귄 기간은 1년도 채 되지 않았다. 그러나 그들이 함께했던 10개월은 네 사람 인생의 전부라고 해도 과언이 아니었다. 강릉 경포대까지의 이야기는 겨우 절반에 불과했고, 유와 세 친구는 모든 계절을 함께하며 지칠 줄 모르는 열정으로 서로의 삶에 짙은 낙인을 찍었다.

그들과 시간을 보내면 보낼수록 깊어지는 마음과 쉽게 뿌리칠 수 없는 감정들이 유를 짓눌렀다. 따뜻하고 감미로운 에스타의 사랑과 당당하고 저돌적인 박지오의 사랑, 그리고 폭풍 같은 전율의 사랑은 어떨 땐 봄 같고, 어떨 땐 여름 같고, 어떨 땐 가을 같아서 유는 어느 계절도 선택할 수 없는 저주에 걸린 것만 같았다.

유는 그들의 크나큰 사랑과 우정을 감히 지켜 낼 수 없을 것만 같아서 떠나기로 결심했다. 유의 고등학교 졸업식 날 멋지게 교복을 차려입고 온 전율, 박지오, 에스타는 각자 손에 들고 있던 장미꽃을 유에게 건넸다.

"유야, 졸업 축하해."

장미꽃 세 송이를 받은 유는 눈물을 쏟았다. 서로 그녀의 옆에 서겠다고 다투는 바람에 제대로 된 사진은 한 장도 건지지 못했지만, 활짝 웃고 있던 세 사람의 모습을 잊을 수가 없었다.

그날 세 사람은 유의 집에서 마지막 밤을 함께 보냈다. 평생 잊지 못할 추억을 만들기 위해 유는 평소보다 더 많이 웃고, 더 많이 이야기하고, 더 많이 눈을 맞추었다. 그 흔한 쪽지 한 장 남기지 못하고 갈 거라서 잠든 전율의 얼굴을 보며 미안하다는 말만 속으로 되뇌었다. 제발 나보다 덜 아프기를….

세 사람의 웃는 모습을 지켜 낼 수 있기를 바라며 유는 영원히 그리워하는 쪽을 택했다. 고요히 내려앉은 어둠 속을 걸어 신세기의 차에 올랐다. 신세기는 정말 후회하지 않느냐고 몇 번이나 물었다. 유는 고개를 끄덕였지만 알고 있었다. 후회할 거라는 걸. 공항까지 가는 내내 울던 유를 탑승장으로 들여보낸 신세기는 언제든 돌아오라는 한마디만 남기고 되돌아갔다.

유는 헤어지던 그날에 대해서는 아무 말도 하지 않았다. 그렇게 떠나간 이유에 대해서도 말하지 않았다. 스스로 결정한 일이었고, 감내하는 것도 본인의 몫이었기에 그들의 사랑을 온전히 받아들이기 위해 얼마나 많은 시간을 아파하고 방황해야 했는지는 그녀 자신만 알면 되는 일이었다.

전율이 궁금해했던 지난 7년의 세월은 재미없는 소설의 줄거리처럼 기억에 남을 만한 이야기가 하나도 없었다. 그 시간 동안 유에게는 공부가 전부였고, 공부만이 유일한 삶의 이유였다. 책을 붙잡고 필사적으로 매달렸다. 그렇게라도 하지 않으면 살아갈 수가 없을 것만 같았다.

공부로 시작해서 공부로 끝나는 이야기를 듣고 있던 이영이 물었다.

"언니, 정말로 인생에 공부가 다였어요?"

남자를 유혹할 만한 어떤 재주나 그럴 의도도 가지고 있지 않은 순수 결정체인 그녀가 어떻게 전율, 박지오, 에스타 같은 놈들이랑 만나서 사귀게 된 건지 그 엄청난 러브 스토리를 처음부터 듣지 않는 이상 이 조합을 이해하기란 절대 불가능할 것 같았다. 그래서 이영은 진지한 얼굴로 물었다.

"진짜 궁금해서 그러는데, 얘네 어떻게 꼬셨어요?"

에스타가 대신 대답했다.

"유는 우리를 유혹한 적 없어. 캐릭터 설정이 그렇게 되어 있다고 생각하면 돼. 여기는 만화 속 세상이야. 물론 가정일 뿐이지만. 우리는 윤유를 사랑하도록 설정되어 있고, 이미 설정된 설정 값은 바뀔 수 없어. 이건 불가항력이고 우리 힘으로 어떻게 할 수가 없는 거지. 그렇게 생각하는 게 마음 편해. 아무리 생각해도 그렇게밖에 설명이 안 돼."

"아, 셋 다 미쳤다는 뜻이구나…."

이영의 말에 전율, 박지오, 에스타 그 누구도 반박하지 못했다.

프러포즈

휴 세인트 병원에는 유의 스캔들을 덮을 만한 새로운 소식이 퍼졌다.

"이번에 외과 과장님이 새로 데려온 레지던트 한 분이 엄청 잘생겼대요. 아, 맞다. 안 그래도 유 쌤은 남자가 차고 넘친댔지."

당사자가 부정하지 않으니 남자 많은 여자라는 소문은 기정사실이 되어 버렸다. 그런 소문들을 일일이 신경 쓰지 못할 만큼 바쁘다는 점에서 병원 일은 유의 적성에 잘 맞았다.

점심시간이 거의 끝나갈 때쯤 유는 동기 다람과 구내식당으로 향했다.

"유야!"

누군가 불러서 뒤를 돌아보니 한 남자가 웃으며 다가왔다. 하늘색 유니폼 위에 걸친 하얀 의사 가운이 잘 어울렸다.

"어떻게 널 여기에서 만나지? 신기하다. 인연인가?"

"우진… 쌤?"

고등학교 시절 과외 선생님을 다시 만난 유의 얼굴에 놀라움과 반가움이 번졌다. 구내식당에 자리를 잡고 앉은 유와 우진은 옛 추억을 소환했다.

"군대 전역하고 복학했을 때, 당연히 네가 우리 학교에 있을 줄 알았는데 아무리 찾아 봐도 없어서 놀랐어. 과 사무실까지 가서 물어봤다니까. 어떻게 된 거야?"

"죄송해요, 쌤. 갑자기 호주로 유학을 가는 바람에…."

우진은 대학생 때로 돌아간 것 같아서 설렌다며 호탕하게 웃었다.

"우리 과외 끝난 지가 언젠데 아직도 쌤이야? 이젠 오빠라고 부르자."

유를 바라보는 우진의 눈에 온화한 웃음이 가득했다. 유의 옆에 앉은 다람은 우진의 얼굴만 힐끔거렸다.

"여기 온 지는 얼마나 됐어?"

"이제 6개월 됐어요."

"한창 바쁠 때라서 건강관리도 잘해야 하고 먹는 것도 잘 챙겨야 해. 예전보다 더 마른 것 같아. 팍팍 좀 먹어."

그렇지 않아도 언제 호출이 올지 몰라서 열심히 먹는 중인데 우진이 자꾸 말을 걸어서 유는 밥을 몇 번 씹지도 못했다.

식판을 반쯤 비웠을 때 레지던트 2년 차 예슬이 식당으로 들어왔다.

"김우진, 여기 있었어? 한참 찾았잖아! 왔으면 나한테 먼저 인사를 해야지!"

"어, 예슬아. 잠깐 아는 동생을 만나서 이야기 중이었어."

우진의 옆자리에 와서 앉은 예슬은 맞은편에서 밥을 먹고 있는 유와 다람을 보고 흥미롭다는 표정을 지었다. '아는 동생'이 둘 중 누구냐고 묻지 않아도 답을 알겠다는 듯 입가에 묘한 미소가 걸렸다.

"설마, 윤유를 알아?"

"우리 유, 나랑 같은 고향. 내가 예뻐하는 동생이야."

"난 또. 너 역시 이 구역 유명한 어장의 관리 대상인 줄 알았지."

다분히 비꼬는 말투에 긴장한 다람과 달리 유는 알아듣지 못한 얼굴로 식판을 정리했다.

"어장 관리 대상이라니, 그게 무슨 소리야?"

우진의 물음에 예슬은 아무것도 아니라고 답했다. 생긋 웃는 예슬의 시선이 유를 향했다. 유는 꾸벅 인사를 하고 자리에서 일어났다.

"오늘 예슬이가 환영회 열어 준다고 했는데 유도 올래?"

우진의 물음에 유는 걸음을 멈추고 대답했다.

"죄송해요. 저는 오늘 당직….'

"혹시 다른 친구랑 바꿀 수는 없는 건가?"

그건 어려울 것 같다는 유의 대답에 우진은 실망한 표정을 지었다.

"조금 서운하지만 당직이라니 어쩔 수 없지 뭐. 다음에 둘이 밥 먹자."

'둘이 밥 먹자'는 우진의 말이 어떤 자극이 되었는지 몰라도, 예슬은 자기 능력을 과시하듯 말했다.

"걱정하지 마. 그 정도는 내가 알아서 바꿔 줄 수 있어. 인턴도 같이 가."

유는 괜찮다며 거절했지만 우진은 예슬의 손을 덥석 잡았다.

"예슬이 짬이 보통이 아닌가 본데! 권력자, 든든해!"

저녁 6시쯤 유는 우진의 환영회 자리에 참석했다. 여우 같은 김우진의 과한 칭찬에 예슬은 뱉은 말에 책임을 져야 했고, 어렵사리 유를 당직에서 빼낼 수 있었다. 정작 당사자인 유는 별로 내키지 않는 걸음으로 뒤를 따랐다.

병원 근처 식당으로 걸어가면서 전율에게 저녁을 먹는다는 문자를 보냈다. 평소 같으면 즉각 전화가 오거나 답장이 왔을 텐데, 테이블에 와서 앉을 때까지 답장이 없다가 하필이면 우진이 인사말을 시작했을 때 휴대폰 진동이 울렸다.

"자, 모두 만나서 반갑고, 환영하는 자리에 이렇게 와 줘서 고맙다! 위대한 의술인의 성지이자 나의 안식처인 휴 세인트! 한 식구로서 앞으로 잘 부탁하고, 어려운 일이 있거나 힘든 일이 있을 때에도 서로 돕고 의지하면서 잘 지냈으면 좋겠다. 그리고…."

훤칠한 외모와 호탕한 성격으로 학창 시절 반장을 도맡아 하고, 대학 시절에는 단독 후보로 과대표를 지낸 우진의 말은 막힘이 없었다. 타고난 외향형에 사교성까지 겸비한 그의 환영회는 평소에 마주치기 어려웠던 인물들까지 한자리에 모이게 했다. 떠들썩한 회식이 시작되었고, 술잔에 술이 채워졌다. 그러는 사이 받지 못한 전율의 전화와 메시지는 화산재처럼 쌓여 갔다.

며칠 전 전율, 박지오, 에스타는 술에 취한 유를 처음 마주하고 넋이 나갔다. 배시시 웃는 얼굴과 애교 섞인 말투, 약간 맛이 간 긴장감. 그녀는 묻는 말에 솔직하게 대답했고, 누구에게나 한없이 너그러웠다. 그 시간만큼은 박지오와 에스타도 그녀의 연인이 된 것 같은 착각에 빠졌다. 그러다 한순간 풀썩 쓰러지더니 아무리 깨워도 일어나질 않았다. 세 남자가 그녀를 안고 차에 태웠다. 침대에 눕히는 순간까지도 발그레한 얼굴은 웃고 있었고, 흐느적거리는 몸은 여리고 부드러워서, 까놓고 말하자면 누가 주워 가기 딱 좋은 사이즈였다.

박지오와 에스타는 진심으로 전율을 걱정했다.

"방금 애 아빠가 누구인지 모를 확률이 1만 프로는 상승했어."

그리고 박지오와 에스타는 진심으로 전율에게 사과했다.

"애 아빠 후보에 내가 없을 거라는 보장을 하지 못하게 된 것에 대해 미리 사과할게. 전율, 존나 미안하다."

주먹이 오고 가려는 걸 이영이 뜯어말렸다.

그 이후 전율은 유에게 절대 술을 마시지 말라고 신신당부했다. 그러나 회식 자리에 와서 앉았으니 앞에 술잔이 놓인 건 당연했고, 우진은 유에게 제일 먼저 술을 따라 주었다.

"아직도 그 친구랑 만나? 캠퍼스에 같이 와서 돈가스 먹었던…. 이름이 뭐더라?"

"전율이요."

"아, 맞다. 전율! 여전히 잘 만나고 있나 보네."

그사이에 어떤 일이 있었는지 설명하자면 길어서 유는 그렇다고

만 대답했다.

"캠퍼스에서 마지막 수업했던 날 기억나? 그날 너한테 고백하려고 했는데 그 녀석이 느닷없이 끼어드는 바람에 선수를 뺏겼지."

우진은 전혀 몰랐다는 듯 동그란 눈으로 바라보는 유를 향해 웃어 주었다.

"둘이 잘 어울렸어. 솔직히 말하면 너한테 차일 것 같기도 했고. 하하핫. 옛날이야기야."

멀리서 예슬이 톡 쏘아붙였다.

"두 사람 대화하라고 만든 자리 아니거든? 옛날이야기는 나중에 하시고 건배부터 하지?"

모두 잔을 들어 건배를 했다. 유의 위장 속으로 맑은 술이 흘러 들어갔다.

유는 무거운 눈꺼풀을 들어 올렸다. 낯설지 않은 풍경에 침대에서 일어나 거실로 나갔다. 신세기는 창밖을 바라보며 커피를 마시고 있었다.

"냉장고에 숙취 해소 음료 있어. 꺼내서 마셔."

시간을 확인하니 오전 11시였다. 늦었다. 유는 가방을 챙겨 들고 현관으로 달려갔다. 신세기는 그녀를 진정시켰다.

"걱정하지 마. 병원엔 오늘 쉰다고 말했으니까."

나가려던 유는 걸음을 멈추고 그를 보았다. 그는 마치 학부모가 담임에게 "우리 애가 아파서 오늘은 쉽니다"라고 전화라도 한 것처럼 태연하게 말했다. 당사자가 아닌 제3자가, 그것도 당일 갑자기 연차를 내는 건 그렇게 간단한 일이 아닐 텐데. 누구에게, 어떻게 말을 했다는 건지. 그것보다 전율….

유는 가방을 뒤져서 휴대폰을 꺼냈다. 다급하게 뛰던 심장이 착 가라앉았다. 당연히 수십 통의 부재중 전화가 와 있을 거라 생각했는데, 깨끗한 통화 기록에 내심 안도하면서도 한편으로는 의아한 생각이 들었다.

"어제 오빠가 나 데리러 왔어요? 어떻게 알고?"

"전화했더니 네 동기가 받았어. 술 마시고 쓰러졌다고 하기에 데려왔지. 근처에 있었거든."

오랜만에 보는 얼굴인데도 어제 본 것처럼 익숙해서, 유는 병원 주차장에서 전율과 함께 말없이 가 버린 것에 대한 미안함을 조금은 가볍게 사과할 수 있을 것만 같았다.

"율이 다시 만나게 되었어요. 미리 이야기하지 못해서 미안. 미처 설명할 시간이 없었어요."

"윤유."

유는 고개를 들어 신세기의 눈을 바라보았다.

"병원 그만둬."

신세기는 테이블에 커피를 내려놓고 유의 앞에 와서 섰다. 흔들리는 그녀의 눈동자를 보며 말했다.

"호주로 돌아가자."

유가 집에 들어간 건 정오가 다 되었을 때였다. 텅 빈 거실 바닥에는 전율이 덩그러니 누워 있었다. 집에 들어서다 말고 전율을 발견한 유는 놀라서 물었다.

"오늘 출근 안 했어?"

"넌? 병원 안 가고 왜 여기 있어?"

집에 들어오는 유를 보고 놀란 건 전율도 마찬가지였다. 오늘 쉰다는 이야기가 없었으므로 아침에 병원으로 갔을 것이라 생각했다. 신세기가 데려다주었을 거라고.

"오늘은 하루 쉬기로 했어."

방금 씻었는지 옆에 와서 앉는 유에게서 향긋한 냄새가 났다. 머리카락 끝을 손으로 만져 보니 촉촉하게 물기가 배어 나왔다. 전율은 조금 어두운 표정으로 물었다.

"너 어제… 어디에서 잤어?"

"그게…."

대답을 망설이는 유를 보기 싫어서 전율은 고개를 돌렸다.

'더 이상 전화하지 마. 이 전화가 울리는 순간 유는 내가 갖는다.'

지난밤 유의 전화를 신세기가 받았다. 전율은 그녀가 없는 그녀의 집 거실에 누워서 다른 남자와 함께 있을 그녀를 상상하며 밤을 지새웠다. 혹시라도 신세기가 유를 건드릴까 봐 전화 한 통 하지 못하고 애태운 마음은 하얗게 재가 되어 버릴 정도였다. '부재중 전화 0'이 무엇을 의미하는지 유는 죽었다 깨어나도 모를 것이다.

다른 남자 집에서 잔 것도 모자라 점심때가 다 되어서야 집에 들어온 여자친구를 어떻게 해야 하는 거지? 이렇게 깨끗하게 샤워까지 하고 올 일인가? 전율은 유의 얼굴을 손으로 감쌌다. 아무것도 바르지 않은 입술을 엄지로 쓸어 냈다. 살짝 벌어지는 그녀의 입술을 보는데, 심장이 찢어질 듯 아파서 자신도 모르게 신음이 새어 나왔다.

깊이 상처받은 눈빛, 그러면서 아무 말도 하지 못하는 전율을 보며 유는 고개를 숙였다. 늘 그랬다. 모든 분노와 아픔을 혼자 삭이고 참는 것이 그의 버릇이었다.

"미안, 율아. 세기 오빠네 집에서 잤어."

전율이 화를 낸다고 해도 당연한 일이었다. 환영회 자리에 따라간 것도, 술을 마신 것도, 이기지 못한 것도 모두 유의 잘못이었다. 사실 그런 것들은 아무것도 아닌데, 그 아무것도 아닌 일에 상처받는 사람이 옆에 있다는 걸 잊은 게 가장 큰 잘못이었다.

전율은 고개 숙인 유의 어깨를 잡아 바닥에 눕히고 키스를 퍼부었다. 유는 아무런 반항도 하지 않고 그가 하는 대로 내버려두었다. 이렇게 해서 그의 괴로움을 가라앉힐 수 있다면 얼마든지 괜찮았다. 티셔츠가 벗겨져 나갔다. 다른 옷도 모조리 벗겨졌다. 지난밤 신세기의 흔적을 찾으려는 듯 유의 온몸을 샅샅이 살피는 전율의 심장은 터지기 일보 직전이었다. 그 무서운 화를 삼키며 유의 몸이 부서지도록 껴안았다. 그녀로 인해 가득 차오른 욕망과 괴로움을 토해 내듯이 쏟아부었다.

전율은 뭘 더 어떻게 해야 할지 몰라서 발버둥을 치는 꼴이 스스로 보기에도 한심하고 우스웠다. 사랑을 증명해 보라고 한다면 뭐든지 할 수 있을 것만 같은데, 그녀를 소유할 수 있는 방법은 이것밖에 생각이 나질 않았다. 불안을 잠재울 수 있는 유일한 순간은 그녀를 안고 있는 순간이었다.

"결혼하자."

유는 대답 없이 냉장고로 가서 물을 꺼내 마셨다. 그녀가 방으로 들어가서 침대에 눕자마자 전율은 그녀를 안고 다시 한번 말했다.

"결혼하자. 당장."

"나 결혼 안 해."

깔끔하게 대답을 건넨 유는 그의 가슴에 얼굴을 기댔다.

"왜 안 해?"

"하기 싫어."

"왜 하기 싫은데?"

"아직은 그런 걸 신경 쓸 여유가 없어. 인턴 끝나면 레지던트 과정이 4년이야. 앞으로 최소 5년은 병원에서 먹고 자며 살아야 해."

"누가 일하지 말래? 나랑 결혼하고 하면 되잖아."

"레지던트 과정 끝나기 전에는 안 할 거야. 지금은 이것만 하기에도 벅차."

벌떡 일어난 전율의 맨몸이 햇살을 받아 매끄럽게 빛났다.

"나보고 5년을 더 기다리라고? 나 죽는 꼴 보고 싶어?"

"죽긴 왜 죽어."

"유야, 그러지 말고 결혼부터 하자. 넌 병원 일에 집중해. 나머지는 내가 다 알아서 할게."

전율은 유를 품에 안고 결혼만 하면 자신이 무엇을 다 알아서 할 건지 줄줄이 늘어놓았다.

"돈도 벌어 오고, 집안일도 다 할게. 청소랑 빨래랑 요리도 하고, 우리 애들 어린이집에도 보내고, 한글도 가르치고, 토끼 똥도 치우고, 화분에 물도 주고 그렇게. 그러니까…."

전율은 그새 잠이 든 유의 정수리에 앞니를 콕콕 박았다. 그녀의 휴대폰을 열어서 신세기의 전화번호를 찾아냈다. 다음에 또 한 번 이런 일이 생긴다면 전율과 신세기, 둘 중 한 명은 지구를 떠나야 할지도 모른다. 만약 전율이 지구를 떠나게 된다면 유도 함께일 것이다.

이틀 만에 집으로 돌아온 전율의 초췌한 몰골을 보고 박지오와 에스타가 깔깔거리며 웃었다.

"유 대단해. 전율을 단칼에 거절하다니. 너도 어떻게 한결같이 차이냐? 쌤통이다."

결혼하자고 했다가 완전히 거절당해서 전율은 입맛도 없었다.

"근데 너 프러포즈는 어떻게 했어?"

에스타의 질문에 전율은 '그게 뭔데? 먹는 거냐'는 표정으로 퉁명스럽게 대답했다.

"그냥 결혼하자고 했지."

"넌 여자를 너무 몰라. 순서라는 게 있지. 프러포즈도 없이 다짜

고짜 혼인 신고서 써 오라고 내밀면 결혼할 여자가 누가 있냐? 다 이아를 갖다 바쳐도 모자랄 판에 맨입으로 결혼하자 그랬다면 차일 만해."

"아, 몰라! 5년을 어떻게 더 기다려? 너희는 할 일도 없어? 왜 만날 집에만 죽치고 있는 건데? 죄다 집에 있으니까 오늘이 평일인지 휴일인지 구별이 안 되잖아!"

전율은 백수들에게 화풀이하고 휴대폰을 열어서 달력을 확인했다. 금요일 날 워크숍에 같이 가자는 말도 유에게 하지 못했다. 전율의 입에서 한숨이 새어 나왔다.

"무슨 애가 잠을 열일곱 시간을 자…."

"너 유 만나고 아직 데이트 한 번 제대로 못 했지?"

에스타가 묻자 전율이 즉각 되물었다.

"그거 어떻게 하는 건데?"

"뭐? 데이트?"

"아니. 프러포즈."

마리는 유리문 너머 전율의 동태를 살폈다. 늘 정시에 출근해서 모든 일정을 스스로 관리하고 프로젝트를 주관하던 사람이 요즘은 일주일에 두 번 출근 할까 말까다. 그나마도 늦게 오거나 일찍 퇴근하거나. 출근해서도 일을 하는 것 같진 않았다. 노트북 앞에서 무언가를 검색하고 메모하느라 분주했다.

그가 무엇을 하는지 궁금해진 마리는 문을 열고 대표실 안으로 들어갔다.

"대표님, 커피 드릴까요?"

"아니요. 괜찮아요."

거절할 거라는 걸 알고 있었으므로 마리는 당황하지 않고 다음 질문으로 넘어갔다.

"혹시 무슨 고민 있으세요?"

전율은 볼펜으로 메모지를 톡톡 두드리다 말고 고개를 들어 마리를 보았다. 귀찮게 하지 말고 나가라고 하려 했는데, 머릿속에 맴돌던 혼잣말이 불쑥 튀어나왔다.

"반지를 사려면 어디로 가야 되지?"

프러포즈라는 걸 해 봤어야 알지. 어디에서 어떤 반지를 사야 하는지조차 알 수 없는 막막함에 누구에게라도 물어보고 싶은 심정이었다.

"제가 도와드릴까요?"

전율은 마리의 제안을 흔쾌히 수락했다. 안 그래도 반지를 사긴 사야 하는데 혼자 가는 것보다 보석에 관심이 많은 여자가 도와준다면 더 수월할 것 같았다.

두 사람은 가까운 백화점으로 갔다. 1층 명품 주얼리 매장에는 어마어마하게 반짝거리는 것들이 가득 진열되어 있었다. 전율의 눈에는 다 비슷해 보이는 것들이 마리에겐 뭐가 그리 놀라운지 그녀는 연신 감탄사를 내뱉었다.

들뜬 마리의 얼굴을 보며 전율은 은근히 설렜다. 유도 반지를 받으면 저렇게 좋아하려나? 역시 잘 아는 놈―에스타―의 말을 들어야 일이 잘 풀린다.

"특별히 찾으시는 것 있으세요?"

직원의 상냥한 질문에 전율은 쑥스러운 듯 대답했다.

"반지요."

"여자분께 선물하시려고요?"

"넵."

대답한 전율은 얼굴을 붉혔는데, 사랑 앞에서 순수한 소년으로 변하는 그 모습이 마리의 눈에 귀엽게 보였다.

마리는 당당하게 전율의 팔에 팔짱을 끼고는 활짝 웃으며 직원에게 약혼반지를 보여 달라고 말했다. 오늘 하루만큼은, 더 욕심내지 않고 딱 지금 이 순간만큼은 그의 약혼녀가 되어 보고 싶었다.

직원은 두 사람을 VIP룸으로 안내했다. 직원이 반지를 고르러 간 사이 전율은 마리의 팔을 단호하게 떨쳐 냈다. 전율의 성격을 완전히 파악하지 못한 마리는 당돌하게 따져 물었다.

"슬쩍 떼어 내도 될 걸 굳이 그렇게 사람을 무안하게 만들어야 해요?"

예전부터―정확히 말하자면 중2 때부터―팔짱 끼는 여자의 팔을 수없이 떨쳐 내 본 경험으로 미루어 봤을 때 슬쩍 떼어 내는 건 별로 효과가 없었다.

"꺾어 버리지 않은 걸 다행으로 알아."

그렇게 말하고 소파에 앉는 전율을 보며 마리는 기가 막혔다. 그냥 조금 냉정한 남자인 줄로만 알았는데 고상한 겉모습과 달리 별로 착하지 않은 그의 태도에 기분이 상했다.

"누군 팔짱 끼고 싶어서 꼈나? 반지 고르러 남녀가 같이 왔으면 당연히 연인 사이라고 생각할 텐데. 그래야 직원들도 자연스럽게 어울리는 반지를 추천해 줄 수 있고, 저도 부담 없이 편하게 고를 수 있죠."

"그래도 팔은 잡지 마."

윤유 거야, 라는 소리가 튀어나오려는 걸 전율은 꾹 참았다.

대리석 쟁반 위에 반짝이는 것들을 가지런히 담아서 들고 온 직원은 쟁반을 테이블 가운데 내려놓았다. 마리의 입에서 탄성이 터졌다.

"우와, 정말 예쁘다. 껴 봐도 되죠?"

"네, 물론이죠."

마리는 왼손 약지에 가장 크고 빛나는 다이아 반지를 하나 껴 보고는 황홀한 표정을 지었다.

"너무 예뻐…."

눈물이 날 정도로 예쁜 반지를 제자리에 돌려놓으며 마리는 이 반지도, 옆에 있는 남자도 내 것이 아니라는 현실에 속이 쓰렸다. 잠깐의 환상에 젖어 행복해하고 있는 스스로가 어쩐지 엑스트라가 된 기분이었다. 하지만 남자 주인공이 누구를 선택하느냐에 따라 여주인공은 바뀔 수 있는 거 아닌가?

마리는 엉덩이를 전율 쪽으로 옮겨 간 뒤 그의 팔꿈치 안으로 손을 넣으며 물었다.

"얼마예요?"

마리의 질문에 직원이 친절하게 설명했다.

"안목이 남다르시네요. 지금 착용해 보신 이 반지는 30년 이상의 커팅 경력을 가진 전문가가 120회 정교하게 핸드 커팅한 다이아로, 반짝임이 영롱하고 투명도 역시 VVS1 등급을 받은 최상급 제품인데요…."

밀어내려는 전율과 악착같이 매달리려는 마리의 은근한 싸움이 벌어졌다. 앞에 앉은 커플이 설명에 집중하지 못하고 어딘가 불편해 보이는 것 같아서 말을 멈춘 직원은 마리가 계속하라는 듯 생긋 웃자 설명을 이어갔다.

"특히 세팅이 완벽하게 되어 있어 고객님들이 제일 선호하십니다. 프러포즈 링으로는 5부나 8부도 많이 선호하시지만 캐럿의 아름다움과는 확실히 차이가 있죠."

마리는 전율의 왼팔을 끌어안고 탄력 있는 가슴으로 지그시 누르며 다시 한번 물었다.

"그래서 얼마예요?"

전율은 팔을 힘껏 떨어내면서 일어났다.

"그거 주세요."

얼마인지 듣지도 않고 VIP룸을 나가 버린 그는 카운터에 카드를 올려놓고 시간을 확인했다. 쇼핑이고 뭐고 빨리 끝내 버려야지 도저히 못 있겠다. 회사 대표로서 직원한테 막말할 수도 없고—이미 한 번 했지만—먼저 도와 달라고 한 건 본인이니까 얼른 반지나 챙겨 가야겠다고 생각했다.

짜증스러운 전율의 눈빛에 기죽지 않은 마리는 오히려 "누가 뭘 어쨌다고 혼자 난리야?"라며 다 들리게 말하고는 다른 보석을 구경했다.

직원이 물었다.

"13호 맞으시죠? 이 사이즈로 할까요?"

"아니요. 5호 주세요."

사이즈 조절은 이틀 정도 걸린다고 했다. 서둘러 주차장으로 걸어가는 전율의 뒤를 마리가 쫓아갔다.

"내가 쇼핑하는 거 도와줬는데 밥도 안 사 줄 거예요? 벌써 저녁인데."

"법인 카드 줄 테니까 알아서 사 먹고 들어와요."

"차도 없는데 여기에서 회사까지 어떻게 가요?"

데리고 왔으니 데려가는 게 맞다. 전율은 뒷좌석에 마리를 태우고 회사로 차를 몰았다.

"전 대표, 연애 안 해 봤죠?"

마리의 질문에 전율은 '그딴 걸 왜 물어?'라고 생각하며 대답도 하지 않았다.

"여자친구 만나면 어디에서 데이트해요? 맛있는 식당이랑 예쁜 카페 아는 데 있어요?"

데이트는 고사하고 같이 동네 한 바퀴 산책한 적도 없다. 둘이 만나는 날이면 유는 늘 집에서 잠만 잤고 밥도 배달 음식만 시켜 먹었다. 생각해 보니까 너무하네···.

"걔가 워낙 바빠서."

고등학생 때는 늘 가던 돈가스 가게나 아이스크림 가게 같은 곳만 다녔지, 전율은 유가 좋아할 만한 곳을 찾아본 적이 없어서 어디가 좋은지도 잘 모른다. 그러고 보니 신세기가 그걸로 유를 꼬여 냈었지….

이때다 싶은 마리는 운전석 쪽으로 바짝 몸을 기울였다.

"제가 알려드릴까요? 여자친구랑 같이 가면 좋을 만한 분위기 좋은 식당이랑 감성 돋는 카페 많이 아는데."

"어딘데?"

전율은 처음으로 마리의 말에 흥미를 보였다. 마리는 신이 나서 길을 안내했다.

"여기에서 우회전이요."

"아니. 그냥 카페 이름이랑 위치만 말해."

"남녀 직원 차별해요? 남직원이랑 출장 가면 무조건 밥 사 주면서, 반지 사는 것까지 도와줬는데 저녁도 안 사 주나…."

반지 사는 게 이렇게 간단한 일인 줄 알았더라면 혼자 가서 고르는 게 나을 뻔했다. 도움을 받았다기보다 방해받았다는 생각이 더 컸지만, 전율은 마리가 안내하는 식당으로 차를 몰았다.

식당에 도착한 전율은 그녀와 함께 저녁을 먹었다. 유랑 같이 있을 땐 전율이 말을 많이 하는 편이었는데, 마리는 쉬지 않고 종알종알 떠들어 대는 타입이라 전율은 먹기만 했다. 명랑한 목소리로 자신이 원하는 걸 이야기하는 그녀는 나름대로 귀여운 매력이 있었다.

마리를 데려다주고 집에 들어온 전율에게 박지오가 물었다.

"지금까지 마리랑 있다가 오는 거야? 쇼핑한다더니 쇼핑을 몇 시간을 해?"

"저녁 먹고 오느라고 늦었어. 나중에 유랑 같이 가면 좋을 것 같은 식당이 있어서 미리 가 보느라."

"유랑 같이 가면 좋을 것 같은 식당을 왜 마리랑 간 건데?"

"남도 아니고 회사 직원이잖아. 반지 고르는 거 도와줬는데 그럼 밥도 안 사 주냐?"

"네가 마리를 만난다고 해서 유가 눈 하나 깜짝할 것 같아? 불쌍한 마리 생각도 좀 해라. 괜한 기대하지 않게 행동 조심해."

전율은 마리의 기대 따위 관심도 없다는 얼굴로—혹시나 유에게 전화가 올지 몰라서—휴대폰을 챙겨 들고 욕실로 들어갔다. 고등학교 때부터 전율은 머리를 감다가도, 밥을 먹다가도, 잠을 자다가도 유의 문자에 즉각 답장했다. 거품 잔뜩 묻은 손으로 메시지를 작성하다가 떨어트려서 깨진 휴대폰만 서너 개였다.

박지오는 전율이 다른 여자를 만나면 유가 걱정되는 게 아니라 오히려 그 여자가 걱정되었다. 어차피 전율은 유한테 미쳐서 다른 여자는 돌이나 깡통 취급하지, 유는 전율이 누굴 만나든 신경도 안 쓰지, 중간에 낀 여자만 죽도 밥도 아닌 게 되는 꼴을 여러 번 보았다. 어쩐지 마리가 가여웠다.

워크숍 당일 병원 앞에 대기하고 있던 전율은 유가 나오자마자 무작정 차에 태우고 곧장 파주로 달렸다. 뒷좌석에는 어김없이 박지오와 에스타가 앉아 있었다. 그들이 도착한 곳은 멋진 펜션이었다. 넓은 정원을 지나 오솔길을 따라 독채가 늘어서 있어 동화 속 작은 마을 같았다. 일곱 채를 전부 빌렸다면서 김승재 팀장이 안내했다.

"직원은 서른 명 남짓한 작은 회사지만 연 매출은 업계에서 손에 꼽힐 만큼 경쟁력이 강해요. 아이디어가 좋을 뿐만 아니라 팀워크도 좋다고 할 수 있죠. 이 회사에서 겉도는 사람은 전 대표밖에 없을 정도로 결집력이 높다고나 할까요? 전 대표가 얼마 전까지는 일밖에 모르는 사람이었는데 요즘은 정신이 나가 있어서 조만간 CEO를 교체하자는 의견이 회사 내부에서 돌 만큼…."

유의 눈이 커졌다. 전율이 회사에서 잘린다고? 도대체 정신이 어디로 나가 있기에….

전율이 승재의 말을 막았다.

"형, 쓸데없는 이야기 좀 하지 마. 농담도 다 믿는다니까?"

야외에서는 바비큐 파티가 한창이었다. 전율을 기다리고 있던 직원들이 자리에서 일어났다. 소문으로만 듣던 '그녀'가 궁금해서 대화마저 멈추었다. 남자 직원들 사이에 앉아 있던 마리도 전율과 손을 잡고 오는—전율에게 잡혀서 끌려오는—유를 보았다.

유는 자신을 빤히 쳐다보고 있던 마리와 눈이 마주치자 고개를 숙였다. 마리는 유에게서 시선을 떼지 않았다.

"회사 워크숍에 내가 와도 되는 건지 모르겠어."

유가 전율에게 속삭였다.

"승재 형이 너 보고 싶대서."

"너한테 방해될까 봐 걱정돼. 이것도 일이잖아."

"유야, 네가 여기 안 왔으면 나도 안 왔어. 너 데려오느라고 온 거지. 원래 회식도 참석 안 하는데, 승재 형이 너 소개해 주면 혼인 신고서에 증인 서 준다고 해서…."

전율과 유는 펜션 주변을 한 바퀴 돌아보고 바비큐 파티 중인 곳으로 갔다. 전율은 유를 마리와 같은 테이블에 앉히고는 회사 사람들이랑 인사하고 오겠다며 자리를 떴다. 전율의 회사에서 시간 때우는 게 일상이던 박지오는 본인이 회사 직원이라도 되는 양 자연스럽게 어울렸지만, 직원들과 섞이지 못한 에스타는 유의 옆에 와서 앉았다.

낯선 사람들 사이에서 어색해하는 유의 손가락을 만지작거리며 에스타가 물었다.

"우리 둘이 다른 데로 갈까?"

"어디로?"

"빈방."

에스타는 유의 어깨에 머리를 기댔다.

"너랑 같이 잠이나 한숨 잤으면 좋겠다."

에스타의 말에 유는 고개를 끄덕였다.

"나도."

모르는 사람들 틈에 끼어서 시끄럽고 어색한 시간을 보내는 것보다 조용한 곳에 가서 달게 잠이나 잤으면 좋겠다는 의미로, 말을 뱉은 사람이나 들은 사람이나 오해의 여지가 없는 담백한 대화였다.

유는 에스타의 부드러운 금빛 머리카락을 쓸어 주다가 누군가 자신을 보고 있는 것 같은 느낌에 고개를 들었다. 마리는 유가 자리에 앉는 순간부터 그녀를 관찰하고 있었다. 생각보다 더 작고 마른 몸, 제멋대로 바람에 날리는 긴 머리, 패션이라고 할 것도 없이 아무렇게나 입은 원피스가 어깨에 겨우 걸쳐져 있는 꼴이 어딘지 모르게 허술하고 빈틈이 많아 보였다.

어딜 봐서 나랑 닮았다는 거야? 마리의 시선은 유의 옆에 있는 에스타를 향했다. 윤기가 흐르는 아름다운 금발, 수수한 옷차림에 비해 지나치게 화려한 이목구비를 가진 남자의 비현실적인 존재감을 미처 다 받아들이기도 전에 엄청난 장면이 눈앞에 펼쳐졌다.

유와 에스타, 두 사람의 거리낌 없는 스킨십에 마리는 경악했다. 연인을 보듯 유를 바라보는 에스타의 눈빛이 압권이었다. 친구의 여자를 저런 눈으로 보는 건 조금 위험하지 않아? 그런 생각이 스치는 순간 두 사람의 대화가 어렴풋이 들려왔다. "너랑 자고 싶어." 앞뒤로 어떤 말이 오갔는지 모르겠지만 마리의 귀에는 분명히 그렇게 들렸다.

유의 어깨에 기대고 있던 에스타도 시선을 느꼈는지 마리와 눈을 맞추었다. 에스타의 나른한 목소리가 들렸다.

"하나도 안 닮았네."

마리의 망상이 부풀어 가는 동안 에스타는 누군가가 테이블로 배달해 준 구운 새우를 손으로 까서 유의 입에 넣어 주었다.

"자기야, 뭐 마실래?"

에스타가 묻자 유가 "맥주"라고 대답했다.

"잠깐 기다려. 시원한 걸로 가져올게."

에스타가 자리에서 일어나자마자 마리의 입에서 웃음이 터졌다.

자기? 지금 둘이 전 대표 몰래 바람피우는 거야? 그녀는 한참 웃다 말고 유에게 물었다.
"전 대표도 알아요?"
느닷없는 질문에 유는 뭘 물어보는 건지 몰라서 가만히 있었다.
"방금 내가 본 거 말이에요."
유는 마리가 방금 뭘 봤을까 곰곰이 생각했다. 에스타가 새우를 까서 먹여 준 걸 말하는 거라면 전율은 아직 모를 것이다. 말을 안 했으니까.
"전 대표 목에 걸린 자물쇠, 그쪽이 채워 놓은 거라면서요? 그럼, 그것부터 먼저 풀어 주는 게 순서 아닌가? 여기저기 맡아 놓기 있어요?"
그때 멀리서 달려온 전율이 에스타가 앉았던 자리에 털썩 앉았다. 그는 회식 때 한 번도 참석을 안 해서 직원들한테 엄청나게 혼나고 있다며 다들 한 잔씩 따라 주는 바람에 취하는 것 같다고 했다. 붉어진 뺨으로 예쁘게 웃는 전율은 정말로 살짝 취했는지 말투에 애교가 잔뜩 섞여 있었다.
"얼마나 마신 거야?"
유는 전율의 얼굴을 감싸고 뜨거운 볼을 식혀 주었다.
"나 그냥 네 옆에 있고 싶어."
목덜미에 얼굴을 파묻는 전율의 등을 유가 토닥토닥 두드렸다.
"난 잘 먹고 있으니까 걱정 말고 얼른 가 봐. 다들 기다리겠다."
"우리 방 B612호야. 졸리면 거기 가서 자고 있어. 아니다. 그냥 나한테 와. 내가 방으로 데려다줄게."

"응. 알았어."

"미안해. 너 데려와서 이렇게 혼자 두고. 금방 올 테니까 조금만 기다려."

전율은 웃으며 유를 꽉 안았다가 아쉽다는 듯이 놓아 주고 남자 직원들이 있는 곳으로 달려갔다. 그런 두 사람을 보는 마리의 표정은 더욱 싸늘해졌다.

"자기야, 맥주 가져왔어. 시원한 거 가져오려고 건물 안에까지 갔다 오느라 늦었어. 잔에 따라 줄까? 아님 그냥 마실래?"

"그냥 줘."

에스타는 맥주 캔을 따서 본인이 한 모금 마신 뒤 유에게 건넸다. 유가 맥주를 홀짝이는 동안 에스타는 헝클어진 그녀의 머리를 손으로 빗겨 주기도 하고, 땅콩을 입에 넣어 주기도 했다. 먹여 주는 남자도 웃기지만 받아먹는 여자가 더 웃긴다. 두 사람의 관계를 전율에게 알린다면 어떤 재미있는 일이 벌어질까? 하고 마리는 생각했다. 절친과 바람난 여친. 전율과 윤유의 결별이라니 생각만 해도 흥미진진하다.

유는 살짝 소름이 돋아서 손으로 팔을 감쌌다.

"추워?"

낮엔 더웠는데 밤바람은 찼다. 에스타는 셔츠를 벗어서 그녀의 어깨에 걸쳐 주었다. 괜찮다며 밀어내는 유의 몸을 셔츠로 꼭 묶어 놓고 귀엽다며 웃었다. 멀리서 박지오의 목소리가 들려왔다.

"김별! 너도 이리 와! 유 옆에만 찰싹 붙어 있지 말고 와서 형들이랑 인사 좀 해!"
 에스타가 자리를 뜨자마자 마리의 두 번째 공세가 시작되었다.
 "유 씨 그렇게 안 봤는데 순진한 얼굴로 뒤통수를 치는구나. 사람의 이중성이라는 게 정말 무섭네요. 전 대표한테 미안하지도 않아요? 상대방에 대한 배려가 조금이라도 있다면 이렇게까지 할 수 있을까?"
 마리의 목소리는 단단히 화가 난 것처럼 들렸다. 유는 그녀가 무슨 이야기를 하는지 알아들을 수가 없어서 선뜻 대답하지 못했다. 다만, 한 가지 물음에는 답할 수 있었다.
 "율이에게는 늘 미안하게 생각하고 있어요."
 두 여자가 동문서답을 주고받는 사이, 야외무대에 조명이 번쩍 켜졌다. 본격적인 파티가 시작되었고 흥겨운 음악 소리가 울려 퍼졌다. 직원들이 차례대로 무대에 올라가서 노래를 불렀고, 박지오는 노래 장르에 상관없이 유감없는 댄스 실력을 발휘했다.
 전율과 에스타는 어디에서 뭘 하는지 보이질 않았다. 분위기가 어느 정도 무르익었을 때, 다른 사람들 앞에서 노래하는 걸 몹시 부끄러워하던 전율이 당당하게 무대 위로 올라가 마이크를 잡았다. 조명이 바뀌고, 잔잔한 기타 선율이 깔렸다. 전율의 부드러운 목소리가 스피커를 통해 흘러나왔다. 사랑 노래를 부르는 그의 시선은 유를 향해 있었다.
 언제 설치했는지 모를 LED 촛불이 잔디 마당을 밝혔다. 주위에서 오오! 하는 함성이 터졌다. 무대에서 내려온 전율은 촛불이 켜진 길을 따라 유에게 걸어갔다. 감미로운 기타 반주가 이어지는 동안 전율은 유의 앞에 무릎을 꿇고 앉았다. 그리고 바지 뒷주머니에서 반지 케이스를 꺼냈다.

전율의 눈동자는 달빛이 비치는 바다처럼 일렁였다. 웃음을 머금은 붉은 입술이 열렸다.

"유야, 나랑 결혼해 줄래?"

회사 직원들은 본인들이 청혼을 받은 것처럼 환호성을 내질렀다. 그 소리가 너무 커서 잠잠해질 때까지 한참 동안 기다려야 했다. 전율은 예쁘게 웃으며 유를 올려다보았고 유는 난처한 얼굴로 대답했다.

"율아… 나 결혼 안 한다니까."

한 줄기 찬바람이 휙 지나갔다. 아직은 결혼 생각이 없다는 그녀의 소신 발언에 모두 입을 벌렸지만 차마 소리는 내지 못했다.

"손 이리 내."

초유의 사태에 당황한 직원들은 이 분위기를 어떻게 수습해야 할지 난감했지만 전율은 익숙한 듯 반지를 꺼내 그녀의 손가락에 끼웠다. 손을 빼내려는 걸 도망가지 못하게 꽉 잡고 억지로 끼워 넣는 그 장면이 애잔하면서도 심하게 웃겨서 모두들 가까스로 웃음을 참아야 했다.

"병원에서 끼지도 못해. 잃어버리면 어쩌려고."

"일단 껴."

박지오와 에스타는 웃음 참기를 포기했는지 자기들끼리 어깨를 쳐 대며 낄낄거렸고, 그 웃음을 시작으로 휘파람 소리와 "대표님 힘내세요!" 하는 응원 소리가 마구잡이로 들려왔다.

전율은 유 앞에 무릎을 꿇은 상태로 고개를 숙였다.
"어떡할 거야. 나 쪽팔려서 회사 어떻게 다녀."
"그러게 프러포즈를 왜 해."
전율은 자리에서 일어나 유의 손을 잡아 일으켰다. 그러더니 조용한 곳으로 자리를 옮겼다.
"너 진짜 나랑 결혼 안 할 거야?"
술이 확 깼는지 진지한 얼굴로 유에게 물었다.
"지금은 솔직히 자신이 없어."
"무슨 자신? 결혼을 자신감으로 하는 사람이 어디 있어? 사랑으로 하는 거지!"
"결혼은 연애랑 달라. 난 지금까지 창가에 흔한 화분 하나 키워 본 적 없어. 책임지기 무서워서. 물만 주어서는 죽어 버린다는 걸 아니까…. 나는 나 하나로도 충분히 벅차서 다른 사람을 돌볼 여유가 없다는 거 너도 잘 알잖아. 항상 주위 사람들을 피곤하게 하고, 걱정만 끼치고. 너한테 짐이 되고 싶지 않아."
그녀의 말은 진심이었다. 자기 자신을 너무 잘 알아서 하는 걱정이었다.
"데이트도 한 번 하지 못하는 형편없는 여자친구인 거 아는데 내가 어떻게 결혼을 해…. 아내가 되어서 밥 한 끼 못 해 줄 거 뻔한데."
전율은 유가 그런 생각까지 하는 줄은 몰랐다. 그는 고개 숙인 유의 얼굴을 손으로 감싸 들고 눈을 맞추었다.
"내가 언제 너한테 밥 해 달래? 그냥 옆에 있어 달라는 거잖아. 너 또 사라질까 봐 네 옆에 누워서 자다가도 몇 번씩 깨서 확인하는 거 넌 모르지? 더 이상 불안함에 안달하고 싶지 않아."
"율아…."
"나 많은 거 안 바라. 데이트 안 해도 상관없어. 남자친구 아니고 네 남편하고 싶어."
"너 진짜 후회 안 해?"
"안 해."
전율의 대답은 단호했다. 이 자리에서 죽으라고 해도 죽을 수 있을 것만 같았다.
"그럼 해. 결혼."
유의 입에서 승낙이 떨어지자 전율의 눈이 두 배는 커졌다.
"진짜다! 너 분명히 예스 했어! 나중에 딴소리하지 마!"
"그 대신… 5년 뒤에."

세 번째 반지

직원들은 전율을 데리고 대형 평수의 펜션으로 들어가서 술자리를 이어갔다. 방으로 가려는 유를 불러 세운 건 마리였다. 유는 병원에서 이틀 밤을 새운 터라 몹시 피곤했지만 여직원이라고는 마리밖에 없으니 함께 있지 않으면 그녀가 외로울 것 같아서 마주 앉았다. 마리가 웃으며 말을 건넸다.

"반지 잘 어울리네요. 예쁘죠? 제가 골랐어요."

마리가 고른 다이아 반지는 유의 왼손 약지에서 찬란하게 빛나고 있었다. 그 많은 사람 앞에서 프러포즈를 받으면서도 무덤덤했던 유의 반응에 마리는 헛웃음밖에 나오지 않았다. 보석은 가치를 알아봐 주는 사람이 소유해야 빛을 볼 수 있는 법. 윤유에게 전율은 좀 과분하다는 생각이 들었다.

"대표님이 도와 달라고 해서 백화점에 같이 갔어요. 물론 맨입으로 도와준 건 아니고요. 저녁 사 준다고 해서 같이 간 거예요. 그날 대표님이랑 밥 먹은 그 식당, 분위기가 좋아서 제가 추천했거든요. 유 씨랑 같이 간다고 하던데, 어땠어요? 괜찮았어요?"

홀짝홀짝 마신 술 때문인지 유는 발그레한 얼굴로 대답했다.

"아직 안 가 봤어요. 추천해 주신 식당 율이랑 꼭 가 볼게요."

유의 담백한 반응에 마리는 묘하게 기분이 나빴다. 본인의 남자 친구가 다른 여자랑 반지를 고르고, 같이 저녁을 먹었다는데 아무렇지도 않은 건가?

"버리고 갔었다면서요? 왜 돌아왔어요?"

돌아온 게 잘못이라는 듯, 마리의 말에는 날카로운 질책이 섞여 있었다.

"이 회사에 여직원이 나 하나밖에 없는 거 이상하지 않아요?"

"디자인 실력이 좋다고 들었어요."

"유 씨에게는 대표님이 그렇게 말했나 봐요? 뭐 그것도 틀린 말은 아니니까."

공격적인 마리의 태도에 유는 슬슬 지쳐 갔다. 알 수 없는 질문에 일일이 대답하며 앉아 있기에는 체력도 집중력도 모자랐다. 피로가 몰려오고 졸음이 쏟아졌다.

"일이 많이 바쁘다면서요. 대표님같이 매력적인 남자를 너무 외롭게 방치하면 좀 불안하지 않아요? 주위에 여자들이 많을 텐데."

"율이 여자 없어요. 저 말고는."

넘치는 자신감이라니. 마리의 입에서 싸늘한 비웃음이 새어 나왔다.

"대표님에 대해서 너무 모르시는 것 같네. 방심하고 있다가 뺏길 수도 있어요."

누가 누굴 뺏는다는 거지? 남의 개를 함부로 건드리면 개한테 물린다는 걸 모르는 건가? 그건 주인이 시켜서가 아니라 개의 본능이다. 유의 머릿속은 두서없이 빙글빙글 돌았다. 잠시 화장실에 다녀오겠다며 일어서려는데 다리가 휘청거렸다. 쓰러지려는 유의 팔을 마리가 잡았다. 하필이면 주변에 아무도 없어서 하는 수 없이 유를 숙소까지 데려다주었다.

마리는 방문 앞에 새겨진 번호를 재차 확인했다. 흐느적거리는 유를 침대에 눕히고 이불을 끌어다가 푹 덮었다. 아무런 맥락 없이 기절한 듯 쓰러져 있는 그녀를 내려다보며 여러모로 대단하다는 생각이 들었다. 기관총을 쉼 없이 쏴 댔는데 알고 보니 솜뭉치였다는 사실을 알게 된 기분이랄까. 정말이지 이렇게 김빠지는 경우는 처음이었다.

유의 손에 있는 반지를 빼내어 자기 손에 끼워 보았지만, 워낙 작아서 들어가지도 않았다. 마리는 반지를 되돌려 놓고 밖으로 나왔다. 테이블 근처에서 에스타가 두리번거리며 유를 찾고 있었다.

"취한 것 같아서 방에 먼저 데려다주었어요."

마리의 말에 에스타가 아름답게 웃었다.

"고마워요. 잠이 많은 여자라 아무 데서나 잠들어 버리거든요."

이 남자도 윤유랑 만나기엔 아깝다.

"제가 숙소 담당인데, 지오 씨랑 별 씨는 B615호예요. 키 여기 있어요."

에스타는 마리가 건네주는 카드 키를 받아 들었다. 눈이 마주치자 그녀는 곧장 눈을 피해 버렸다. 일반적인 반응이긴 하지만 어쩐지 느낌이 좋지 않았다. 어설픈 도둑처럼 황급히 자리를 뜨는 마리의 뒷모습이 의심스러웠으나 대수롭지 않게 생각했다.

남자 직원들의 술자리는 끝날 줄을 몰랐다. 모처럼 먹고 노는 자리에 전율까지 있으니 신나서 밤을 새울 분위기였다.

마리는 먼저 들어가겠다고 한 후 자신의 방으로 들어갔다. 여직원이 하나밖에 없으니 김승재 팀장이 따로 방 하나를 주었다. 샤워를 하고 속옷만 입은 채 이불 속에 들어가 누웠다. 서늘한 이불이 기분 좋게 몸에 감겼다. 잠을 청했지만 정신은 점점 또렷해졌다. 낮에 커피를 많이 마신 탓인가? 아니면 술을 어설프게 마신 탓인가? 가슴이 울렁거렸다.

한 시간쯤 뒤 술자리에서 몰래 빠져나온 전율은 유가 잠들어 있는 방으로 갔다. 혹시라도 그녀가 깰까 봐 불도 켜지 않은 채 살금살금 발소리를 죽였다. 손목시계를 풀어서 탁자에 올려놓고 욕실 문 앞에서 옷을 벗었다. 개운하게 샤워를 한 후 곧장 침대로 올라갔다. 등을 돌린 채 누워 있는 그녀를 뒤에서 껴안았다.

"유야, 자? 늦어서 미안."

전율은 그녀의 어깨에 입술을 비비며 늦어서 미안하다고 말했다. 빈틈없이 달라붙는 전율의 뜨거운 가슴과 단단한 배가 그녀의 등에서 느껴졌고, 강하게 뛰는 심장박동이 몸 전체를 울렸다.

전율의 목소리에 그녀가 돌아누웠다. 그는 기다렸다는 듯이 입술부터 찾았다. 깊게 맞물린 입술 사이로 혀가 얽혔다. 약간의 공간도 허락하지 않으려 최대한 몸을 밀착시킨 전율은 애타게 입술을 맛보며 몸을 만졌다. 맨살에 느껴지는 그의 손길에, 살짝 벌어진 그녀의 입에서 야릇한 교성이 흘러나왔다. 전율은 유를 대할 때 이렇게 다정하구나. 여린 꽃을 만지듯이 조심스럽게, 배려가 넘치게….
그녀의 입에서 나온 알 수 없는 신음에 동작을 멈춘 전율은 몸을 일으켰다. 유는 한 번도 성인 배우가 낼 법한 그런 인위적인 소리를 낸 적이 없었다. 본능적으로 소름이 끼쳤다. 이불 속에서 빠져나와 스탠드를 켰다.
갑자기 들어온 밝은 빛에 눈이 부셨는지 마리는 이불을 끌어당겨 얼굴을 가렸다. 전율의 가슴에서 쿵쿵 뛰던 심장이 머리로 올라와 관자놀이 전체가 미친 듯이 울렸다. 떨리는 손으로 이불을 잡고 끌어 내렸다.
전율이 얼굴을 확인하기도 전에 밖에서 에스타의 목소리가 들렸다.
"전율! 너 어디 있어! 유 데려가!"
마리는 이불을 걷고 몸을 일으켰다.
"귀신이라도 봤어요? 뭘 그렇게 놀라."
차라리 귀신을 본 거였으면 좋겠다. 그는 불을 끄고, 벗어 놓은 옷을 재빨리 주워 입었다. 그리고 도망치듯 밖으로 뛰쳐나갔다.
에스타는 무언가에 쫓기듯 걸어오는 전율에게 상황을 설명했다.
"왜 전화를 안 받아? 마리 씨가 유를 방에 데려다줬다고 했는데 방을 착각한 것 같아. 유 지금 내 방에 있어. 너 무슨 일 있어? 얼굴이 왜 이래?"

휘청대는 전율을 부축한 에스타는 화단 옆 벤치에 그를 앉혔다. 핏기 없이 하얗게 질린 얼굴, 손으로 입을 가린 전율의 눈동자에 초점이 없었다.

"술을 얼마나 마신 거야? 속이 많이 안 좋아? 토하려면 화장실에 가서 해."

전율은 방금 있었던 일에 대한 충격과 공포가 가시질 않아 무릎 사이에 얼굴을 묻었다. 너무 역겨워서 진짜로 구토가 나올 것 같았다. 그는 떨리는 목소리로 물었다.

"유는?"
"자고 있어. 네가 615호로 들어가. 내가 612호로 갈게."
전율은 걸음을 옮기려는 에스타의 팔을 잡았다.
"아니. 가지 마. 그 방. 오늘은 박지오 옆에 가서 자."
"나 사람 많은 데서 못 자는 거 알잖아."
스스로가 너무 바보 같아서 전율은 에스타에게 사실대로 말할 수도 없었다. 이런 실수를 하다니, 호수든 강이든 옆에 있다면 무작정 뛰어들고 싶은 심정이었다. 그때 612호에서 옷을 추스르며 마리가 나왔다.

"죄송해요. 제가 취해서 방을 착각했나 봐요."
착각이라는 뻔뻔한 말에 전율이 그녀를 노려보았다.
"사람이 옆에 온 걸 알면서도 가만히 있었으면서, 착각이었다는 말을 믿으라고?"

"대표님이야말로 다른 여자를 안으면서 여자친구와 구별도 하지 못할 만큼 취한 거예요?"

에스타가 전율을 쳐다보았다.

"전율, 너 설마…."

의심조차 하지 못한 건 전율의 실수였다.

에스타는 망연자실한 표정으로 앉아 있는 전율의 멱살을 잡고 일으켰다.

"뭐 이런 놈이 다 있어?"

전율은 에스타에게 맞을 각오로 눈을 감았다.

"잠깐만요! 지금 뭐 하는 거야? 그쪽이 대표님한테 화낼 입장이 아니잖아요. 그 방에 유 씨 자고 있지 않아요? 왜 나왔어? 도대체 언제까지 숨기려고 그래?"

숨기다니. 황당한 마리의 말에 멱살을 잡고 있던 에스타의 손에 힘이 풀렸다.

"나 알아. 유 씨가 프러포즈 거절한 이유, 그거 당신 때문 아니야?"

마리는 무언가 엄청난 역할이라도 맡은 사람처럼 맹렬하게 따져 물었다. 에스타의 얼굴이 살짝 구겨졌다.

"전율, 너희 회사 직원이 한 말 나는 이해 안 되는데 넌?"

더 이상 말할 가치도 없다는 듯, 전율은 마리에게 방으로 돌아가라고 했다. 그러나 마리는 전율을 향해 할 말을 다 했다.

"솔직히 말해 봐요. 아까 좋았잖아. 내가 소리만 내지 않았더라면, 끝까지 가려고 했던 거 아니야?"

여자는 때려 본 적 없는 전율이지만 주먹이 저절로 쥐어졌다. 에스타가 몸을 움직여 앞을 막아섰다.

"마리 씨, 더 이상 아무 말도 하지 말고 그냥 가는 게 좋을 것 같아요."

마리는 두 남자의 위협적인 눈빛을 읽었는지 숙소로 돌아갔다. 에스타는 비어 있는 방으로, 전율은 유가 잠들어 있는 방으로 각각 흩어졌다.

유를 보는 순간 전율은 버티고 있던 정신이 완전히 무너져 내렸다. 욕심이었다. 그리움이 버거울 때쯤 나타난 마리에게서 유를 찾으려 했던 작은 욕심이 큰 죄를 짓게 했다.

"미안해. 유야, 미안…."

집으로 돌아오는 길, 운전하는 박지오와 옆에 앉은 유는 즐겁게 대화를 주고받았다. 숙취 때문인지 전율은 안색이 좋지 않았고, 에스타는 귀에 이어폰을 꽂은 채 눈을 감고 있었다.

"유야, 어제 회사 직원들이 너 예쁘다고 난리 났었어."

"제대로 인사도 하지 못했는데…."

"넌 어떻게 프러포즈를 거절할 수가 있냐? 다시 생각해도 웃겨."

에스타의 아이디어로 급하게 준비한 프러포즈는 보기 좋게 망했다. 유는 박지오에게 진지하게 물어보았다.

"지오야, 넌 나 같은 여자랑 결혼하면 어떨 것 같아?"

박지오는 서슴없이 대답했다.

"최악이지."

"역시 그렇지?"

"할 줄 아는 것도 없지, 시도 때도 없이 속 썩이지, 남자 많기로 둘째가라면 서럽지. 너 같은 여자는 우주에 하나면 충분해. 하나 더 있다면 인류의 재앙이야."

가만히 흘겨보는 유에게 박지오는 웃으며 말했다.

"난 결혼 같은 거 안 해. 분기마다 이혼 서류 쓰는 부모님이랑 같이 살다 보면 결혼은 사랑이 아니라는 것 정도는 알게 되거든. 그래도 너무 걱정하지 마. 너 혼자 감당하는 건 아니니까. 네 옆엔 전율이 있잖아. 평생 함께할 사람으로 저 정도면 나쁘진 않지."

평생 함께할 사람. 유는 뒤를 돌아보았다. 잠이 들었는지 눈을 감고 있는 전율을 보며 결혼에 대해 조금은 착실하게 생각할 마음이 생겨났다.

전율의 오피스텔에 도착한 박지오는 에스타에게 어제 전율이랑 무슨 일이 있었는지 물었다. 에스타는 시치미를 뗐지만, 두 사람 사이에 감돌던 냉랭한 분위기를 박지오가 눈치채지 못했을 리 없었다. 에스타는 엉뚱한 질문을 던졌다.

"마리, 어떤 여자야?"

"전율 회사 여직원? 왜? 걔한테 관심 있어? 유 닮아서?"

"닮긴 뭐가 닮아. 그냥 좀 이상한 것 같아서. 내가 여자 보는 촉은 좋은 편인데, 그 여자는 느낌이 안 좋아."

에스타는 지난밤에 있었던 일을 자세히 이야기했다. 가만히 듣고 있던 박지오가 말도 안 된다며 고개를 저었다.

"정말 그런 일이 있었다고?"

"착각과 실수가 아니라 계획과 의도였던 것 같아. 그런 애가 전율 옆에 있는 거 거슬려."

"그래서 어쩌려고?"

"떼어 내야지."

병원에 출근하자마자 외과 과장실에서 유를 찾는다는 호출이 왔다. 유는 혹시 병원에서 잘리는 건가 싶은 마음으로 외과 과장을 찾아갔다. 그는 유에게 이런저런 말을 건네더니 대뜸 병원장과 어떻게 아는 사이냐고 물었다. 유는 병원장의 이름도, 얼굴도 모른다.

유를 물끄러미 바라보던 김 과장은 오늘부터 매일 저녁 6시에 퇴근하라는 말을 전했고, 유는 어리둥절한 기분으로 과장실을 나왔다. 이상한 일은 그뿐만이 아니었다. 점심때쯤 잡다한 업무를 마무리하고 식당으로 가려고 할 때 다람이 그녀의 손을 잡아끌었다.

"유! 지금 로비로 가 봐. 빨리!"

1층 자동문 밖에는 장미꽃이 가득 담긴 바구니가 발 디딜 틈 없이 놓여 있었다. 꽃을 구경하러 나온 병원 관계자들과 환자들이 뒤섞여 문 앞은 북새통을 이루었다.

"너한테 온 거래. 누가 보냈는지 알아?"

유의 입에서 선뜻 대답이 나오지 않는다는 건 문제가 있다는 것이다. 전율밖에 없다고 생각하면서도 신세기가 떠오르는 건….

"이런 건 프러포즈할 때나 보내는 거 아니야? 내가 1천 송이까지는 실제로 본 적이 있는데, 이건 그것보다 많은 것 같아!"

꽃 배달 업체 직원으로 보이는 남자가 유 앞에 보드판과 볼펜을 내밀었다. 유는 수령 확인란에 사인을 하면서 누가 보냈는지 물었다. 주문서를 확인한 직원은 웃으며 대답했다.

"신세기 씨요."

수천 송이 장미꽃에 둘러싸인 유의 가슴속에서 수만 가지 감정이 뒤섞였다. 유는 곧장 신세기에게 전화를 걸었다. 신호음이 몇 번 울리지도 않았는데 바로 그의 목소리가 들렸다. 이렇게 많은 꽃을 보낸 이유가 뭐냐고 묻자 신세기는 대수롭지 않게 대답했다.

"기분 전환하라고. 장미 좋아하잖아."

마리가 출근을 안 했다. 전율은 안 그래도 그만두라고 말할 작정이었다. 한 가지 마음에 걸리는 건 손목시계였다. 그날 밤 씻으러 들어가면서 콘솔 위에 시계를 풀어 놓았다. 나올 땐 정신이 없어서 미처 챙기지 못했는데 다음 날 가 보니 사라지고 없었다.

안 좋은 예감은 틀리지도 않는지, 회사 전화가 울렸고 전율에게 곧장 연결되었다. 발신자는 마리였다. 휴대폰을 받지 않아서 회사로 전화했다는 그녀는 상황을 준비한 사람처럼 시계 이야기를 꺼냈고, 전율은 그녀의 말을 단칼에 잘랐다.

"버려."

"이렇게 비싼 명품 시계를 버릴 수는 없지. 유 씨 만나서 돌려주어야겠다."

마리의 말에 전율은 코웃음을 쳤다. 유를 네가 어떻게 만날 건데? 나도 만나기 힘든 애를….

마리는 유가 휴 세인트 병원에서 인턴으로 일한다는 사실을 알고 있었다. 워크숍 날 술을 마실 때 마리가 물어보았고, 유가 대답해 주었다. 죽은 벌레만 봐도 기절할 것 같은 얼굴로 시체를 해부한다는 게 믿기지 않았다. 의사라면 공부도 잘하고 똑똑한 줄 알았는데 밀가루 푼 물 같은 흐릿한 정신 상태로 환자를 고칠 수 있는 건지 의심스러웠다.

전율은 고민했다. 시계 따위 버리든 팔아먹든 상관없는데, 마리가 유를 찾아가게 내버려둘 수는 없었다. 괜히 쓸데없는 소리를 지껄였다가 오해가 생길 수도 있고, 이런 일로 유를 귀찮게 하고 싶지도 않았다.

"회사로 갖고 와."

"아니. 장소는 내가 정해."

마리는 시계를 회사로 갖고 오라는 전율의 말을 무시하고 멋대로 약속을 잡았다.

장미꽃 사건 후, 유는 최대한 동선을 줄이고 사람들 눈에 띄지 않게 행동했다. 꽃바구니는 퇴근하는 직원들에게 하나씩 가져가 달라고 부탁했다. 남자 직원들이 여자친구나 아내에게 준다며 적극적으로 가져간 덕분에 말끔하게 해결되었다.

유는 병원 로비로 가서 안내 팸플릿을 뒤적거렸다. 병원장에 대한 정보가 있으려나 싶었지만, 별다른 정보는 얻을 수가 없었다. 인터넷으로 휴 세인트 병원을 검색하자 원장 소개가 나왔다. '신성'. 이름도 들어 본 적 없고 얼굴도 처음 보았다.

매일 퇴근할 수 있다는 사실에 들뜬 다람이 한잔하자며 유를 졸랐지만 유는 약속이 있다며 거절했다. 신세기를 만나야 할 것 같다는 생각을 하면서 병원을 나오는데, 주차장에 그가 있었다. 그는 유를 차에 태우고 외곽 도로를 달렸다.

"우리… 어디 가요?"

"밥 먹으러."

"나 오늘 퇴근하는 거 어떻게 알았어요?"

"내가 너에 대해 모르는 게 있었나."

달리던 차는 한강에 멈추었다. 신세기는 강 위에 떠 있는 레스토랑으로 유를 데려갔다. 사람이 많은 1층과 달리 2층 스카이라운지는 의외로 텅 비어 있었다.

두 사람은 창가 쪽 자리에 앉아 붉게 노을 지는 한강의 풍경을 바라보았다. 보랏빛으로 펼쳐진 구름이 예뻤다. 몇 시간 전까지만 해도 소독약 냄새에 절어서 눈에 보이는 거라곤 피투성이 장갑과 서류 뭉치들이었는데, 8년 전 신세기와 처음 바다에 갔던 그날처럼 전혀 다른 세상으로 차원을 이동한 것만 같았다.

주문한 코스 요리가 나왔다. 유는 포크로 샐러드를 찌르면서 앞에 앉은 신세기를 보았다. 편안한 옷을 즐겨 입던 그가 오늘은 깔끔한 슬랙스에 셔츠를 입었다. 도대체 어떤 사람일까? 몇 년을 만났어도 그에 대해 아는 게 별로 없었다.

"오빠는 무슨 일 해요?"

"사업."

"정확히 무슨 사업이요?"

"빨리도 물어본다."

신세기는 유가 무려 8년 만에 자신에게 관심을 갖고 물어본 게 신기하기도 하고 귀엽기도 해서 피식 웃었다.

"병원 사람들이 오빠가 타고 다니는 차가 엄청 비싼 거라고 그러더라고요."

신세기는 처음 만난 남자와 선이라도 보는 것처럼 조심스럽게 말을 이어 가는 그녀 앞으로 음식을 밀어 주었다.

"앞으로 꽃 그렇게 보내지 마요. 이러다 나 정말 병원에서 쫓겨날지도 몰라."

"생각해 봤어?"

"뭘요?"

"내가 했던 말. 병원 그만두고 공부 좀 더 하는 게 어때?"

호주로 돌아가자는 그의 제안에 생각해 보겠다고 했지만, 유는 쉽사리 결정할 수 없었다. 공부에 대한 욕심도 있지만 지금 하는 일을 그만두고 싶지는 않았다. 무엇보다 전율이 마음에 걸렸다. 그러고 보니 아직 전율에게 퇴근했다는 말도 하지 못했다.

신세기는 가방에서 휴대폰을 꺼내는 유를 보며 말했다.

"어제 어머님이랑 통화했어. 너랑 결혼하겠다고 말씀드렸어."

"그게 무슨…."

신세기는 테이블 위에 반지 케이스를 올렸다.

"나한테 와."

전율에게 전화를 걸려던 유는 휴대폰을 손에 꼭 쥐고 신세기를 바라보았다.

"네가 원하는 모든 걸 다 해 줄 수 있어. 원한다면 네 이름으로 병원을 지어 줄 수도 있고, 네가 가고 싶다고 했던 캄보디아 의료봉사도 보내 줄게. 아니, 캄보디아에 병원을 짓는 게 낫겠다. 하고 싶은 공부가 있으면 마음껏 해도 좋아. 네 인생에 모든 지원을 아끼지 않을 생각이야."

"오빠…."

"결혼하자."

유에게는 벌써 세 번째 프러포즈였다.

"나 엊그제 율이한테 프러포즈 받았어요. 율이랑 결혼하겠다고 약속했어."

"네 마음에 누가 있든 그런 건 별로 중요하지 않아. 그것까지 전부 받아들이면 되니까."

신세기에게도 기회는 얼마든지 있었다.

"그런데 왜 이제 와서…."

"같은 실수를 두 번이나 하고 싶지 않아."

8년 전 신세기는 전율에게 유를 보내고 후회했다. 이번에도 그냥 이렇게 그녀를 보내면 죽을 때까지 후회할 것 같다.

"지금 당장 대답하지 않아도 좋아. 생각할 시간을 줄게."

같은 시각 전율은 마리와 약속한 장소로 나갔다. 한강에 떠 있는 레스토랑이었다. 여자들은 이런 곳을 좋아하나? 한강은 달리거나 뛰어내리러 오는 곳인 줄만 알았지 이곳에서 밥을 먹을 수도 있다는 생각은 하지 못했다. 나중에 유도 데려와야겠다, 라고 생각하다가 병원을 정신없이 뛰어다니고 있을 그녀가 안쓰러워서 한강에 와 있는 자기 자신이 어처구니없게 느껴졌다. 이래서 여자라는 존재는 쳐다보지도 말아야 한다. 엮이기 시작하면 피곤함이 끝이 없다.

"전율, 왔어?"

마리가 웃으며 그를 반겼다. 회사를 그만두었다고 말부터 놓았다. 전율은 자리에 앉지도 않고 테이블 옆에 서서 마리에게 손을 내밀었다.

"시계."

"여기 스카이라운지 노을이 끝내주는데 오늘은 아쉽게 닫혀 있네. 할 수 없지 뭐. 온 김에 밥이나 먹고 가. 수석 셰프가 세계 3대 요리 대회에서 2년 연속 수상한 맛집이야."

"시계 달라고."

윤유 앞에서는 한없이 다정하고 순종적이기만 하더니, 이렇게 무뚝뚝하고 성질 급한 남자인 줄은 몰랐다.

"일단 앉아. 밥 먹으면 줄게."

마리는 전율의 짜증에 아랑곳하지 않고 메뉴를 골랐다.

"A코스에는 푸아그라 테린이 있고 B코스에는 새우 크로메스키가 있는데 어떤 게 더 좋아?"

"밥 먹을 생각 없으니까 좋은 말로 할 때 시계나 내놔."

"너무 그러지 마. 우리 3개월이나 같이 일했던 사이인데 남보다 못하게 굴 필요는 없잖아."

서서 싸우기에는 사람들의 시선이 부담스러워서 전율은 자리에 앉았다. 그렇다고 해서 마주 보고 밥 먹을 생각은 없었다. 마리의 가방에서 시계가 나오는 순간 빼앗아 들고 일어날 생각이었다.

"스테이크 굽기는? 블루 레어가 부드럽고 맛있는데."

"내가 너랑 밥 먹으러 나왔다고 생각해? 처음부터 내가 실수한 건 맞아. 그래서 실수에 대해 책임지려고 나왔고, 이걸로 끝내자. 시계 돌려줘."

"밥 다 먹으면."

주문한 음식을 기다리는 동안 마리는 대수롭지 않은 질문을 몇 차례 건네며 대화를 시도했지만 전율의 신경은 온통 마리의 가방에 쏠려 있었다. 여차하면 냅다 들고 도망칠 기회만 엿보았다.

"어? 스카이라운지에서 누가 내려오나 보다. 통째로 빌린 사람이 누군지 궁금했는데."

'closed'라고 적혔던 팻말이 치워지고 두 사람이 계단을 내려왔다.

"어머! 저거 유 씨 아니야?"

전율의 고개가 반사적으로 돌아갔다. 신세기, 그리고 그 옆에 윤유. 병원에 있어야 할 애가 왜 거기서 내려와?

전율은 계단 앞으로 성큼성큼 걸어갔다.

"유야, 너 왜 여기 있어? 오늘 퇴근하는 날 아니잖아."

"율아, 그게…."

신세기가 대신 대답했다.

"휴 세인트 병원, 우리 큰아버지 병원이야. 요즘 많이 힘들어하는 것 같아서 퇴근시켜 달라고 부탁했어."

엄청난 배경에 대한 궁금증이 풀렸다. 신세기는 마리를 힐끔 보고 말했다.

"넌 여자랑 왔나 보네. 가 봐."

유도 마리를 발견하고 전율을 쳐다보았다.

"반지 제가 골랐어요." "저녁 산다고 해서요." "그 식당 가 봤어요?"

매우 억울한 표정의 전율이 뭐라 해명하기도 전에 유의 머릿속에 스치듯 그녀가 했던 말들이 떠올랐다.

"마리 씨랑 같이 왔네?"

"만나야 할 일이 있어서."

"만나야 할 일이 무슨 일인데?"

대답하지 못하는 전율을 보며 유가 물었다.

"왜 대답을 못 해?"

"거짓말이 생각 안 나서."

"사실대로 말하면 되잖아."

"사실을 말할 수가 없어서…."

얼버무리는 전율을 보며 유는 마리에게 화가 났다. 마리가 순진한 그를 꼬여냈다고 생각했기 때문이다. 유는 전율이 다른 여자와 데이트를 하기 위해 한강에 있는 레스토랑까지 올 남자가 아니라는 걸 잘 알고 있었다. 무슨 일로 전율을 귀찮게 했기에 그가 여기까지

나왔을까 싶은 생각에, 유는 당장이라도 마리에게 자초지종을 따져 묻고 싶었다. 하지만 유 역시 신세기와 함께 왔으므로 화를 낼 입장은 아니었다.

주차장으로 내려온 유는 차 안에 앉아 말없이 앞만 바라보았다.

"괜찮아?"

신세기의 물음에 유는 고개를 저었다.

"아니. 안 괜찮아요."

"전율이 다른 여자랑 있는 거 보고 질투 나서?"

"질투 안 나요. 사정이 있어서 어쩔 수 없이 나왔을 거예요. 바보처럼 휘둘리는 게 화가 나요. 아마 나 때문일 거야. 율이의 유일한 약점이 나니까."

오랫동안 유를 옆에서 지켜본 신세기는 알고 있었다. 아무것도 모르는 얼굴로 모든 걸 다 아는 그녀의 속마음은, 무엇이 살고 있는지 모를 탐사 불가능한 심해 같았다.

"율이는 나밖에 모르는 바보예요. 그래서 내가 필요해. 오빠는 나 없어도 스스로 척척 잘하니까 내가 걱정할 필요가 없어. 항상 고맙게 생각하고 있어요. 진심이야."

완벽한 거절이었다. 신세기도 예상하고 있었지만 생각보다 충격이 컸다.

"윤유."

유는 고개를 돌려 그를 보았다.

"내가 너 사랑한다."

신세기의 고백이 끝나자마자 차 문이 벌컥 열렸다. 땀에 젖어 형

커진 머리로 호흡을 고르는 전율이 유의 손을 잡았다.

"내려."

달려온 마리가 전율 앞에 서서 소리쳤다.

"전율! 남의 가방 안에 든 걸 바닥에 쏟아 버리는 비상식적인 매너가 어디 있어!"

전율은 신세기와 유가 주차장으로 내려가자마자 테이블로 돌아가 마리의 핸드백을 낚아채고 그 자리에서 뒤집어 쏟았다. 온갖 잡동사니가 테이블과 바닥에 흩어졌지만 시계는 없었다. 화가 난 상태로 식당을 나와 무작정 유를 찾았다. 마리의 목소리도 듣기 싫었다. 한 마디라도 더 들었다가는 인내심이 바닥날 것 같았다.

"너 이제 가. 도저히 안 되겠어. 말 같지도 않은 상황이 전개되는 거 내 스타일 아니야."

"아직 시계 나한테 있어. 이거 유 씨한테 말해도 돼?"

"다 말해 그냥!"

전율이 말하라고 소리 지르자 마리는 놀라서 입을 다물었다. 전율은 절망과 분노가 뒤섞인 얼굴로 유에게 해명했다.

"펜션에서 내가 너한테 612호에 가서 자고 있으랬지? 그런데 다른 방에서 자고 있으면 어떡해? 내가 들어간 방에 너 대신 마리가 있었어. 너인 줄 알고 실수할 뻔…. 아니, 실수했고, 그날 방에 풀어 놓은 시계를 돌려받으러 나왔어. 넌? 너도 설명해. 이 상황."

지금 전율의 눈에는 마리도 뭣도 보이지 않았다. 유가 신세기와 있다는 사실만으로 돌아 버리기 일보 직전이었다.

신세기가 유의 말을 막았다.

"설명이 필요해? 나 오늘 유에게 프러포즈했다. 방해받고 싶지 않아."

"신세기, 좀 적당히 해. 세상에 여자가 유밖에 없냐? 왜 남의 여자한테 들이대고 지랄이야!"

마리는 자신이 끼어들지 않아도 되는 흥미진진한 상황에서 슬쩍 뒤로 빠졌다. 신세기와 전율이 죽일 듯이 서로를 견제하는 동안 유는 마리 앞으로 다가가서 손을 내밀었다.

"율이 시계 돌려줘요."

마리는 재킷 주머니에서 시계를 꺼내 유의 손바닥 위에 올려놓았다. 유는 그 시계를 손목에 찼다. 헐렁하고 묵직한 시계를 흔들어 보더니 마리에게 말했다.

"이건 내 거예요. 율이의 물건도, 시간도, 몸도, 마음도 전부 다. 마리 씨는 어떤 것도 가질 수 없어요. 혹시 빌리고 싶으면 나한테 허락받아야 해요. 물론 거절하겠지만."

끝나지 않은 기다림

 다음 날 아침 유를 병원에 데려다주고 오피스텔로 돌아온 전율은 반지 케이스를 주머니에서 꺼내 거실 테이블 위로 툭 던졌다. 팔아서 맛있는 거 사 먹으러 가자며 유에게서 강제로 빼앗아 왔다. 케이스를 연 박지오는 엄청난 크기의 다이아에 눈이 휘둥그레졌다.
 "이건 또 뭐야. 무슨 반진데?"
 "신세기가 유한테 준 거."
 "무슨 반지 모으기 퀘스트라도 한대? 걔 도대체 남자가 몇 명이야? 우리 셋 말고 더 있어?"
 "어차피 나한텐 셋이나 넷이나 거기서 거기야."
 방에 있던 에스타가 거실로 나오며 "마리는? 오늘 출근했어?"라고 물었다. 전율은 이름만 들어도 질린다는 표정을 지었다.
"그 여자 애길 왜 꺼내?"
에스타는 대답 대신 질문을 건넸다.
"너 어제 마리 만났지?"
"그걸 어떻게 알아?"
"유한테 들켰고?"
무당이야 뭐야…. 한강에서 있었던 일에 대해 전율은 아직 한 마디도 꺼내지 않았다.
에스타는 마리의 연락처를 알려 달라고 했다. 자존심이 강한 여자일수록 원하는 것에 대한 집착도 심한 편이라 본인이 갖지 못한다면 망가트리려 들 게 뻔하다. 전율에게서 확실히 떨어트려 놓지 않으면 귀찮은 일이 벌어질 수도 있다.
"마리는 내가 알아서 할게."
"네가 어떻게?"
"내 전문 분야니까."
박지오는 배를 잡고 토하는 시늉을 했다.
"어우, 짜증 나. 사진 찍는 건 아마추어 같은데, 여자 상대하는 건 프로니까. 직업이 뭔지 가끔 헷갈려."
자신의 분야는 아니라서 난감했던 전율은 냉큼 마리의 연락처를 에스타에게 전송했다.

그날 밤 마리는 얼굴에 마스크 팩을 붙이고 SNS를 뒤적거렸다. 유행 지난 블로그나 소셜 네트워크에는 여전히 전율의 10대 시절 사진이 떠돌고 있었다. 지금에 비하면 햇병아리에 불과하지만 곱상한 얼굴은 그 시절에도 여학생들에게 인기가 많았을 것 같다. 수학여행과 페스티벌 때 찍은 댄스 동영상은 조회 수가 상당히 높았다.

전율의 사진을 뒤지던 마리는 우연히 에스타의 SNS 계정을 발견했다. 그는 '별' 혹은 '스타' 등의 다양한 이름으로 불리고 있었다. 실제로 본 그는 이름처럼 반짝이는 외모의 소유자였다. 여자가 많은 것 같긴 한데 죄다 일회용이었고, 그 많은 사진 중에 유의 사진은 한 장도 없었다. 윤유도 일회용인가?

박지오는 유와 마리가 닮았다고 떠들어 댔지만 마리는 그 말에 동의하지 않았다. 최신 유행에 민감한 그녀는 유의 스타일이 영 촌스럽고 밋밋하게만 생각되었다. 자신과 비교하면 유는 지루하기 짝이 없는 여자였고, 전율이 그런 여자에게 매달리는 것이 이해가 되지 않았다.

한강에서 유에게 당한 수모를 갚아 주려면 다른 남자와 몰래 만나는 그녀의 실체를 폭로하는 수밖에 없었다. 회사에 짐이 남아 있으니 짐을 찾는다는 핑계로 내일쯤 회사에 가 볼 생각이었다.

유와 에스타의 부적절한 관계를 어떻게 하면 극적으로 터트릴 수 있을지 한창 고민에 빠져 있을 때 마리의 전화벨이 울렸다. 모르는 번호였다.

"여보세요?"

"마리."

마리는 목소리를 듣자마자 전화를 건 사람이 에스타라는 걸 단박에 알아차렸다. 겨우 이름을 부르는 목소리에 가슴이 뛰는 건 처음이었다. 에스타는 그녀를 만나러 오겠다는 말을 하고 전화를 끊었다.

 마리는 얼굴에 붙어 있던 마스크 팩을 떼어 내고 몸을 벌떡 일으켰다. 입고 있던 티셔츠와 반바지를 벗어 던지고 유가 입었던 것과 비슷한 느낌의 헐렁한 원피스로 갈아입었다. 평소에 하던 메이크업보다 연하게 화장을 했다. 한 듯 안 한 듯, 집에 있다가 무심하게 나온 얼굴. 머리는 적당히 풀어 헤쳤다. 이러고 있으니 윤유랑 비슷해 보이는 것 같기도 하다.

 집 앞에 도착했다는 에스타의 문자를 받고 내려가니, 가로등 밑에 그가 서 있었다. 편안한 옷차림으로 가만히 서 있을 뿐인데도 그림처럼 우아했다. 에스타는 급하게 달려 나온 마리를 보고 피식 웃었다. 워크숍에 참석했을 때와 전혀 다른 스타일이었다. 밑단이 풍성한 짧은 길이의 원피스를 입고 머리를 산뜻하게 올려 묶었던 그녀가 오늘은 옷도 화장도 왠지 어정쩡해서 누가 봐도 유를 흉내 낸 것처럼 보였다.

 두 사람은 마리의 집 근처 공원을 함께 걸었다. 에스타는 그녀 옆에서 보폭을 맞추었다.

 "오해를 풀고 싶었어요."

 에스타의 말에 마리가 고개를 들어 그를 보았다.

 "무슨 오해?"

 "그날 펜션에서 나와 유 사이를 오해한 것 같아서요."

 그걸 빌미로 전율을 옭아매려 했던 마리는 직접 해명하러 온 에스타의 행동에 뜨끔했다.

 "두 사람… 전 대표 몰래 만나는 사이 아니었어요?"

"우린 고등학교 때부터 친하게 지낸 친구예요. 그래서 스스럼없이 대했던 것뿐이야."

마리의 목소리 톤이 살짝 높아졌다.

"그렇지만 그게 나랑 무슨 상관이죠?"

설마 그걸 전율에게 일러바치기라도 할까 봐 선수 치는 건가 싶어서 마리는 기분이 상했다. 에스타는 날카로워진 마리의 마음을 차분히 달래 주었다.

"당신한테 오해받고 싶지 않아요."

마리는 걸음을 멈추고 방금 그 말이 무슨 의미인지 묻고 싶어서 에스타를 올려다보았다. 에스타는 마리에게 한 걸음 가까이 다가갔다. 그리고 깊게 눈을 맞추었다.

"나 지금 만나는 여자 없어요. 그 말 하려고 왔어."

에스타는 바람에 흩날리는 그녀의 머리카락을 귀 뒤로 넘겨 주고 특유의 매혹적인 웃음을 발사했다. 그리고 다시 한 걸음 물러났다. 어둠 속에서도 붉게 물든 마리의 얼굴이 보였다. 그녀가 나긋해진 목소리로 물었다.

"그 말을 나한테 하는 이유가 뭐예요?"

똑똑한 여자가 알아들었으면서 못 알아들은 척을 한다. 에스타는 다시 한번 확실하게—하지만 매우 불확실하게—대답해 주었다.

"이렇게 늦은 밤, 마음에도 없는 여자에게 굳이 해명하겠다는 핑계를 대고 느닷없이 찾아오진 않아요."

"나를 유 씨 대타로 생각하는 거예요?"

이런 여자들은 의심이 많다. 그래서 이럴 땐 완전히 다른 대답을 해야 한다.

"오늘 입은 옷보다 그날 입었던 노란색 원피스가 훨씬 더 잘 어울려요."

마리의 눈동자가 흔들렸다. 길을 가다가 주인 없는 금덩이를 발견한 기분. 이걸 내가 가져도 되는지, 믿기 어려운 행운에 조금은 불안한 마음. 그 밖에 무언가 엄청난 것이 자기 손에 들어왔다는 희열과 뿌듯함, 넘치는 기쁨 같은 복합적인 감정이 그녀를 떨리게 했다. 다른 여자에게 미쳐 있는 전율을 대신해 별이라니. 거부할 수 없는 유혹이었다.

에스타는 작업을 마무리 지었다. 볼일이 끝났으니 남은 건 작별 인사였다.

"늦었어요. 이제 들어가요."

그는 마리를 집 앞에 바래다주고 빠르게 골목을 벗어났다. 모퉁이를 돌아 기다리고 있던 박지오의 차에 올라탔다. 핸들에 엎드려 있던 박지오가 에스타를 보고 시간을 확인했다.

"뭐야…. 10분도 안 됐어. 왜 벌써 와?"

"끝났으니까 왔지."

느긋하게 안전벨트를 매는 에스타에게 박지오가 버럭 따져 물었다.

"네가 이효리 누나야? 10분 만에 어떻게 끝냈는데?"

"몰라. 이거 유한테 한번 써먹어 볼까?"

"허세 부리지 말고 확실하게 해. 전율 앞에 더 이상 나타나는 일 없게."

"이제 마리가 전율을 찾아갈 일은 없을 거야."

"유 쌤, 702호 환자 바이탈 체크 좀 부탁해요. 그리고 미안해서 어떡하지? 하필 오늘 막내가 감기 때문에 아파서. 다음에 유 쌤 당직 서게 되면 내가 하루 바꿔 줄게요."
"걱정하지 마세요."
감기에 걸린 아이를 돌봐야 한다며 유에게 당직을 부탁한 김 간호사는 자신이 맡은 병동 차트를 넘겨주고 퇴근했다. 유는 환자 차트를 들고 병실로 갔다. 1인실 문을 열고 들어서자 침대에 누워 있던 환자가 고개를 들었다. 잔뜩 찌푸렸던 얼굴이 유를 발견하고 거짓말처럼 환해졌다. 그러고선 놀란 얼굴로 몸을 일으켰다.
"유? 으아아…."
일어서려던 남자는 고통스러운 표정을 지으며 다시 몸을 눕혔고, 유는 얼른 다가가서 침대에 눕는 걸 도와주었다.
"김도현?"
"너… 이 병원에 있었어? 으으…."
"아직 말 많이 하면 안 돼."
"반갑다."
유가 한국에서 증발하고 나서 그녀의 행방을 찾기 위해 백방으로 수소문했던 한 사람으로서, 도현이 맹장 수술을 마친 지 두 시간 만에 수술한 병원 입원실에 누워 그녀를 만난 건 기적이었다. 의식이 몽롱하고 몸이 말을 듣지 않는 상황에도 반가워서 어쩔 줄 모르는 그와 달리 유는 정말 중요한 내용을 매우 진지하게 물었다.

"소변은 봤어?"

도현의 당황한 얼굴이 붉어졌다.

"아… 오랜만에 만났는데 첫 질문이 너무…. 너한테 그런 이야기 하기 좀 민망하다. 다른 간호사분 안 계셔?"

"시간마다 체크해야 해서."

"아직….'

"어디 불편한 데는 없고?"

불편한 데가 한두 군데가 아니라서 표정 관리하는 것도 쉽지가 않았지만, 유가 수액과 진통제를 체크하는 동안 그는 신기하다는 듯 유를 쳐다보며 여전히 들뜬 목소리로 떠들어 댔다.

"의사 되는 게 꿈이라더니, 의사 가운 정말 잘 어울린다. 기억 나? 우리 고3 때 카페에서 자주 만나서 장래 이야기 진짜 많이 했 잖아. 그때… 쿨럭쿨럭… 으아아…."

"아파?"

"수술한 부위의 통증이 조금 심한 것 같아. 이게 원래 이렇게 아 픈 건가?"

참을 만했던 통증이 유를 보는 순간 급격히 심해진 건 왜일까. 다른 간호사나 의사가 괜찮으냐고 물었을 때 도현은 무심하게 고개 를 끄덕이며 괜찮다고 대답했었다.

"잠시만. 드레싱 좀 살펴 줄게."

유는 가까이 가서 도현의 환자복 상의를 들어 올리고 수술 부위를 살폈다.

"하… 이러고 있으니까 엄청 설렌다. 평소에 운동 좀 할걸."

숨어 있는 복근을 드러내려고 힘주는 그의 옆구리를 유가 손으로 쿡쿡 찔렀다.

"힘 좀 빼 줄래?"

"어? 어…. 유야, 남자친구 있어?"

이 와중에 그런 질문이 나온다는 게 유는 신기했다. 도현의 옷을 원래대로 정리한 뒤 이불을 덮어 주었다.

"아직은 졸려도 잠들면 안 돼. 배에 가스가 찰 수 있으니까 조금 불편할 거야. 속이 울렁거리면 침대 위에 있는 벨을 눌러."

"벨 누르면 네가 오는 거야?"

오늘 밤에는 유가 담당할 예정이었다.

"소변 양 체크해야 되니까 꼭 컵에다가 보고."

그걸 받아서 유에게 줘야 한다는 사실만 빼면 도현은 그 어느 때보다 기분이 좋았다.

"밥은 몇 시쯤 나와? 어제부터 굶었더니 배고프다."

"내일 점심때쯤 죽이 나올 거야."

"살이 쫙 빠지겠군."

유가 나가려고 하자 도현이 다급하게 그녀를 불러 세웠다.

"유야, 보고 싶었다."

뭐라고 대답해야 할지 몰라 유는 어색하게 웃었다.

"남자친구는 있어?"

아까 못 들은 대답을 듣기 위해 도현은 다시 한번 물었다. 유는 가운 주머니를 뒤져서 전율이 준 반지를 꺼내 보였다.

"또 한발 늦었네. 그래도 뭐, 다시 만나서 너무 좋다."

그날 밤 우진은 수다라도 떨 겸 커피 두 잔을 들고 간호사실까지 가서 윤유를 찾았다.

"윤유 쌤 바쁘신가? 오늘 당직이라고 들었는데 안 계시네?"

배달 온 야식 봉지를 테이블 위에서 해체하던 간호사들이 702호에서 벌써 스무 번째 콜 버튼이 울렸다며 역시 스캔들의 여왕은 다르다는 대답도 뭣도 아닌 말을 했다.

"그 환자, 꾀병도 엄살도 아니야. 굳이 안 감아도 될 붕대까지 감아 달라고 하는 걸 보면 목적이 확실한 것 같아."

"아는 사이일까요? 오늘 유 쌤 거의 702호에만 가 계셨어요."

간호사들의 대화를 뒤로하고 우진은 702호로 향했다. 같은 병원에 있어도 유의 얼굴을 보는 건 작정하고 찾아가지 않고서는 힘든 일이었다. 뭐 하는 놈인데 유를 붙들고 있어?

702호 안을 들여다보던 우진이 병실 문을 벌컥 열었다. 상의를 탈의한 도현에게 안기다시피 기대 있던 유는 놀라서 손에 들고 있던 붕대를 떨어트렸다. 허리에 붕대를 감는 중이었는데 도현이 의도적으로 협조를 해 주지 않는 바람에 유의 손이 등 뒤로 돌아가다 말고 멈춘 것이다.

우진은 유를 병실에서 내보내고 직접 붕대를 감았다.

"저는 윤유 선생님이 해 주었으면 좋겠는데요."

"윤유 쌤은 인턴이라 이런 거 아직 잘 못합니다."

할 줄 알아도 이런 상황에서는 못 하는 거다.

"악! 거 좀! 살살 좀 합시다!"

"엄살이 심하시네."

도현은 환자복에 팔을 끼워 넣고 주섬주섬 단추를 채우며 우진을 노려보았다.

"그쪽이 유 남친이에요?"

"의료진에 대한 개인적인 질문은 안 받아요. 누워서 심호흡이나 하시죠."

"배가 너무 불편해서 누워 있을 수가 없어요."

"걷는 게 도움이 되니까 나가서 좀 걸으시든가."

도현은 손을 뻗어 침대 머리맡에 있는 벨을 눌렀다. 앞에 있던 우진이 황당하다는 듯 물었다.

"아니. 의사가 앞에 있는데 그걸 왜 누릅니까?"

"윤유 쌤이랑 산책이나 하려고요."

환자만 아니면 확.

"이 병원 의사는 김도현 씨 개인 비서가 아니에요."

우진은 방금 붕대 감은 부위를 손으로 꾹꾹 눌렀다. 찌릿한 고통에 도현의 몸이 저절로 휘었다.

"으악! 지금 뭐 하는 거예요? 이 병원 의사는 깡팹니까?"

"윤유 선생님은 임자가 있는 몸이고, 이 병원에서 유를 건드렸다가는 제날짜에 퇴원하지 못하는 수가 있어요."

"협박하는 거예요?"

호출을 받고 달려온 유가 병실 안으로 들어섰다. 도현은 구세주를 만난 듯 반가워하며 울상을 지었다. 엄살떠는 도현을 보며 우진이 중얼거렸다.

"전율을 불러야 하나?"

그 소리에 놀란 도현이 물었다.

"유, 아직도 전율이랑 사귀어?"

유는 느닷없이 소환된 본인의 남친 이름에 고개를 끄덕였다. 안 그래도 율이랑 통화하다 말고 오는 길이었다. 매일 퇴근한다던 애가 어째서 당직을 서는 거냐면서, 신세기 알고 보니 약장사네 뭐네 징징거리는 그를 달래기도 전에 호출이 와서 전화를 끊고 달려왔다. 전화가 끊긴 이유가 도현의 엄살 때문이라는 걸 알면 당장 쫓아올 게 분명하다.

"산책하고 싶으면 나랑 같이 가지?"

우진이 손을 내밀었고 도현은 그 손을 잡았다. 우진의 부축을 받아 느릿느릿 불편한 걸음으로 걸어가는 도현이 투덜거렸다.

"저, 유 고등학교 때부터 좋아했어요. 오랜만에 만났는데 이야기 좀 하면 안 됩니까?"

"이 구역에 유 안 좋아한 사람 없고, 환자분은 떠들어 봤자 복부에 가스만 찹니다."

"정말 유한테 진심이에요."

부축하던 우진이 물었다.

"전율 불러?"

그건 싫은지 도현은 입을 다물었다.

퇴근한 유를 차에 태운 전율은 곧장 마트로 달려갔다. 마트에서 같이 장 보는 게 소원이라며 한 손으로 카트를 끌고 다른 손으로는 유의 손을 잡았다. 마트 여기저기를 돌아다니며 어디에 쓰이는지 알 수 없는 식재료를 주워 담았다.

음식을 해 본 적 없는 유는 재료를 보아도 뭐가 뭔지 몰라서 전율이 담는 대로 지켜보았다.

"우리 집—정확히 말하자면 유네 집—샴푸 거의 다 썼어. 샴푸도 사야 하고, 아 참 그리고 화장실 전구도 갈아야 할 것 같더라? 그것도 사고…. 이거 귀엽다. 우리 소파—역시나 유네 집 소파—에 토끼 쿠션 하나 놓을까?"

별로 살 것도 없는데 전율이 '우리 집'을 강조하며 쓸데없는 것들을 사려고 하는 걸로 봐서는 신혼 놀이를 즐기고 싶은 것 같았다. 마트를 크게 한 바퀴 돌았을 때 박지오가 같이 저녁 먹자며 전화를 했다. 전율은 우리 집에서 유랑 단둘이 먹고 싶다고 했지만, 전율의 집을 구경하고 싶다는 유의 말에 오피스텔로 향했다.

높은 빌딩 꼭대기 층에 있는 전율의 집은 현관문이 대문만큼 컸다. 이렇게 좋은 집을 두고 왜 만날 좁아터진 타운하우스에 와서 뒹구는 건지 유는 의아했다. 후다닥 달려 나온 박지오는 식재료가 담긴 커다란 상자를 든 전율을 밀쳐 내고 유의 손을 잡았다. 안 본 지 이틀밖에 안 되었는데 반갑다고 방방 뛰었다. 느긋하게 다가온 에스타가 유럽식 인사라면서 유의 어깨를 안고 양쪽 관자놀이에 쪽

소리 나게 입을 맞추었다.

"자기, 왔어?"

그런 에스타를 보며 박지오가 성질을 냈다.

"전율, 너 요즘 왜 가만히 있냐? 화성이 유보고 자기라 그러는데 그냥 내버려둘 거야? 듣기 싫어 죽겠네."

친구들의 말과 행동에 일일이 발끈하고 반응했다가는 일찍 죽겠다 싶은 생각에 어느 정도 내려놓은 전율은 웬만한 건 그냥 넘겼다. 무엇보다 박지오가 선을 넘을 땐 에스타가 경계하고, 에스타가 선을 넘으면 박지오가 난리를 쳐 댔으므로 굳이 전율이 끼어들 필요도 없었다.

사 온 식재료를 조리대 위에 꺼내는 전율 옆에서 박지오는 메뉴와 조리법을 검색했다. 어떤 요리가 되었든 윤유가 끼어들지만 않는다면 먹을 수는 있을 것이다.

유는 소파에 앉아 거실을 둘러보았다. 모던한 인테리어로 꾸며진 집은 남자 셋이 산다는 게 믿기지 않을 만큼 깔끔하고 단정했다. 서로 다른 개성을 지닌 세 사람이 한 집에 어울려 살고 있다는 것만으로도 놀라웠다.

에스타는 한 폭의 그림을 감상하듯 유를 보았다. 붉은색 꽃무늬 치렁치렁한 치마를 입고, 헐렁한 니트 티를 한쪽 어깨가 다 드러나도록 걸친 유는 무릎을 끌어안은 채 1인용 소파에 앉아 눈동자를 움직였다. 그녀의 맨발에 에스타의 눈길이 멈추었다. 에스타는 손을 뻗어 발을 잡았다.

"발이 원래 이렇게 작아? 발가락도 예쁘다."

그녀의 발가락을 만지는 순간, 등 뒤에서 주황색 파프리카가 날아와 쾅 소리를 내며 벽에 부딪혔다. 파프리카가 형체도 없이 터진 걸 보면 전율이 던진 게 분명하지만, 뒤통수에 명중시키지 못한 걸 보면 박지오가 던진 것 같기도 하다.

유는 에스타를 따라 집 안 곳곳을 둘러보았다. 신비로운 행성을 탐험하는 기분으로 미지의 공간에 발을 디뎠다. 박지오의 방에서 기분 좋은 냄새가 났다. 검은 철제 선반에는 명품 선글라스와 향수들이 가지런히 진열되어 있었고, 다양한 액세서리가 보관된 상자도 있었다. 짙은 색깔의 이불이 덮인 침대 옆에는 행거가 놓여 있었는데, 거기에는 새것처럼 보이는 옷이 여러 벌 걸려 있었다.

에스타의 책상에는 여러 종류의 카메라가 놓여 있었다. 벽에는 커다란 세계 지도가 붙어 있었고, 침대 머리맡에는 풍경 사진이 가득했다. 전 세계의 푸른 바다가 에스타의 방을 푸르게 물들여서 왠지 침대에 누워 있으면 파도 소리가 들려올 것만 같았다.

전율의 방으로 들어선 유는 숨을 잠깐 참았다가 들이마셨다. 침대 옆에 놓인 경포대 사진이 제일 먼저 눈에 들어왔다. 2단짜리 낮은 책장 위에 예쁘게 놓여 있는 물건들은 모두 유의 소지품들이었다. 유는 홀린 듯이 다가가서 물건들을 하나씩 보았다.

고등학생 시절, 그가 유의 방에 놀러 올 때면 기념이 될 만한 물건을 하나씩 가져가곤 했는데, 어떤 날은 유가 사용하던 볼펜을 가져가기도 하고, 핸드크림이나 머리핀을 가져가기도 했다. 유의 기억 속에서는 잊힌 물건들이었다.

유는 8년 전에 사용했던 분홍색 립밤을 집어 들었다. 잃어버린 줄 알았는데 여기 있었네…. 유의 입술에서 나는 향기가 좋다며 수줍게 웃던 열여덟 살의 전율이 떠올랐다. 사랑한다는 말로는 조금 부족하니까, 라며 조심스럽게 다가와서 경건하게 입술을 맞대고 사랑을 전하던 그가 사무치게 그리웠다.

세 남자의 방을 구경한다는 건 작은 우주를 여행하는 것과 같았다. 늘 옆에 있어서 당연하게만 생각했던 그들의 특별함을 알았다. 아름답게 반짝이는 밤하늘의 별은 실제로 발을 디뎠을 때 황량한 대지와 가스 덩어리에 불과하지만, 옆에 있는 사람들은 가까이할수록 더 아름다운 우주라는 걸.

"테라스에 나가 볼래? 야경 멋있어."

유는 전율의 보물을 제자리에 두고 에스타를 따라 나갔다. 야외 테라스에는 작은 정원이 있었고, 한쪽 구석에는 테이블과 의자가 놓여 있었다. 시원하게 불어오는 저녁 공기가 유의 머리카락을 흩날렸다. 어둑어둑해진 하늘 아래 불빛들이 예쁘게 반짝거렸다.

"유야, 잠깐만."

에스타는 유에게 가까이 다가가서 마리에게 했던 것과 똑같이 깊게 눈을 맞추고, 머리카락을 손으로 걷어 귀 뒤로 넘겨 주었다. 마지막에 매혹적인 미소까지 완벽하게 지어 보이고는 유의 반응을 살폈다. 에스타의 행동을 지켜보던 유는 코끝이 찡하도록 활짝 웃었다.

"고마워. 그렇게 멋지게 웃어 줘서."

나를 보며 웃어 준 너에게 늘 고마웠다. 한 번도 말한 적 없었지만.

유는 에스타가 했던 것과 같이 바람에 날리는 그의 앞머리를 쓸어서 가지런히 정리하고 길어진 머리를 귀 뒤로 넘겨 주었다.

"예쁘다. 머리를 넘기니까 예쁜 아가씨 같아. 내 옆에 이렇게 예쁜 사람이 있다는 걸 잠시 잊고 살았어."

예상하지 못했던 유의 반응에 굳은 듯 서 있던 에스타는 그녀의 얼굴을 손으로 감싸고 입을 맞추었다. 세상에 둘만 남겨진 것처럼, 이 순간만큼은 죽을 듯이 사랑하는 연인이 된 것처럼, 쓰러져 가는 영혼에 숨결을 불어넣듯 넘치는 사랑을 토해 냈다. 단 한 번만이라도 그녀의 전부를 온전히 갖고 싶었다.

유의 손이 에스타의 가슴을 밀어냈다. 에스타는 주춤 뒤로 물러나며 즉시 사과를 건넸다.

"미안해. 미안. 실수였어."

에스타의 목소리가 불안함에 떨렸다. 그는 겁에 질려 있었다. 유는 그에게 손을 내밀었다.

"괜찮아. 나 도망 안 가."

유는 에스타의 얼굴에 비친 표정을 읽었다. 아무 걱정 없이 자유롭게 즐기면서 삶을 사는 그에게서 엄청난 고독이 느껴졌다.

자신을 사랑한다는 걸 알면서도 유는 모두를 버렸었다. 시간이 지나면 다른 여자를 만나겠지, 나를 잊어버리겠지. 에스타의 사랑과 아픔이 전율의 것만큼은 아닐 거라고 안일하게 생각한 건 그녀의 실수였다. 에스타의 눈을 보는 순간, 그가 여태껏 다른 사랑을 하지 못했다는 걸 알 수 있었다. 그녀는 돌아왔지만, 그의 사랑은 여전히 기다림 속에 있었다.

"외롭게 해서 미안해."

에스타는 가끔 참을 수 없을 만큼 절실한 고독을 느꼈다. 고독을 지우기 위해 다른 여자들과 끊임없이 관계를 맺어도 돌아오는 것은 허무함뿐이었다. 유 앞에서는 억지로 만들어 낸 미소를 지을 필요가 없다는 걸 알면서도 가면을 썼다. 그가 아프게 말을 꺼냈다.
"널 사랑하지 않으려고 노력하는데, 그게 잘 안 돼."
유가 사라졌을 때, 에스타는 그녀가 다시 돌아오길 간절히 바랐다. 결국 그녀는 돌아왔지만, 그에게 돌아온 건 아니라는 사실이 에스타를 먹먹하게 했다. 그녀가 없어도 나는 혼자고, 그녀가 곁에 있어도 나는 혼자다.
"널 두고 가 버려서 미안해. 다시 돌아와서도 혼자 두어서 미안해. 이제 아무 데도 안 가. 옆에 있을게."
그 말 한마디에 그동안 쌓아 왔던 외로운 성이 무너져 내렸다. 에스타의 가슴 깊은 곳에서 뜨겁고 뭉클한 것이 올라왔다. 스르르 풀린 다리는 힘없이 무릎을 꿇었고, 화려한 가면은 얼굴에서 벗겨져 바닥으로 툭 떨어졌다. 유는 그의 머리를 품에 안았다.
에스타는 단지 사랑을 하고 싶었다. 혼자 하는 사랑이 아니라, 함께 하는 사랑.

전율은 저녁을 먹은 뒤 유를 데리고 '우리 집'으로 돌아갔다.
박지오는 테라스에 앉아 있는 에스타에게 얼음이 가득 담긴 잔에 위스키를 따라 건넸다. 오늘 먹은 음식의 맛이 어땠는지 누구도 평가하지 않았다. 아무렇지 않은 척 씹어서 삼켰지만 맛을 느낀 사람

은 아무도 없었다.

에스타의 얼굴은 평소답지 않게 복잡한 심경을 고스란히 드러냈다. 커피는 입에 댄 적도 없고, 술도 못 마시는 그는 박지오가 건넨 독한 위스키를 한 모금 마셨다.

"나 아까 봤어."

박지오가 말했다.

"테라스에서 유랑…."

"어디부터 어디까지?"

"네가 유한테 키스하는 것부터 안겨서 처절하게 우는 것까지."

"다 봤네."

에스타는 위스키를 한 모금 더 마셨다. 식도부터 심장까지 화르르 불에 타는 것 같았다.

"전율도 봤어. 내가 테라스로 뛰쳐나가려는 거 전율이 잡았어. 그냥 두라더라."

아무 말 없는 에스타에게 박지오가 물었다.

"키스는 왜 했어?"

"하고 싶어서."

"그럼 울긴 왜 울어?"

"울고 싶어서."

조금은 속이 후련해진 듯한 에스타의 얼굴을 보고 박지오는 냉소를 날렸다.

"이상한 새끼네. 잘난 척은 혼자 다 하더니. 유 앞에서는 그냥 병신이네."

두 친구는 테라스에 앉아 바람을 맞으며 도시의 야경을 내려다보았다.

"다른 여자들은 내 겉모습만 보고 나를 좋아한다고 말해. 다들 나보고 부럽대. 인생을 즐겁게 사는 것 같다며 나처럼 살고 싶다더라. 처음이야. 내가 외롭다는 걸 알아준 사람. 유한테 절대 들키고 싶지 않았던 내 모습인데, 오히려 유가 나를 위로했어. 외롭게 해서 미안하다고, 옆에 있어 주겠다고…. 그 말이 너무 기뻤어."

박지오는 순수하게 웃는 에스타의 얼굴을 참 오랜만에 보았다. 열다섯 살, 처음 만났을 때 선하고 수줍음 많던 그를 보는 것 같아 박지오도 코끝이 찡했다.

"10분 안에 마리를 유혹하던 자신감은 어디 가고 아주 청승맞아서 못 봐 주겠다. 지질한 놈."

"시간을 되돌릴 수 있다면 좋겠어. 고2 때로 돌아간다면 내가 먼저 유한테 고백할 거야."

"넌 끈기가 없어서 안 돼. 전율이 유 옆에 지금까지 붙어 있을 수 있었던 건 사랑 때문이 아니야. 겁나 차여도 포기할 줄 모르는 근성, 지구력, 끈기 뭐 그런 것 때문이야. 웬만한 정신력이 아니고서는 윤유 같은 애는 줘도 못 가져."

"그래서 넌? 주면 안 갖게?"

"네가 날 모르나 본데. 걔가 내 여자였으면 가만 안 뒀어. 그런 애는 정신 바짝 차리게 혼 좀 나야 해. 전율이 너무 오냐오냐 키워서 버릇이 나빠."

박지오와 에스타는 마주 보고 웃었다. 이런 말조차 소용이 없다는 걸 두 사람은 알고 있었다. 그녀는 결코 '내 여자'가 될 수 없으므로. 박지오는 에스타의 손에 들린 잔을 빼앗아 위스키를 한 모금 마시고 말했다.

"키아누 리브스 형이 한 토크쇼에 나와서 이런 말을 했어. 사랑을 위해 싸우지 않는다면, 네가 하는 그 사랑은 대체 어떤 사랑인 거냐고. 그러니까 자기 자신과 싸우고 있다는 건, 제대로 된 사랑을 하고 있다는 뜻이야. 그만큼 고통스럽겠지만."

지오의 손에 들린 잔을 가져와 남은 술을 단숨에 들이켠 에스타는 켁켁 기침을 뱉더니 "조용한 곳에 가서 머리 좀 식히고 싶어"라고 말하고는 기절하듯 잠이 들었다.

우도에서 생긴 일

 다음 날 잠깐 회사에 들러 급한 일들을 처리하고 오후쯤 집으로 돌아온 전율은 소파에 앉아 태블릿으로 무언가 검색하는 지오를 발견하고 물었다.
"김별은?"
"마리랑 데이트하러 나갔어."
"넌 왜 만날 집에 있어? 요즘은 땅 보러 안 다녀?"
"안 그래도 다음 주에 제주도에 가기로 했어. 별이 사진 찍으러 간대서 나도 따라가려고. 제주도에 땅 좀 알아볼까 생각 중이야. 넌 같이 안 갈래?"
"유는 못 가잖아. 너네끼리 갔다 와."
 대충 대답하고 방으로 들어서는 순간 전율의 머릿속에 무언가 번

뜩 떠올랐다.

"잠깐만. 어쩌면 갈 수 있을지도 몰라."

전율은 유 몰래 저장해 놓은 신세기의 연락처를 찾아 전화를 걸었다. 안 그래도 만나서 반지를 돌려주고 계속 질척거리면 몇 대 패서라도 해결할 생각이었다. 신호가 울리고, 신세기는 나른하게 잠긴 목소리로 전화를 받았다.

"여보세요."

뭐야, 이 인간도 집에서 자고 있어? 내 주위에는 노는 놈들이 왜 이렇게 많아? 전율은 용건만 짧게 전했다.

"나 전율. 우리 잠깐 만나."

"그럼 집으로 와."

"집?"

"P펠리스 2400호."

전화가 끊겼다.

"뭐야…."

전율은 의외로 흔쾌히 만나자는 신세기의 말에 놀라기도 했지만, 대뜸 집 주소를 불러 주는 그의 반응에 더 놀랐다. 어쩐지 허술한 것이 유랑 느낌이 비슷하다.

전율은 곧장 차를 몰아 신세기의 집으로 갔다. 무섭도록 보안이 철저한 집 안으로 들어서자 방금 자다가 일어난 신세기가 전율을 반겼다. 아니, 반겼다기보다 누가 들어오는지 별로 신경도 쓰지 않고 커피 머신에 머그잔을 갖다 대고 커피를 내렸다.

"어서 와. 커피?"

우도에서 생긴 일

"됐고. 이거."

전율은 유가 받은 반지를 테이블 위로 던졌다. 신세기는 반지를 힐끔 보고 말했다.

"유보고 직접 가져오라고 전해."

"그럴 일은 없어."

"그럼 다음에 만나서 내가 다시 주면 되니까."

"다음에 유가 반지 받아 오면 오늘처럼 이렇게 곱게 안 돌려주지. 쓰레기통에 처박아 버릴 텐데?"

신세기는 느긋하게 소파에 앉아 커피를 호로록 마셨다.

"윤유 인생이고, 윤유 미래야. 직접 선택할 수 있게 해."

"걘 나를 선택했으니까 게임은 끝났어. 그리고 솔직히 그동안 뭐 했어? 유가 딴 새끼한테 프러포즈 받을 땐 가만히 있더니 왜 이제 와서 난리야?"

"그러게. 타이밍이 중요하다는 걸 그때 알았더라면, 지금쯤 너랑 이러고 있을 일도 없었을 텐데. 괜한 오기 때문에 실수했어."

눈을 감고 비몽사몽 잠꼬대하듯 중얼거리는 신세기를 보며 전율은 본론부터 말했다.

"큰아버지가 휴 세인트 병원 원장이랬지? 다음 주에 유, 휴가 좀 내 달라고 해."

눈을 뜬 신세기가 흥미롭다는 듯 웃으며 전율을 보았다.

"내가 왜?"

"그건 알 거 없고."

"지금 그거 부탁인가? 뜬금없이 휴가를 내 달라고 말하는 이유가 뭐야?"

전율은 뻔뻔하게 대답했다.

"유랑 제주도 여행 가려고 그런다. 왜?"

신세기는 휴가를 내 주는 대신 숙소는 본인이 잡겠다는 조건을 걸었다. 전율은 마다하지 않았다. 오히려 숙박비가 굳으니 이득이었다. 사업가라면서 손익 계산이 안 되나? 싶었지만 알 바 아니었다.

"다음 주 수요일, 우린 넷."

신세기와 대화를 마치고 기분 좋게 현관 쪽으로 발걸음을 옮기던 전율은 잠시 멈춰 서서 집 안을 둘러보았다. 주방 아일랜드 식탁에 놓인 투명한 컵에는 분홍색 아이스크림 숟가락이 앙증맞게 꽂혀 있었다. 냉장고에 붙어 있는 자석이 묘하게 익숙했는데, 그러고 보니 유의 냉장고에 붙어 있던 것과 비슷한 디자인이었다.

집에 들어올 땐 보이지 않았던 작은 사이즈의 슬리퍼가 보였다. 유의 집에 있던 것과 색깔만 다르고 디자인이 같았다. 깔려 있는 매트, 소파에 있는 쿠션, 벽에 걸린 그림, 모든 게 '우리 집'과 겹쳤다. 소파에 기댄 채 눈을 감고 있는 신세기는 어떤 게임에서도 져 본 적 없는 사람처럼 여유로웠다. 지난 7년의 무게가 또다시 전율의 가슴을 묵직하게 짓눌렀다.

전율은 현관문을 열기 전 신세기에게 물었다.

"유랑… 잤어?"

신세기는 느긋한 목소리로 말했다.

"그 애랑 나, 셀 수 없을 만큼 많은 밤을 함께 보냈어. 너라면 어떻게 했을 것 같아?"

그날 저녁 전율 대신 박지오가 병원으로 유를 데리러 왔다. 햇빛에 그을린 적 없는 듯한 하얀 얼굴, 도톰한 입술, 고등학생 때는 반항적이었던 눈빛이 성인이 되면서 묘하게 섹시해졌는데, 정작 박지오 본인은 '섹시하다'는 단어를 지극히 천박하게 여겼다.

무표정한 얼굴로 화단에 걸터앉아 있던 그는 유를 발견하고 환하게 웃으며 손을 들었다. 차갑던 이미지는 웃는 순간 해맑은 소년으로 바뀌었다.

"유야! 오늘은 내가 너 데리러 왔어."

"율이는? 무슨 일 있어?"

"몰라. 대낮부터 술 먹고 뻗었어."

"술? 누구랑?"

제주도에 유를 데려갈 방법이 있다면서 잔뜩 신이 난 얼굴로 외출한 전율은 세상 무너진 표정으로 돌아와서는 집에 있는 술을 혼자 몽땅 마셔 버렸다. 거실 바닥에 널브러진 그를 간신히 침대에 끌어다 눕혔다는 게 박지오의 간략한 설명이었다.

"유야, 배고프지? 우리 뭐 먹으러 갈까? 오늘은 전율 대신 내가 같이 있어 줄게."

박지오는 식당만 열 군데 넘게 알아 두었다. 윤유의 취향에 맞춰서—먹는 것에 별 관심 없는 여자라서 취향이랄 것도 없지만—데이트 코스를 완벽하게 짜 두고, 옷도 신경 써서 입었다. 겨우 친구 여자를 집까지 데려다주는 일이었지만 사랑하는 여자 앞에서 멋진 남자로 보이고 싶은 본능이었다.

박지오의 차 안에서는 그가 즐겨 뿌리는 향수 냄새가 났다. 흘러나오는 음악도 완벽했다.

"지오야 미안. 아무래도 율이한테 가 봐야 할 것 같아."

"전율 지금 눈도 못 떠."

"그래도… 약국에 들러서 약이라도 사 가자. 병원 앞에 약국이 있어. 거기서 내려 줄래?"

박지오는 약국 앞에 차를 세웠다. 유는 약국에 뛰어 들어가 숙취해소제를 사고서 전율의 집으로 갔다. 전율은 외출복 차림 그대로 침대에 누워 있었다.

"율아, 괜찮아?"

자는 듯이 누워 있던 그는 유의 목소리에 깼는지 팔을 뻗어 옆에 놓여 있던 베개를 끌어왔다. 그러고는 푹 눌러 얼굴을 덮었다.

"술을 왜 이렇게 많이 마셨어? 약 사 왔으니까 먹고 다시 자."

유가 베개를 치우려고 하자 전율은 꽉 잡고 놓질 않았다.

"오늘 낮에 누구 만났어?"

"너 가. 간디한테 집에 데려다 달라고 해."

"무슨 일인데. 갑자기 왜 그래?"

전율은 유의 얼굴을 볼 자신이 없었다. 단 하루를 간절히 꿈꾸었던 자신과 달리 신세기는 성인이 된 유의 20대 전부를 오롯이 소유했다. 두 사람이 만들어 놓은 세계가 너무 견고해서 질투마저 하찮게 느껴졌다.

유와 사귀었던 10개월은 고등학생 시절의 유치한 장난처럼 여겨졌다. 그 짧았던 연애를 핑계 삼아 지금까지 이러고 있는 자신이 한심했다. 유가 돌아왔어도, 그녀를 잃고 방황했던 날들의 후유증은 여전히 남아 그를 괴롭혔다. 전율은 유의 얼굴을 보지도 않고 쫓아냈다.

다음 날도 전율에게서 연락이 없었다. 점심때쯤 박지오가 유에게 전화를 걸어 한바탕 잔소리를 퍼부었다.

"율이 어제 신세기 만난 것 같아. 넌 이 남자 저 남자 간 보는 버릇 아직도 못 고쳤냐? 태도를 어정쩡하게 하면 남자들이 오해한다는 사실을 왜 몰라? 아니면 아니라고 딱 잘라서 거절하고 주변을 깔끔하게 정리해야 할 거 아니야? 언제까지 너저분하게 살래? 여지를 주지 말랬지?"

유는 딱 잘라 거절하고 깔끔하게 정리해야 할 남자가 있다면 그 첫 번째가 너라고 말하려다가 말았다.

터덜터덜 식당으로 가는 길에 유는 황급히 달려오던 다람과 마주쳤다. 다람은 유의 어깨를 움켜잡고 7층 휴게실에서 '병원장님 조카'가 기다린다는 말을 전해 주었다. 유는 휴게실에서 기다리던 신세기를 만났다.

"오빠, 여긴 어쩐 일이에요?"

"잠깐 볼일이 있어서."

신세기는 네 남자친구가 나를 찾아와서 휴가 달라는 소리를 하는 바람에 여기까지 오게 되었다고는 말하지 않았다.

"나 이제 오빠 만나면 안 돼. 율이가 오빠 얼굴 때린다고 했단 말이에요."

정확히 표현하자면 '얼굴 때린다'라고 안 하고, 그 새끼 한 번만 더 눈에 띄면 '면상을 갈겨 버린다'고 말했다. 귀여운 유의 반응에 신세기는 느긋하게 웃었다.

"어쩔 수 없지. 때리면 맞는 수밖에."

다행히 어제 맞진 않았다.

"너 좋아하는 에이드 사 왔어. 마셔."

유는 그와 옥상 정원을 걷다가 앉아서 잠시 쉬었다. 이런저런 대화를 나누고 일어서려는데 신세기가 전율의 안부를 물었다.

"전율은 괜찮아? 내가 어제 장난을 좀 쳤거든."

송충이 같은 유의 눈썹이 금세 아래로 축 처졌다. 무슨 장난을 쳤기에 내 얼굴도 안 보려고 하는 거냐는 유의 물음에 신세기는 웃음을 머금고 말했다.

"다음 주 수요일부터 3박 4일. 외과에서는 다른 병원에 연수 간다고 할 거야. 전율한테 그렇게 전해."

그날 저녁에도 병원 앞에서 유를 기다린 건 박지오였다. 밥 먹자는 그에게 유는 대뜸 전율의 상태부터 물었다. 유의 눈에는 정성스럽게 드라이한 그의 머리도, 세미 슬랙스 위에 입은 신상 니트도, 새로 산 명품 신발도, 귓불에서 찰랑이는 귀걸이도 보이지 않았다. 다른 날보다 더 꼼꼼하게 샤워를 하고 면도를 했다는 것도 모를 것이다. 향수 냄새가 어제와 다르다는 것도.

"걱정하지 마. 얼마 안 가 풀릴 거라는 거 알잖아. 전율이 너 밥 먹여서 들여보내라더라. 뭐 먹을래?"

우도에서 생긴 일

유는 전율 걱정만 하느라 어제오늘 데리러 와 준 박지오를 신경 쓰지 못했다는 걸 알았다.
"아, 미안. 배고프지? 너 좋아하는 거 먹으러 가자. 내가 살게. 데리러 와 줘서 고마워, 지오야."
"우리 사이에 새삼스럽게. 생각 같아서는 매일 오고 싶지만 못 그러잖아. 이렇게라도 기회가 생겨서 얼마나 좋은데. 나 하루 종일 이 시간만 기다렸어. 혹시라도 전율이 화 풀려서 너 데리러 간다고 할까 봐 조마조마했어."
한적한 길을 달려서 두 사람은 한우 전문점으로 들어갔다. 조용한 방, 낮은 식탁에 마주 보고 앉아 주문한 음식을 기다렸다.
"유야, 우리 이렇게 단둘이 밥 먹는 거 처음이다. 아, 고2 때 너랑 햄버거 먹은 적 있구나. 그날 너한테 고백했다가 차였는데."
"기억나. 독서실 앞에서."
좋아한다고 고백하고 부끄러운 듯 고개를 숙이던 그때 그 마음이 유는 얼마나 고마웠는지 모른다. 불판에 고기를 올리며 박지오가 말했다.
"나 고등학교 졸업장 없는 거 어떻게 책임질래? 너 도망가고 나 바로 학교 그만뒀잖아. 최종 학력이 중졸이라고 울 엄마가 아직도 놀려."
유가 떠난 뒤 박지오는 학교에 자퇴서를 제출하고 부동산 하시는 아버지를 따라 전국으로 산과 땅을 보러 다녔다. 평당 몇만 원에 사 두었던 시골 변두리 땅값이 불과 7년 만에 몇십 배나 뛴 건 대한민국 부동산의 자연스러운 흐름이었지만, 박지오는 유가 떠난 이유가 본인을 건물주로 만들어 주기 위해서였다며 자랑스럽게 떠벌리곤 했다.

그가 학교를 그만두자 화신고 남학생들 사이에서 자퇴가 유행하기도 했다. 화신고 교사들은 전율과 에스타마저 학교를 그만두게 될까 봐 웬만해서는 그들을 건드리지 않았다. 주 3일 등교 혹은 격일 등교로 인해 출석 일수가 턱없이 모자랐음에도, 학교에 나와 주는 것만으로도 다행이라는 교장의 배려에 무사히 졸업할 수 있었다.

그간의 일들을 전혀 몰랐다는 유의 표정을 보며 박지오는 킥킥 웃었다. 유의 도망이 자퇴에 큰 계기가 된 건 맞지만 사실 학교는 별 의미가 없었다. 유가 도망가지 않았더라면 그럭저럭 1년을 더 다녔을 것이고 졸업장은 받았겠지만 그게 인생에 어떤 도움이 되었을지는 알 수 없다.

"난 운전해야 하니까. 유, 한잔해. 우리 바람피우는 거 아니다. 전율이 나한테 부탁한 거야. 나는 친구 부탁을 들어주기 위해 너랑 밥 먹는 거니까 오해하지 말고."

박지오는 유에게 매화주를 한 잔 따라 주었다. 유는 고기를 정성스럽게 구워서 앞접시에 놓아 주는 박지오를 물끄러미 바라보며 그가 다른 여자를 만났으면 좋겠다고 생각했다. 넘치는 사랑을 온전히 줄 수 있는 그런 여자에게 듬뿍 사랑받았으면 좋겠다고. 그는 충분히 그럴 자격이 있었다.

그녀의 마음을 읽었는지 박지오가 다정한 목소리로 말했다.

"유야, 내가 너한테 좋아한다고 고백한 그날 나 엄청나게 후회한 거 알아? 우리 함께 있었던 공원에 앉아서 정말 많이 후회했어. 어차피 차일 거면 어설프게 좋아한다는 말 대신 사랑한다고 고백할 걸 하고."

지오는 다른 사람들에게는 거침없이 차가우면서도 그녀 앞에서는 로맨티스트가 되는 신기한 남자였다. 유는 처음으로 눈꽃의 모양이 제각각 다르다는 걸 알게 된 어린아이처럼 그의 눈동자를 가만히 들여다보았다. 그는 그녀와 눈을 마주치지 못하고 고기를 뒤집는 척 시선을 내렸다.

"너한테 뭐 바란 적도 없고, 나로 인해 마음 쓰게 만들고 싶지도 않아. 어디 도망가지 말고 이렇게 보이는 곳에 있어 주기만 하면 돼. 그거면 충분해."

그는 미안해하는 유를 보고 환하게 웃었다.

"그러니까 웬만하면 결혼은 전율이랑 해. 신세기인지 뭔지 다른 놈한테 가지 말고. 그래야 내가 널 계속 볼 수 있으니까."

억지로 웃어 보려 했지만 유는 차오르는 눈물을 막을 수가 없었다. 외면하고 도망가지 않으려고 몇 번이나 다짐했다. 박지오와 에스타의 마음을 있는 그대로 받아 주고 존중해 주기로 마음먹었는데, 그녀의 가슴에 담기엔 두 사람의 사랑이 너무 커서 건드리기만 해도 자꾸 흘러넘쳤다.

박지오는 옆으로 와서 유의 어깨를 안고 우는 그녀를 토닥토닥 달랬다.

"벌써 두 번째네. 내가 너 울린 거. 기억나? 나랑 약속했잖아. 의사 되면 내 심장 고쳐 주겠다고."

"응."

"나 아무래도 심장이 아니라 뇌가 고장 난 것 같아. 친구 여자라는 거 아는데, 사랑하면 안 된다는 거 아는데, 너만 보면 자꾸 그걸 잊어버리게 돼."

그의 품에 안겨 있던 유는 고개를 들었다. 그는 촉촉하게 젖은 그녀의 두 눈을 바라보았다.

"그런 얼굴로 나를 보면, 나 정말 본성이 드러날지도 몰라."

그는 셋 중 가장 이성적이면서도 현실을 직시할 줄 아는 사람이었다. 그런 그의 본성에는 타인을 배려하는 따뜻함과 다정함이 깃들어 있었다. 착한 사람, 이라고 말하면 화를 낼지도 모른다.

"나도 알아. 네가 정말 좋은 친구라는 거."

박지오는 유의 얼굴을 가볍게 잡고 엄지로 젖은 볼을 쓸어 내며 말했다.

"착각하지 마. 난 한 번도 널 친구로 생각한 적 없어."

아슬아슬한 정적도 잠시, 그의 눈빛이 심하게 흔들렸다.

"가끔은 나도 김별만큼 돌은 놈이었으면 좋겠다는 생각을 해."

그랬다면 미친 척 한 번은 입 맞출 수 있었을 텐데.

그는 방금 지었던 표정을 싹 지우고 원래대로 돌아왔다.

"고기 다 탄다! 이게 얼마짜린데!"

다급하게 집게로 고기를 건져 내며 유에게 을러댔다.

"한우를 앞에 두고 왜 처울고 난리야! 빨리 먹어. 안 그럼 넌 담부터 한우 대신 한우 불고기 버거다!"

박지오는 전율의 오피스텔 주차장에 차를 세우고, 잠이 든 유의 얼굴을 바라보았다. 집에 데려다줄까, 고민하다가 그녀 혼자 들여보낼 자신이 없어서 이쪽으로 데려왔다.

그녀와의 키스를 수없이 상상했다. 아마 밀어내겠지. 그래도 강제로 몰아붙이면 그녀는 결국 입술을 벌려 줄 것이다. 작고 예쁜 귀에 입을 맞추고, 목덜미를 깨물어서 붉은 자국을 만들고, 헐렁한 원피스를 위로 걷어 올려서 벗겨 버리면 어떤 표정을 지을까. 다시는 보지 않겠다며 맹렬하게 쏘아붙이고, 원망이 담긴 눈빛으로 나를 바라보겠지.

그래도 멈출 수가 없어서 기어코 가느다란 허리를 한 팔로 안고, 가슴을 입에 물고, 부드러운 살결을 맛보고, 깨끗한 무릎 사이로 비집고 들어가서 아주 깊은 곳까지 그녀를 느끼고, 또 느끼면…. 죽을 만큼 좋은데, 눈물이 날 정도로 괴롭다.

끝을 모르고 부풀어 가는 망상에 박지오는 이마를 운전대에 사정없이 갖다 박았다. 조용한 지하 주차장에 경적이 빠앙! 하고 울렸다. 그 소리에 놀라 잠이 깬 유가 눈을 떴다. 운전대에 얼굴을 처박고 있는 박지오의 몸에서 뜨거운 열기가 피어올랐다.

그는 차에서 내릴 수도 없고, 걸을 수도 없는 상황이라 유에게 먼저 올라가라고 말했다. 이러고 또 아무렇지 않게 그녀를 마주하는 건 고등학생 때부터 줄곧 해 오던 짓이었다. 박지오는 한숨을 내뱉었다.

"나는… 전생에 쓰레기였나…."

먼저 집에 들어온 유는 등을 돌린 채 게임에 열중하고 있는 전율에게 다가갔다. 어깨를 살짝 건드리자, 뒤를 돌아 본 전율은 쓰고 있던 헤드폰을 벗고 방문 밖을 향해 냅다 소리를 질렀다.

"간디! 유 밥 먹여서 집에 보내랬잖아! 왜 데려왔어!"

아직 간디는 주차장에서 올라오지 않았다. 유는 목소리에 힘을 주고 물었다.

"언제까지 이럴 거야? 나 이제 안 볼 거야? 자꾸 이러면 정말 화낸다?"

전율은 유의 말투가 이상한 걸 눈치챘다. 발그레한 볼로 말끝을 올리는 걸 보니….

"뭐야…. 얘 술 먹였어?"

전율은 속으로 욕설을 삼키고 유를 마주 보았다.

유는 낮에 있었던 일을 이야기해 주었다. 신세기를 만났다는 것과 그가 전율에게 장난을 좀 쳤다는 것, 그리고 다음 주에 휴가를 얻었다는 것까지. 가만히 듣고 있던 전율은 '장난'이라는 단어에 눈빛이 살아났다.

"뭐? 장난? 너 정말 신세기랑… 아무 일도 없었어?"

그가 무엇을 걱정하는지 알고 있는 유는 명확하게 대답해 주었다. 신세기와는 아무런 일도 없었다고. 원하던 대답을 들은 전율은 기쁨보다는 의아함에 고개를 갸우뚱했다. 수많은 밤을 보냈다며? 신세기 알고 보니 돌부처인가? 유를 옆에 두고 어떻게….

신세기한테 속아서 세상 무너진 듯 혼자 청승 떨었던 어제 하루가 갑자기 억울해졌다.

"유야, 나 정말 무서웠어. 다행이다. 정말 다행이야."

전율은 무작정 유를 안고 그녀의 얼굴을 가슴에 비벼 댔다. 언제 올라왔는지 문밖에서 팔짱을 끼고 방 안을 들여다보던 박지오가 인상을 찡그렸다. 도대체 저 새끼 머릿속에는 뭐가 들어 있을까? 유 말고 다른 게 있긴 할까? 인생의 모든 희로애락을 유를 통해 느끼는 것 같다.

"지랄도 저 정도면 의사 처방받아야 하는 거 아닌가 몰라."

박지오의 중얼거림에 에스타가 대꾸했다.

"의사가 옆에 있는데도 저러는 걸 누가 말려."

전율은 유의 손을 잡고 방에서 나오며 박지오에게 말했다.

"제주행 티켓, 나랑 유 것도 같이 예약해. 숙소는 예약할 필요 없고. 어떤 돈 많은 놈이 해결한댔으니까."

한가한 주말 이영이 전율의 오피스텔에 들렀다. 전율이 집에 없다는 걸 알면서도 찾아오는 걸 보면 다른 목적이 있는 것이 분명하지만 박지오는 그녀의 목적 같은 것에 관심도 없었다. 자기네 집인 것처럼 냉장고에서 음료수를 꺼내 먹은 이영은 불쑥 소개팅을 제안했다.

"나랑 같이 일하는 앤데 유 언니랑 느낌 비슷해."

소파에 누워 있던 박지오는 시큰둥하게 물었다.

"예뻐?"

"당연히 예쁘지. 그리고 착해."

"예쁘고 착한 여잔 내 스타일이 아니야. 난 야하고 천박한 여자가 편해. 머리까지 비었으면 더 좋고."

어차피 사랑은 못 줄 테니까. 잠깐 놀려면 그게 낫다.

그러지 말고 한번 만나 보라며 은근슬쩍 박지오 옆에 앉은 이영은 휴대폰을 열어서 아는 동생의 사진을 눈앞에 들이밀었다. 다음 주 수요일 저녁 6시. 알아서 날짜와 시간을 잡고 만날 장소까지 물색했다.

외출 준비를 마친 에스타가 거실로 나오며 말했다.

"수요일은 안 돼. 우리 제주도 가거든."

'제주도'라는 말에 눈이 번쩍 뜨인 이영은 '우리'라는 단어의 뜻을 물었다. 윤유와 세 남자. 그들에겐 지극히 당연한 일이었지만 이영에게는 파격적인 조합이었다.

에스타는 현관으로 가서 신발을 신었다.

"넌 어디 가? 또 여자 만나러 가?"

대답 없이 현관문이 쾅 소리와 함께 닫혔다.

박지오는 이영에게 에스타가 마리와 데이트를 하게 된 경위에 대해 말해 주었다. 전율에게서 떨어트려 놓기 위해 에스타가 총대를 멨는데 엄청 귀찮은 스타일인지 적당히 놔 주지를 않는 그녀 때문에 요즘 에스타의 피로도가 극에 달했다고. 이영은 경외심 가득한 눈으로 에스타가 나간 쪽을 바라보았다.

"전율이 그 여자랑 바람나서 헤어지면, 너희한테 기회가 오는 거 아니야? 김별이 귀한 몸을 이끌고 나간다는 게 너무 신기해. 눈물 나게 열렬하다."

"유를 위해 해 줄 수 있는 게 그런 것밖에 없으니까…."

이영은 제주도에 같이 가겠다고 선언했다. 유 혼자 여자면 불편할 것 같다는 핑계를 댔지만, 그건 모르는 소리였다.

"예전부터 여행은 우리 넷이 다녔어."

박지오의 말에 이영은 놀랍다는 표정을 지었다.

"나는 아직도 별이랑 밥 먹기 불편하던데."

"김별이 왜?"

"잘생겨서. 전율은 나를 돌멩이 취급하니까 신경 안 쓰이는데, 별이는 부담스러워."

"그럼 나는?"

물어 놓고 별로 대답을 기대하지 않는 박지오를 이영은 물끄러미 바라보았다. 여기 오는 이유가 전율을 보기 위해서가 아니라 박지오를 보기 위해서라는 사실을 절대로 들켜서는 안 된다. 그걸 들켰다가는 친구로 지내기는커녕 전 여친―세상에 없는 사람―취급당할 걸 알기에 주변 모든 사람을 속이고 자기 자신까지 속여야 한다. 눈치 빠른 박지오 앞에서 마음을 숨긴다는 건 어지간해서는 힘든 일이었지만 열심히 딴소리를 해서 위기를 모면해 본다.

"우린 전우잖아. 백골 부대 12사단. 유격!"

"미친놈. 볼일 없으면 꺼져."

꺼지라는 그의 말에도 이영은 아랑곳하지 않고 휴대폰을 열어 제주행 티켓을 검색했다.

제주도로 출발하는 날 아침 박지오가 유와 전율을 데리러 왔다. 차에 타려던 전율은 뒷좌석에 앉은 마리를 보고 인상을 구겼다. 느닷없는 불청객의 등장에 차 안 분위기는 말할 것도 없었다. 치솟는 불쾌지수와 싸늘하게 퍼져 있는 냉랭한 기운. 공항에 도착하자마자 전율은 에스타를 데리고 멀찍이 사라졌다.

"제정신이야?"

화가 난 전율이 에스타를 몰아세웠다.

"나 마리한테 제주도 간다고 말한 적 없어."

"그럼 걔가 여길 어떻게 왔는데?"

"나도 몰라. 아침에 나왔는데 집 앞에 서 있더라고."

"네가 알아서 해결한다며. 전문 분야라며?"

"상식이 잘 안 먹혀."

에스타 역시 이 상황이 이해되지 않고 난감한 건 마찬가지였다.

"그럼 비상식적으로 해결하면 되겠네. 마리한테 당장 집으로 돌아가라고 해!"

"내가 알아서 할 테니까 넌 신경 쓰지 마. 마리는 이제 너한테 관심 없을 거야."

"신경을 어떻게 안 써? 얼굴만 봐도 짜증이 나는데. 제주도 가면 각자 행동하는 걸로 하자. 넌 걔랑 알아서 놀아. 유 눈에 띄지 않게."

마리는 같은 비행기를 탔지만 좌석은 멀리 떨어져 있었다. 어떻게 따라오게 되었는지 몰라도 그녀라면 충분히 가능할 것 같았다.

우도에서 생긴 일

창가에 유를 앉히고, 옆에 앉은 박지오가 무언가 생각났다는 듯 고개를 들었다.

"이제야 생각났어. 이런 상황."

박지오는 옛 기억을 더듬었다.

"우리 캠핑 갔을 때. 그때도 김별이 여친 이상한 거 하나 달고 와서 윤지 누나한테 수박으로 뺨 맞고 그랬던 것 같은데. 유야 너도 기억나지?"

유는 고개를 끄덕였다. 캠핑에 따라온 예술대학 무용과 1학년 여학생은 사사건건 윤지와 시비가 붙었다. 유에게 남자친구가 세 명이면 하루씩 번갈아 가면서 상대를 하는 거냐, 아니면 동시에 셋을 상대하는 거냐, 물었다가 윤지가 그녀의 얼굴을 수박 통에 쑤셔 넣는 바람에 난리가 났었다.

"아무튼 김별은 예전부터 여자 때문에 문제가 많았어."

제주 공항에 도착해 밖으로 나오니 리무진이 기다리고 있었다. 그들은 리무진을 타고 리조트까지 이동했다. 입구부터 고급스럽고 이국적인 분위기를 가진 숙소는 호텔보다 더 호화로웠다. 넓은 야외 수영장이 리조트 한가운데 있었고, 개인 수영장이 딸린 객실은 비밀스러운 구조로 야자 정원 사이사이에 숨어 있었다.

로비 쪽으로 걸어가자 신세기가 마중 나와 있었다. 전율은 신세기 앞으로 가서 손을 내밀었고, 신세기는 전율 손에 카드 키를 건넸다.

"저 사람… 옛날에 북 카페에서 봤던 파뿌리 아니야?"

에스타가 신세기를 알아보았다.

"유한테 프러포즈했대."

박지오는 전율에게 들은 내용을 말했다. 유가 다니고 있는 병원 원장의 조카라는 것과 이 리조트의 주인이라는 것, 병원과 리조트가 대기업의 소유인 걸 보면 신세기 역시 손에 꼽히는 재벌일 거라는 것. 그리고, 본인이 여자였으면 전율 따위 버리고 신세기에게 홀랑 넘어갔을 거라는 말까지 덧붙였다.

신세기는 네 명의 일행을 위해 큰 방이 두 개씩 딸린 풀빌라를 준비했다. 한 채는 유와 전율, 다른 한 채는 박지오와 에스타가 사용하게 할 생각이었다. 그런데 어째서 다섯 명이 온 건지는 모른다.

짐을 풀자마자 다들 점심을 먹기 위해 리조트 안에 있는 가든 뷔페로 향했다. 바다가 보이는 야외 뷔페에는 멋진 풍경에 어울리는 싱싱한 해산물들과 과일이 가득했다.

"유, 여기 앉아 있어. 내가 음식 가져올게."

전율과 신세기는 서로 다투어 유에게 먹을 것을 가져다주었다. 한 자리 떨어져 있던 마리가 그 모습을 보고 말을 걸어 왔다.

"유 씨는 손 없는 거 여전한가 보네? 좋겠다. 옆에서 챙겨 주는 남자가 많아서. 별아, 나도 롤 몇 개만 더 가져다줄래?"

크림 타르트를 한 입 베어 물던 에스타는 마리의 부탁을 들어주기 위해 테이블에서 일어났다. 그 모습을 본 박지오가 발끈해서 쏘아붙였다.

"마리 씨는 손 없어요? 먹고 싶은 거 있으면 직접 갖다 먹으면 되잖아."

"지오 씨가 기분 나빠할 상황은 아닌 것 같은데 이상하다. 음식 좀 갖다 달라고 부탁한 게 그렇게 잘못된 것도 아니고. 그리고 전에도 느꼈지만 유 씨는 누가 애인인지 좀 헷갈리게 하는 재주가 있는 것 같아. 그것도 능력인가 봐."

마리는 새침한 표정으로 유의 양옆에 앉은 전율과 신세기를 번갈아 보았다. 그 시선이 불쾌했는지 신세기가 미간을 찌푸리며 전율에게 물었다.

"저 여자 그때 한강에서 너랑 밥 먹던 여자 아니야?"

"맞아. 회사 전 직원."

"여행 멤버 끝내주네."

어쩌다 보니 그렇게 되었다. 박지오와 마리는 여전히 말다툼을 벌이고 있었다.

"유 애인이 누구든 그게 뭐가 중요해? 김별한테 음식 셔틀 시키지 말라는 소리야. 별이 손은 보기 좋으라고 있는 거지 서빙하라고 있는 게 아니거든? 자기 음식 자기가 갖다 먹는 단순한 일에 힘 빼지 말자고."

박지오가 에스타의 손을 잡아서 자리에 앉혔다. 마리에게 얼마나 시달렸는지 빛나던 얼굴이 반쪽이 되어 안쓰러웠다. 별이 아니라 달이 됐네.

마리는 재미있다는 듯이 웃었다.

"지오 씨 그렇게 안 봤는데. 애인 없다고 히스테리 부리는 거야 뭐야?"

"히스테리? 어이가 없네. 애인이 없는 게 아니라 사정상 밝히지 않는 것뿐이지."

시끄러운 김에 자리를 피한 에스타는 마리가 갖다 달라던 음식을 가져왔다. 하지만 테이블 위에 접시를 내려놓자마자 박지오가 홀랑 먹어 버렸다. 마리가 황당해하거나 말거나 박지오는 불쌍한 내 친구 많이 먹고 힘내라면서 에스타가 좋아하는 음식들을 떠다 주었다.

점심 식사를 마친 뒤 유는 낮잠을 자겠다며 방으로 들어갔다. 신세기 역시 건넛방으로 들어가서 휴식을 취했다. 에스타와 마리는 사진을 찍겠다며 밖으로 나갔고, 박지오와 전율은 옆 숙소에서 대책을 논의했다.

"너도 기억나지? 옛날에 윤지 누나랑 캠핑 갔을 때 김별 따라왔던 그 여자."

전율은 모른다며 고개를 저었다. 그의 머릿속에 유를 제외한 다른 여자의 기억은 존재하지 않았다.

"왜, 그 여자가 너한테 집적거렸잖아. 진실게임 하자면서 분위기 이상하게 몰아가고. 유한테 스리섬이 어쩌구 개소리 지껄이는 바람에 윤지 누나한테 수박으로 싸대기 맞고. 네가 그 여자 휴대폰 박살 냈잖아. 기억 안 나?"

전율은 휴대폰 박살 낸 이야기를 듣고 기억이 떠올랐는지 고개를 끄덕였다.

"아, 그 청예대 여신…."

"그 여자랑 마리랑 하는 행동이 비슷해. 난 내가 주인공이 아닌 자리에는 오라고 해도 가기 싫던데, 환영받지 못할 걸 알면서도 버젓이 따라올 수 있다는 게 놀라워."

한창 대화 중에 박지오의 휴대폰이 울렸고, 그는 발신인을 보자마자 황당한 표정을 감추지 못했다. 잠시 후 박지오가 열어 준 문 안으로 이영이 씩씩하게 고개를 들이밀었다. 구겨진 전율의 얼굴을 보고 박지오는 손으로 자기 이마를 짚었다.

"진짜 올 줄 몰랐어."

진짜 올 줄 몰랐다는 말은, 일기예보로 비 소식을 들은 다음 날 정말로 비가 왔을 때나 하는 말인 줄 알았는데….

마침 마리와 에스타가 숙소로 돌아왔다. 곧이어 서로를 보고 놀란 사람들이 자아내는 진풍경에 전율은 할 말을 잃었다. 이영이 먼저 자신을 소개했고, 마리에 대해서는 박지오에게 들을 만큼 들어서 소개받을 것도 없었다.

"김별이 마리 씨랑 같은 방을 쓸 테니까, 나는 박지오랑 같이 쓰면 되는 거지?"

이영의 농담 섞인 진심에 박지오는 말도 안 되는 소리라며 "넌 거실 소파에서 자!"라고 고함을 질렀다. 에스타가 차분하게 상황을 정리했다.

"영이가 마리랑 같은 방을 쓰면 될 거야. 같은 여자고 동갑이니까."

마리는 당연히 에스타와 같은 방을 쓸 거라 생각했다. 연인인데, 제주도까지 여행 와서 알지도 못하는 여자와 한방을 쓰게 될 줄은 몰랐다는 듯 혼란스러운 미소를 지었다. 에스타는 그녀의 시선을 모른 척 피했다.

"오케이! 짐부터 옮기고 올게!"

마리와 이영이 방으로 들어가자마자 또다시 대책 논의가 시작되었다. 전율이 제주도에 온 건 조용한 곳에서 머리를 식히기 위함이었다. 푸른 바다, 여유로움, 낭만, 휴식, 유와의 오붓한 시간 등 예상했던 키워드와 전혀 맞지 않는 떠들썩함에 벌써부터 지친 그는 자리에서 일어났다.

"줄줄이 하나씩 달고 온 것들은 각자 알아서 해결해. 나는 유랑 놀 테니까 방해하지 말고. 괜히 옛날에 캠핑 갔을 때처럼 마리나 이영이 유 갈구거나 분위기 파투 내면 내 집에 있는 짐 전부 갖다 버릴 테니까 그렇게 알아."

커다란 선글라스를 이마에 올린 이영의 쾌활한 목소리가 숙소를 울렸다.

"이렇게 좋은 풀빌라를 통째로 빌려 놓고 왜 안 놀아? 비키니도 챙겨 왔는데! 멀뚱멀뚱 있는 거 아까워!"

비키니를 챙겨 왔다는 소리에 박지오가 정색했다.

"네가 비키니 입고 돌아다니는 걸 볼 바에 김별 알몸을 보는 게 낫지!"

이영은 유를 데려오겠다며 전율이 건네준 카드 키를 들고 옆 숙소로 갔다. 빼꼼 열린 방문 안을 들여다보니 웬 남자가 침대에 누워서 자고 있었다. 박지오의 친구들이라면 웬만해서는 다 아는데 그는 같이 온 일행 같지는 않았다. 연예인인가? 몸에 어떤 힘도 들이지 않고 무방비하게 늘어져 있는데도 범접할 수 없는 기운이 느껴졌다. 방을 잘못 찾았나 싶어서 등을 돌리려는데, 신세기가 몸을 일으켰다.

"넌 누구야?"

낮은 목소리, 박지오만큼이나 차가운 말투에 이영은 어깨가 움츠러들었다.

"저는 이영이라고 합니다. 박지오 친구요. 혹시 박지오 아세요?"

"몰라."

"아이고, 죄송합니다. 유 언니 자고 있다고 해서 깨우러 왔는데. 이 방이 아닌가 봐요. 하하."

"유는 옆 방."

"아, 네. 감사합니다."

이영은 허둥지둥 문을 닫고 나와 가슴을 쓸어내렸다. 넓은 거실을 지나 또 다른 방에 잠들어 있는 유를 깨웠다.

"언니, 일어나요! 저 영이에요. 예전에 같이 밥 먹은 적 있는데. 지오 군대 동기요."

잠에서 깬 유가 부스스한 얼굴로 일어나 앉았다.

"아, 기억나."

이영이 유를 데리고 옆 건물로 갔을 때, 세 남자는 이미 물놀이 하기 편한 복장으로 갈아입고 있었다. 그들을 먼저 야외 풀장으로 내보내고—나가기 전 박지오는 이영에게 비키니를 입고 나오면 찢어 버리겠다며 경고를 했다—여자들도 나갈 준비를 했다.

유는 수영복이 없었다. 수영장이 있는지도 몰랐고, 수영복을 챙겨야 한다는 생각도 하지 못했다. 유의 곤란한 표정을 본 마리가 선심 쓰듯 말했다.

"수영복 없으면 내 거 빌려줄까요? 혹시 몰라서 몇 개 챙겨 왔는데. 숙소에만 있기엔 아깝잖아요."

유는 리조트 로비에 있는 숍에서 사 입으면 된다고 거절했지만, 마리는 굳이 그럴 필요 없다며 유에게 수영복 하나를 건네주었다.

"잠깐 입을 건데 뭘 사요? 내 것도 새것이에요."

유는 마리가 건넨 한 줌밖에 되지 않는 천을 받아 들고 수영복이 없을 때보다 더 난감한 표정을 지었다. 이런 건 입어 본 적도 없을뿐더러 어떻게 입어야 하는지도 모른다. 면적이 거의 없는 수영복은 비키니도 아니면서 그렇다고 실내 수영장에서 입는 원피스 수영복도 아니었다. 색깔도 매우 강렬한 빨강이었다.

"그날은 죄송했어요. 대표님이 유 씨한테 이야기한 줄 알았는데. 놀랐죠? 한강에서."

뻔뻔하던 그날의 태도는 어디 가고 생글생글 웃는 마리에게서 묘한 자부심 같은 게 느껴졌다. 에스타가 만난 여자들은 그의 여자친구라는 이유만으로 여왕이라도 된 듯 콧대 높게 굴곤 했다. 왕관을 내려놓고 싶을 정도로 외로워질 거라는 사실을 알지도 못한 채.

"저 회사 그만두고 지금은 별이랑 만나고 있어요. 밤에 집 앞에 갑자기 찾아와서 고백하는 바람에 조금 놀랐지만 유 씨랑은 아무런 사이도 아니라고, 괜히 오해하지 말라면서 해명하러 온 진심에 저도 마음이 흔들리더라고요."

마리가 묻지도 않은 이야길 늘어놓았지만, 유는 손에 들린 수영복 때문에 다른 생각은 할 수가 없었다.

마리는 정말 저걸 입을 건가 의심스러울 정도로 손바닥 하나에 다 얹어지는 비키니를 들고 욕실로 들어갔다. 래시가드를 입은 이영은 유가 들고 있던 수영복을 펼쳐 보고 오묘한 미소를 지었다.

"마리가 이거 입으라고 줬어요? 저 여자는 수영복을 몇 개를 챙겨 왔대? 어찌 이리 다 요상하게 생긴 것만 가져왔는지 모르겠네. 언니, 절대 질 수 없어요. 마리 혼자 비키니 입고 왔다 갔다 하는 거 절대 못 봐. 빨리 벗어요. 안 벗으면 내가 벗길 거예요."

그녀에 대해 들은 게 있다는 이영은 무조건 입어야 된다며 유의 옷을 벗기려 달려들었다. 그러는 사이 수영복을 다 갈아입고 나온 마리는 자신감 넘치는 태도로 몸매를 과시하며 수영장으로 나갔다. 그녀의 헐벗은 뒷모습을 바라보는 이영도 넋이 나갔다.

"김별 불쌍한 놈. 마리 정도면 나쁘지 않아. 그냥 사귀어도 될 텐데…. 이게 다 언니 때문이잖아요! 빨리 갈아입어요!"

유는 방문을 닫고 옷을 벗은 뒤 모노키니라 불리는 수영복을 주워 입었다. 팔다리를 어디다 끼워야 하는 건지 몰라서 헤매고 있을 때 이영이 문을 열고 들어왔다. 그녀는 목과 등, 양쪽 골반에 있는 끈을 묶어 주고 가슴 사이를 잇는 끈도 정리했다. 거치적거리는 긴 머리도 정수리까지 올려서 묶어 주었다. 유를 바라보는 이영의 눈빛이 황홀하게 빛났다.

"와우, 이런 반전이…. 벗겨 보니 완전 달라. 섹시한 거랑 거리가 백만 광년은 멀어 보였는데. 밖에 있는 애들 난리 나겠어요. 셋 다 빤쓰 찢어지겠네!"

이영은 쭈뼛거리는 유의 손을 꽉 잡아 질질 끌고 야외 수영장으로 나갔다.

6월 중순. 하늘은 맑고 태양은 뜨거웠다. 물놀이하기 딱 좋은 날씨였다. 세 남자는 물놀이에 한창이었다. 마리는 그들 사이에 끼지 못하고 예쁜 인형처럼 에스타 옆에 서 있기만 했다.
이영이 큰 소리로 외쳤다.
"애들아! 같이 놀자!"
물놀이하던 남자들은 소리가 난 쪽으로 시선을 돌렸다. 뒤에 숨어 있던 유는 이영이 옆으로 휙 비켜서자 여섯 개의 눈동자 앞에 그대로 모습을 드러냈다. 누가 냈는지 모를 허억! 소리와 함께 전율이 곧장 물 밖으로 뛰쳐나왔다. 그는 온몸으로 유를 가리고 숙소 건물 쪽으로 걸음을 옮겼다. 유는 뒷걸음질을 치며 수영장으로부터 멀어졌다. 이영이 전율의 팔을 잡았다.
"내가 얼마나 힘들게 입혔는데!"
"누구 좋으라고?"
"수영장에서 수영복을 입은 게 무슨 잘못이야? 마리 비키니 입은 거 안 보여? 저 비키니에 비하면 유 언니 수영복 면적이 두 배는 넓거든?"
"안 돼. 유는 이런 거 안 어울려."
뒷걸음질 치던 유의 발이 멈추었다. 안 어울린다는 말에 기분이 상했다. 전율은 가슴에 닿을 만큼 가까이 있는 유의 얼굴을 내려다보았다. 안 보려 했는데 시선이 가는 걸 막을 수가 없었다. 놀고 싶은 마음도 싹 사라졌다.
"마리 씨는 섹시한 비키니가 잘 어울리고, 나는 안 어울려?"
새침한 유의 질문에 전율은 대답을 얼버무렸다.
"이건… 그런 문제가 아니야. 일단 들어가."
"나 이거 입을 거야. 물놀이할래."

전율은 유가 이런 일에 고집을 부릴 줄은 생각도 하지 못했다.
"너 이런 취향 아니잖아?"
"나도 이런 거 좋아해."
박지오와 에스타는 노는 걸 잊어버린 채 유를 바라보았다. 수영장 쪽으로 걸어가는 유의 뒷모습에 얼굴이 붉어진 전율은 믿을 수 없다는 표정을 지었다. 당장 쫓아가려는 전율의 팔을 이영이 잡았다.
"내버려둬. 예쁘기만 한데."
유는 수영장 끝에 앉아 물속에 발을 담갔다. 박지오가 그녀에게 다가왔다. 그는 매우 노골적으로 유의 얼굴 한 번, 가슴 한 번, 허벅지 한 번 보고 다시 얼굴로 시선을 올렸다.
유가 물었다.
"네가 보기에도 나랑 안 어울려? 이 옷?"
"잘 어울려. 들어올래?"
박지오는 유의 손을 잡아 주었다. 물속으로 뛰어든 그녀의 발이 바닥에 닿았다. 휘청이는 허리에 지오의 팔이 감겼다. 에스타가 슬금슬금 다가오자 박지오는 유의 앞을 막고 서서 적으로부터 보호하려는 자세를 취했다. 솔직히 말하자면 적이 전율인지 신세기인지 아니면 다른 누구인지 모른다. 누가 그녀를 가장 많이 사랑하는지 알 수 없으며, 마지막에 그녀가 누구를 선택할지도 알 수 없었다. 그 '마지막'이 언제인지도.
"유야, 잠깐 옆으로 나와 볼래?"
에스타의 말에 유가 옆으로 비켜서자 엄청난 물보라가 일었다. 유는 박지오와 에스타의 물싸움 사이에 끼어 소나기를 맞은 것처럼 쫄딱 젖어 버렸다. 마리는 박지오와 에스타가 노는 모습을 구경하며 소외감을 느꼈지만 내색하지는 않았다.

전율과 이영은 여전히 수영장 근처에서 이야기를 나누었다.

"박지오가 그러던데, 김별이 마리인지 뭔지 하는 저 여자 만나는 이유가 너 때문이라며?"

이영의 물음에 전율이 대답했다.

"모르지. 좋아서 만나는 건지도."

"보면 모르냐? 오죽하면 마리가 불쌍해 보일까. 아무래도 내가 좀 도와줘야겠다."

전율은 흐뭇하게 웃는 이영의 얼굴을 의심 가득한 눈으로 쳐다보았다.

"뭘 도와줘?"

"별이도 마음이 여려서 저 여자 상처 안 주고 최대한 곱게 보내 주려 그러는 거잖아. 조용히 정리할 수 있게 도와줘야지."

두 사람은 수영장으로 걸음을 옮겼다.

"전율, 너 솔직히 말해. 유 언니 수영복 입은 거 보고 어땠어?"

엄지를 척 올리는 이영에게 전율은 시원하게 가운뎃손가락을 날려 주고는 유가 있는 곳으로 달려갔다.

물싸움을 끝낸 박지오는 유를 커다란 튜브에 눕혀 놓고 빙글빙글 돌렸다. 마침 멀리서 신세기가 느린 걸음으로 걸어왔다. 그 뒤를 따라 리조트 직원이 끌고 온 카트 안에는 다양한 종류의 칵테일과 과일이 가득 실려 있었다. 신세기는 유가 입은 수영복과 비슷한 색깔의 칵테일을 들고 가까이 와서 앉았다.

"유야, 이리 와. 이거 마시고 놀아."

유가 웃으며 받아 든 칵테일을 입에 대기도 전에 옆에 있던 박지오가 확 빼앗아서 몇 모금 마시더니 유에게 건넸다.

신세기는 박지오를 보고 입꼬리를 올렸다. 누군지 알겠다는 표정이었다.

"8년 전인가? 내 병실에 찾아와서 유 세컨드라고 소개했던 것 같은데. 여전하네."

"남의 여자 탐내는 버릇은 나이가 들어도 못 고치나 봐? 뭐가 이렇게 대놓고 뻔뻔해?"

"내가 빼앗으려는 여자가 적어도 네 여자는 아니니까 신경 꺼."

"전율이 왜 그쪽한테 경계를 느슨하게 하는지는 몰라도 나한텐 경계 대상 1호야. 유한테 집적거리면 내가 가만 안 둬."

얼굴색을 바꾸고 차갑게 대하는 박지오가 낯설어서 유는 가만히 그의 팔을 잡아당겼다.

"지오야, 세기 오빠 나한테 고마운 사람이야. 그러니까 너도 친하게 지냈으면 좋겠어."

옆에 다가온 이영이 신세기에게 알은체했다.

"안녕하세요. 아까 숙소에서 뵈었는데 여기서 또 뵙네요. 지금 대화 나누고 있는 애가 박지오예요. 저는 박지오 친구 이영이구요. 혹시 유 언니 일행이세요? 언니랑 어떤 사이…?"

물속에서 유의 어깨를 끌어안은 전율이 간드러진 이영의 목소리에 인상을 구겼다.

"방금 나 토할 뻔했어. 이영 왜 여자 목소리 내? 웃긴 새끼네. 신세기한테 관심 있냐?"

신세기는 전율이 돌려준 반지에 관한 이야기를 꺼냈다.

"프러포즈에 대한 대답, 아직 못 들었는데. 반지를 왜 전율이 가져와? 거절하려면 네가 직접해."

세기의 프러포즈는 아직 유효하다는 말에 이영의 입이 떡 벌어졌다. 에스타와 박지오는 지겹다는 표정을 지었고, 그 반응까지 초월한 전율은 물 밖으로 나와 태연하게 카트를 뒤져서 유에게 파인애플을 먹여 주었다.

마리의 몸에 오일을 발라 주는 에스타, 박지오에게 물싸움을 걸었다가 코로 수영장 물 1리터를 마셔 버린 이영, 유 옆에 찰싹 붙어서 떨어질 줄 모르는 전율, 그리고 그 두 사람 주변을 맴도는 신세기. 마음속에서 각자 갈망하는 것들을 제외하고 보면 더할 나위 없이 아름다운 청춘이었다. 물놀이는 하늘 한쪽이 오렌지색으로 물들 때까지 이어졌다.

"6시에 가든 광장에서 저녁 먹을 거야. 난 먼저 가서 준비해 놓을 테니까 씻고 와."

신세기가 먼저 자리를 떴다. 물에서 나온 그들은 각자 숙소로 걸음을 옮겼다. 전율은 기다렸다는 듯이 유를 어깨에 들쳐 메고 냅다 뛰었다. 방문이 쾅 닫히는 순간 그녀의 몸에 둘둘 감아 놓았던 타월을 벗겨 냈다. 옷이 젖어서 침대로 갈 수는 없었다.

전율은 유를 욕실로 이끌었고 욕조에 따뜻한 물을 받았다. 그러고는 몸에 달라붙어 있는 수영복을 벗기려 애썼다.

"찢지는 마. 마리 씨 거야. 돌려줘야 해."

엄청난 집중력을 발휘했지만 이영이 힘껏 묶어 놓은 매듭은 풀릴 기미가 보이지 않았다. 절대 벗길 수 없는 구조로 되어 있는 모노키니에 인내심이 바닥난 전율은 힘으로 뜯어 버렸다. 앞가슴을 연결한 끈이 투두둑 소리를 내며 끊어져 나갔고, 너덜너덜 찢긴 수영복은 욕실 바닥에 던져졌다. 욕조 안에 거센 파도가 몰아쳤다.

"아이부터 갖자."

"아직은 안 돼."

유의 대답은 단호했지만 전율의 결심은 그보다 더 확고했다.

"갖고 싶어."

욕조 속의 물은 거대한 홍수를 만난 것처럼 쉴 새 없이 넘쳐흘렀다.

그 시간 옆 숙소에서는 작전 회의가 한창이었다. 마리가 씻는 사이, 이영이 에스타에게 물었다.

"마리 정도면 괜찮잖아. 솔직히 유 언니보다 스타일도 세련되고, 너한테 완전히 푹 빠진 것 같던데 사귀어 보는 건 어때?"

에스타는 얼굴에 로션을 바르고 드라이기로 머리를 말렸다. 마리에게 마음이 없다는 말은 듣지 않아도 알 수 있었다. 이영은 짝짝 손뼉을 쳤다.

"오케이. 접수. 그럼 내가 마리를 떼어 낼 수 있게 도와줄게."

가든 광장은 숲속 정원처럼 생겼는데, 가운데 분수가 있고 장미꽃이 정원 전체를 장식하고 있어서 은은한 장미향이 가득했다. 무대 위에서는 기타와 피아노, 드럼으로 된 경음악 반주에 맞추어 외국인 싱어가 다양한 장르의 팝송을 불렀다. 분수를 중심으로 샐러드 바에 음식이 풍성하게 차려져 있었다.

먼저 온 친구들은 테이블에 자리를 잡고 앉아서 바비큐 요리를 기다렸다. 전율과 유는 30분이나 늦게 나타났다. 왜 이렇게 늦었냐는 이영의 구박과 신혼여행이 아니라는 박지오의 호통에 유는 수줍게 얼굴을 붉혔고, 전율은 유의 눈치를 보며 배시시 웃었다.

유 옆에 찰싹 붙어 하나부터 열까지 챙겨 주는 전율을 보며 마리는 질투가 난다기보다 조바심이 났다. 에스타는 마리의 부탁이 아니라면 몸에 손끝 하나 대지 않았다. 먼저 요구하기에는 자존심이 허락하지 않았고, 그의 속도에 맞추기엔 애가 탔다. 마리는 에스타의 손을 잡아 자기 허리에 올리고 물었다.

"두 사람 한창 좋을 때다. 그치?"

"그러게요."

마리가 여행을 따라온 것은 어떤 기회를 만들어 볼까 싶은 마음에서였다. 집에 초대해도 오지를 않고, 자신의 집에도 데려가지 않는 에스타에게 모텔이나 호텔로 가자고 직접적으로 말할 수도 없으니 선택의 여지가 없었다.

"내가 지오 씨한테 방 바꿔 달라고 해 볼까?"

"지오는 영이랑 같은 방에서 못 잘 거예요."

한때 사귀었던 사이고, 지금은 아무 감정 없는 친구라면 같이 못 잘 것도 없지 않나? 하지만 그건 마리가 결정할 일이 아니었다.

"언제까지 말 높일 거야? 우리 동갑이잖아."

"편해지면요."

그사이 각종 요리가 테이블에 가득 차려졌다. 한창 식사를 이어가던 도중, 이영이 말을 꺼냈다.

"박지오, 다음 주에 소개팅하는 거 알지?"

"안 한다니까. 나 지금 사귀는 사람 있는 거 알면서…."

박지오는 에스타와 눈을 맞추었다. 작전이 시작된 것이다.

"간디, 네가 사귀는 사람이 어디 있어?"

이영이 불쑥 끼어든 전율의 발을 꾹 밟았다. 제삼자는 빠지라는 뜻이었다.

"아악! 미친 새끼…."

전율의 입에서 거친 단어가 흘러나왔지만 이영은 아랑곳하지 않고 정해진 대사를 이어갔다.

"그래도 한번 만나 봐. 네 마음에 들 거야."

"소개팅은 안 해. 그런 줄 알아."

에스타가 포크를 탁 내려놓고 자리에서 일어났다. 잠깐 화장실에 다녀오겠다는 그를 따라 박지오도 일어났다. 저것들은 화장실도 같이 가느냐는 전율의 추임새를 무시하고 박지오와 에스타는 자리를 떴다. 한참이 지나도 돌아오지 않자 이영은 두 사람을 찾으러 간다며 일어섰다.

"마리 씨도 같이 갈래요?"

마리는 안 그래도 궁금하던 참이었다. 다른 여자가 있는 것 같진 않지만 에스타의 행동이 의심스러운 건 사실이었다. 걸려 오는 전화의 발신자는 박지오가 대부분이고 만나는 사람도 박지오와 전율 외에는 없었다. 한집에 같이 사는 것도 모자라 한방을 쓰는 것도 이상했다.

"얘네 어디 간 거야? 둘이 뭘 하는데 밥 먹다 말고 사라져?"

능청스럽게 말을 뱉는 이영의 뒤를 따라가면서 마리의 망상은 부풀어 갔다. 그러고 보니 이상한 점이 한두 가지가 아니었다. 수영장에서 박지오와 유가 시시덕거리고 있을 때에도 전율은 너무 태연했다. 오히려 에스타가 둘 사이에 끼어들어 방해했을 정도였으니까. 에스타에게 음식 좀 갖다 달라고 했더니 박지오가 발끈한 것도 이제 생각하니 웃긴다.

"애인이 없는 게 아니라 사정상 밝히지 않는 것뿐이지."

박지오의 말이 떠올랐다. 설마 했지만, 모든 정황은 한곳을 향해 흘러갔다. 마리는 그럴 리가 없다며 고개를 저었다. 이영과 마리가 장미 정원 모퉁이에 다다랐을 때, 마리는 자신이 본 광경에 너무 놀라서 비명을 질렀다.

"꺄악!"

박지오의 무릎에 걸터앉은 에스타와 그의 허리를 끌어안은 박지오. 키스에 푹 빠져 있던 두 사람은 얼굴을 떼고 소리 난 쪽을 향해 고개를 돌렸다. 이영이 아무렇지 않게 물었다.

"화장실 간다더니 둘이 또 이러고 있냐?"

마리는 쏟아질 것 같은 눈으로 두 사람을 보았다. 너무 황당해서 말이 나오질 않았다. 지나가던 누군가에게 돌을 맞은 것 같은 기분이었다. 박지오의 무릎에서 내려온 에스타는 천천히 걸음을 옮겨 마리 앞에 섰다.

"미안해요. 끝까지 속일 생각은 없었어요."

마리는 질투 같은 건 나지도 않았다. 이 모든 상황이 거짓말 같았다.

"어쩐지 이상하다고 생각했어. 내 예감이 맞았다는 게 너무 소름 돋는다. 이제야 퍼즐이 딱딱 맞네. 그래서 지오 씨랑 같은 방 쓰겠다고 한 거야? 제주도 놀러 오는 것도 나한테 비밀로 하고? 나 정말… 정말…."

마리는 억울하면서도 소름이 끼쳤다. 처음부터 두 사람이 사귄다고 했더라면 그러려니 했을 텐데, 한 번도 진심인 적이 없었다는 사실에 배신감을 느꼈다. 집 앞에 찾아와서 마음을 흔들어 놓을 땐 언제고, 에스타와 데이트하느라 마신 바닐라 라테 때문에 살이 2킬로나 쪘는데, 그 모든 게 거짓이었다니….

"마리."

에스타가 어깨를 잡으려 했지만 마리는 피했다.

"그만. 더 이상 나를 갖고 놀지 마!"

"잠깐만. 내 말 좀 들어 봐요."

빠른 걸음으로 정원을 빠져나가는 마리를 잡아 보려 했지만 그녀는 뒤도 돌아보지 않고 방으로 돌아갔다. 그리고 급하게 짐을 챙겼다. 처음부터 이 숙소에 그녀가 묵을 방은 없었다. 묵직한 캐리어를 끌고 뒤도 돌아보지 않은 채 숙소를 나갔다. 마리는 그렇게 떠나고 말았다.

"야, 갔냐?"

바닥에 쭈그리고 앉아 생수로 여섯 번째 입을 헹궈서 뱉으며 박지오가 물었다.

"어. 갔어."

"이, 씨바알…. 친구 하나 잘 둬서 내가 별 거지 같은 짓을 다 한다. 너 전문 분야 같은 개소리 한 번만 더 지껄였다가는 아가리 다 찢어 버린다! 어우 쌍. 더러워."

두 사람은 10년 만에 서로의 키스 실력을 확인했다. 더러워 죽겠다는 듯 입술을 벅벅 닦아 내는 박지오와 달리 에스타는 뿌듯한 미소를 지었다.

"난 할 만하던데."

"혀는 왜 들이밀어!"

"그러게…. 습관이라는 게 무섭네."

"아, 현기증 나. 너무 열 받아서 피가 모자라는 것 같아."

멀리서 이영이 뛰어오며 승전고를 울렸다.

"갔어! 택시 타고 완전히 갔어!"

자리에서 일어난 박지오가 버럭버럭 성질을 부렸다.

"계획이 이거였냐? 김별 저 더러운 주둥이랑 박치기하려고 내 입술 고이고이 아껴 온 거 아니거든? 어떻게 책임질래? 어?"

"그래도 성공했잖아. 빨리 돌아가자. 전율이랑 유 언니 기다리겠다. 김별, 너 그 와중에 연기 잘하더라. 아주 연기 대상감이야."

테이블로 돌아가면서 에스타가 고개를 갸우뚱했다.

"그런데 마리 반응이 좀 찜찜해. 몰랐다가 깜짝 놀란 게 아니라 알고 있었다는 반응이었거든. 평소에 좀 그렇게 보였나? 박지오, 너 나 진짜 사랑하는 거 아니지?"

"뒤질래? 한 번만 더 헛소리하면 혀를 뽑아 버린다."

그러면서도 박지오의 발걸음은 홀가분했다. 에스타의 얼굴에도 모처럼 싱그러운 웃음이 걸렸다.

다음 날 아침 일찍 전율이 유를 깨웠다. 박지오랑 땅을 보러 갈 예정이라며 오늘은 별이 사진 찍는 데 함께 다녀오라고 했다. 느닷없는 일정 브리핑에 유는 졸린 눈을 비비며 대답했다.

"응. 알았어."

전율은 대답이 너무 쉽게 나온 거 아니냐며 트집을 잡았다.

"한 번은 거절해야지. 나랑 같이 가고 싶다고 졸라 보든가."

"땅 보러 가는 것보다 사진 찍는 거 구경하는 게 더 재미있을 것 같아서."

"뭘 하느냐보다 누구랑 하느냐가 중요한 거 아니야? 나야, 화성이야?"

본인이 먼저 별이랑 다녀오라고 했으면서 왜 이러는 건지 유는 알 수가 없었다.

지난밤 에스타는 전율을 찾아와서 하루만 유를 빌려 달라고 부탁했다. 유는 물건이 아니지만 허락을 받고 싶다고 했다. 전율은 에스타의 부탁을 거절하지 못했다. 유가 내일이라도 전율을 떠나 다른 남자를 선택한다면 전율 역시 같은 처지에 놓이게 될 거라는 걸 잘 알고 있었기 때문이다.

가끔은 고등학생 시절에 꾸던 악몽을 이어서 꾸기도 한다. 유가 에스타의 손을 잡고 멀어진다면 나는 그들을 보낼 수 있을까? 두 사람 모두를 잃을 수 있을까? 몇 번을 생각해도 답을 내릴 수가 없었다. 그리고 그 어려운 문제에 대한 답을 박지오와 에스타는 매일, 매 순간 내고 있었다.

전율은 침대 위로 올라가서 유의 몸을 깔아뭉갰다. 그냥 넘어가려고 했는데 생각할수록 약이 올랐다.

"너 욕조에서 잠드는 버릇 있어?"

당사자는 모르는 게 정신 건강에 좋을 듯해서 말 안하려고 했는데 전율은 묻고 말았다.

어제 가든 광장에서 마리를 쫓아 보낸 친구들은 늦게까지 술자리를 가졌다. 유가 일찍 잠든 사이 신세기, 전율, 박지오, 에스타 사이에 엄청난 이야기들이 오고 갔다. 주량이 비슷한 신세기와 박지오는 술친구가 되어 버렸고, 유와 관련된 기가 막힌 사건들이 베일을 벗듯 각자의 시점에서 하나씩 펼쳐졌다.

유가 잠드는 바람에 곤란했던 최고의 장소를 꼽아 보자며 놀이공원 벤치, 스키장 곤돌라, 박지오네 집 베란다 등 다양한 의견이 나왔지만 신세기가 말한 '욕조'에서 모두 입을 다물었다.

"욕조에서 잠든 적 있어, 없어?"

고개를 젓는 유의 눈빛은 딱 봐도 거짓말이다. 전율은 어금니를 물고 말했다.

"욕조는 침대가 아니다."
"그러면서 어제는 왜 욕조에서…."
뭐라 반박하고 싶었지만 전율이 입술로 입을 막아 버리는 바람에 아무 말도 할 수 없었다.

신세기가 빌려준 뚜껑 없는 차를 타고 30분 정도 달려서 시내에 도착한 전율은 유와 에스타를 내려 주면서 주의 사항을 나열했다. 걸을 땐 1미터 간격을 유지해라, 커피 꼭 사서 마셔라(졸음 방지), 사진 찍어 준다고 해도 찍히지 마라. 그러더니 도저히 못 보내겠다며 안전벨트를 풀었다. 문을 열고 내리려는 전율을 박지오가 잡았다. 놓으라고 발버둥 치는 놈의 목을 끌어안고 소리쳤다.
"김별! 지금이야! 빨리 튀어!"
에스타는 유의 손을 잡고 시장 안으로 달렸다. 손잡지 말라는 전율의 외침이 등 뒤에서 들려왔지만 뒤도 보지 않고 달린 에스타는 시장 반대편 출구로 나와 숨을 골랐다. 헉헉거리던 두 사람은 눈이 마주치자 웃어 버렸다.
오토바이 가게에서 스쿠터를 빌렸다. 유의 머리에 하늘색 헬멧을 씌우고 스쿠터에 앉은 에스타는 운전대를 잡았다.
"유야, 꽉 잡아."
유는 에스타의 허리에 팔을 둘렀다. 한적한 해안 도로를 따라서 스쿠터가 부드럽게 달렸다. 시원하고 맑은 바람이 뺨과 머릿결을 따라 기분 좋게 흘렀다. 어떤 반전이나 큰 사건 사고 없이 잔잔하게 흘러가는 영화 속 주인공이 된 것 같았다.

에스타의 등에 유는 얼굴을 기댔다. 전율의 등만큼이나 넓고 따뜻했다. 한참을 달려 도착한 곳은 하늘과 닿아 있는 절벽이었다. 푸른 들판이 펼쳐져 있었고, 절벽 끝에는 짙고 푸른 바다가 있었다. 파도가 무섭게 절벽을 때리고 하얀 거품으로 변했다.

에스타는 가방에서 카메라를 꺼냈다. 유는 울타리 아래 있는 벤치에 앉아 에스타가 사진 찍는 모습을 구경했다. 한곳에서 사진을 다 찍으면 스쿠터를 타고 다른 곳으로 이동했다. 두 사람은 말이 없었지만 말이 필요하지도 않았다. 점심은 아담한 식당에서 국수를 먹었다. 국수를 먹은 후에는 우도로 가는 배를 탔다.

"너에게 내 이야기를 들려주고 싶어."

같이 술을 마시고 싶다거나 하룻밤 놀고 싶은 여자들은 많았지만 마음속에 있는 이야기를 꺼내고 싶은 여자는 없었다. 유와 하루를 보내게 된다면 무엇을 할까, 에스타는 수없이 상상해 왔는데 막상 함께 있으니 아무것도 할 필요가 없다는 걸 알게 되었다.

우도 선착장에 내려서 우도봉 쪽으로 스쿠터를 달렸다. 주차장에서부터는 걸어 올라갔다. 두 사람은 내내 손을 잡고 있었는데, 누가 누구의 손을 잡아 주는 건지는 알 수 없었다.

"고마워. 같이 와 줘서."

에스타의 말에 유는 빙긋 미소 지었다.

오름 정상에 오른 두 사람은 벤치에 나란히 앉아 지치지도 않고 바다를 바라보았다. 공기를 들이마시면 가슴속까지 파랗게 물들 정도로 푸르렀다. 짭짤한 바다 냄새가 바람에 실려 왔다.

에스타는 자신의 이야기를 꺼냈다.

"초등학교 3학년 때 부모님께서 이혼하셨어. 아빠는 다른 여자와 살림을 차렸고, 엄마는 새 남자를 데리고 들어왔어. 나는 그 아저씨가 싫었어. 나를 때리거나 엄마를 못살게 굴진 않았지만, 말도 없고 무뚝뚝한 그 남자 앞에서는 뭐든지 조심하게 됐어. 내 집이었지만 내 마음대로 텔레비전을 볼 수도 없었고, 편하게 밥을 먹을 수도 없고, 잠을 잘 수도 없었지. 그래서 중학교 때 집을 나왔어. 자유롭고 싶었거든."

유는 그의 이야기를 들어 주었다.

"엄마는 매달 돈을 보내오고, 가끔 전화로 내 안부를 묻곤 했지만 한 번도 나를 찾아온 적은 없었어. 내가 어디에 있는지 어떻게 살고 있는지 궁금해할 거라고 생각했는데…. 어쩌면 나는 엄마가 그리웠는지도 몰라. 엄마가 가장 필요했던 시기에 홀로 남겨졌다는 사실이 나를 힘들게 했으니까. 집을 나온 건 난데, 버림받았다는 생각이 들더라. 몇 번이나 집으로 돌아가고 싶었지만 엄마는 내가 없는 삶을 더 좋아하는 게 아닐까 하는 생각이 들어서 집으로 돌아가지 못했어."

금전적인 어려움보다 부모에게 버려졌다는 생각이 에스타에게는 더 큰 고통이었다. 차라리 고아였다면 부모님을 덜 원망했을 텐데…. 방치된 채로 살아간다는 건 자신의 존재를 부정하는 스스로와의 힘겨운 싸움이었다.

"지독한 외로움은 누구를 만나도 채워지지 않았어. 마음속에 커다란 구멍이 존재하는 것 같았거든. 그걸 다른 사람들에게 들키고 싶지 않아서 오히려 더 자유로운 척하면서 살았지만 사실은 한곳에

정착하고 싶었어. 텅 비어 있는 나를… 채우고 싶었어."
 에스타는 옆에 피어 있던 분홍색 꽃 한 송이를 따서 꽃잎을 만지
작거렸다. 그러고는 희미하게 웃었다.
 "지금은 엄마랑 통화도 자주 하고, 새아빠도 무뚝뚝한 성격이긴
하지만 나쁜 사람은 아니라는 걸 알게 됐어."
 가만히 듣기만 하던 유가 입을 열었다.
 "너 자신을 스스로 치유할 수 있도록 도와줄게."
 유는 몸을 돌리고 에스타와 마주 앉아 그의 두 손을 잡았다.
 "지금부터 내가 시키는 대로 해."
 에스타는 유의 손을 꼭 잡고 고개를 끄덕였다.
 "눈을 감아 봐. 그리고 차분하게 마음을 가라앉혀 봐. 온몸의 긴
장을 풀고 천천히 호흡에 집중해. 넌 지금 가장 편안한 곳에 편안한
마음으로 앉아 있어."
 유의 목소리를 들으며 에스타는 마음을 차분하게 가라앉혔다. 숨
소리에 귀를 기울이고 그녀와 같이 호흡했다. 주변은 조용했다. 들
리는 거라곤 파도 소리, 바람 소리, 그리고 깊게 울리는 심장박동 소
리밖에 없었다. 마치 구름 위에 앉아 있는 것처럼 몸이 가벼워졌다.
 "이제 머릿속에 무대를 하나 상상해 봐. 무대 앞 객석엔 네가 앉
아 있어. 내가 셋을 세면 그리워하던 그분이 등장할 거야. 자, 준비
됐지?"
 에스타가 고개를 끄덕였다.
 "하나, 둘, 셋."
 상상 속 무대 위에 엄마가 올라왔다. 엄마는 많이 야위어 보였다.

"어머니께서 올라오셨을 거야. 너에게 뭐라고 말씀하시는지 잘 들어 봐."

에스타는 무대 위 엄마에게 집중했다. 매우 아팠다고 했다. 그가 집을 떠나고 얼마 되지 않아 쓰러져 병원에 오래 계셨다고 했다. 그리고 미안하다고…. 혼자 두어서 미안하다고…. 엄마는 결국 눈물을 터트렸다.

고등학교를 졸업한 후 가끔 고향에 들르긴 했지만 엄마가 아팠다는 이야기를 들은 적은 없었다. 이건 나의 상상인가? 에스타는 다시 깊은 내면으로 들어가서 엄마를 만났다. 엄마는 미안하다며 하염없이 눈물을 흘렸다. 에스타의 눈에도 뜨거운 눈물이 차올랐다.

에스타의 귓가에 유의 목소리가 들렸다.

"일어나서 무대 위로 올라가. 엄마를 안아드려."

에스타는 객석에 앉아 있던 자신을 일으켜 무대 위로 올라갔다. 그리고 가슴 한가득 엄마를 안았다. 현실에서 한 번도 안아드린 적 없었던 엄마. 엄마의 키가 이렇게 작고, 어깨가 이렇게 여린지 몰랐다. 떨리는 엄마의 몸을 부둥켜안고 그리운 엄마의 냄새를 맡았다. 눈물을 참으려 고개를 하늘로 젖혔지만 흘러내리는 눈물을 막을 수는 없었다.

유는 조용히 속삭였다.

"이제 이렇게 말해. 당신을 용서합니다. 더는 외롭지 않습니다."

유의 말에 별은 감정이 북받쳐 올랐다. 현실에서는 절대로 할 수 없는 말을 상상 속에서 했다. 어느새 훌쩍 자라 어른이 된 아들의 품에 안겨 우는 엄마에게 더 이상 미안해하지 말라고, 이제 나는 외롭지 않다고, 그리고 사랑한다고 말했다. 미안해하는 엄마의 마음이 가슴 깊이 느껴졌다. 생생한 마음속 장면이 흐릿해질 때까지 에스타는 그렇게 한참을 있었다.

"이제 눈 떠도 돼."

에스타는 눈을 떴다. 푸른 하늘과 반짝이는 바다에 눈이 부셨다. 앞에 있는 유와 눈이 마주치는 순간, 에스타는 지난 10년간 참아온 모든 서러움을 다 쏟아 냈다. 사랑하는 여자에게 안겨서 이렇게 울게 될 줄은 몰랐다. 유는 어린아이처럼 엉엉 우는 에스타의 등을 다정하게 토닥였다. 바다 끝에 석양이 붉게 걸릴 때까지 유는 에스타를 안아 주었다.

에스타는 울고 나니 마음속에 뻥 뚫려 있던 깊고 커다란 구멍이 꽉 채워진 기분이었다. 그는 상처받았던 마음을 스스로 치유했다. 실제로 엄마가 아프셨든 아니든, 나에게 미안해하든 그렇지 않든 그런 건 중요하지 않았다. 마음이 더 이상 괴롭지 않다는 것, 그것으로도 충분했다.

에스타는 눈물을 그치고 유를 바라보았다.

"별아, 이제 좀 괜찮아? 마음이 어때? 아직도 아파?"

"아니. 아프지 않아."

에스타는 오랜만에 엄마에게 전화를 걸었다. 그리고 10년 전, 자신이 집을 나오고 나서 혹시 아팠냐고 물어보았다. 엄마는 옛날 일이라며 푸근한 목소리로 털어놓았다. 암이었다고 했다. 그 당시 수술도 잘 끝나고 항암치료도 잘 받아서 지금까지 재발하지 않고 잘 지낸다고.

"너 걱정할까 봐 엄마가 말 안 했지. 괜찮아. 지금은 멀쩡해. 미안하다, 샛별아. 엄마가 못 챙겨 줘서 미안해."
"아니에요. 엄마, 사랑해요."
"엄마도 사랑해, 아들."
에스타는 전화를 끊고 나서 놀란 얼굴로 물었다.
"이거 무슨 마법 같은 거야?"
유는 웃으며 자기암시 치료법 중 하나라고 말했다. 몸이 아플 때 치료하듯이 마음이 아플 때에도 아픈 부위를 들춰 보고 호호 불어 주면 금방 낫는다고.
"바다에 파도가 없으면 아름답지 않으니까."
인간의 삶에 역경이 있는 이유도 그와 같다고.

해가 지고 있었다. 두 사람은 서둘러 스쿠터를 세워 놓은 곳으로 내려왔다. 텅 빈 선착장은 분위기가 심상치 않았다. 매표소 창구는 닫혀 있었고, 에스타는 난감한 표정을 지었다. 배를 놓치게 될 거라고는 예상하지 못했다. 하늘에 시커먼 먹구름이 몰려왔다.
에스타는 전율에게 전화를 걸었다.
"전율, 나 지금 우도야. 내 말 잘 들어. 마지막 배를 놓쳤어."

에스타와 유는 가까운 식당으로 들어갔다. 전율이 배를 구해 본다고 했으니까 저녁을 먹으면서 기다리기로 했다.

식사를 마쳤을 때쯤 유는 전율의 전화를 받았다. 배가 아니라 헬기라도 띄우려고 했는데—헬기는 신세기의 의견이었다—기상특보 때문에 불가능하다고 했다. 전화를 받은 유는 그렇구나, 하고 고개를 끄덕였다.

"다들 내가 안절부절못하고 헤엄쳐서라도 널 데리러 갈 거라 생각하겠지만 나 그런 남자가 아니야. 널 믿고 김별도 믿어. 아니, 김별은 솔직히 못 믿어. 네가 알아서 잘…. 잠깐, 너 혹시라도 김별이 유혹하면 넘어갈 생각하는 거 아니지? 왠지 너도 믿음이 안 가. 뭔가 이 상황 자체가 믿기지 않아…."

자신을 다독이듯 침착하게 상황을 설명하던 전율은 스멀스멀 날아가는 이성을 붙잡지 못하고 결국 횡설수설했다.

"밤이든 새벽이든 최대한 빨리 갈 테니까 일단 쉬고 있어."
"응."
"화성은 내일 제주도로 넘어올 생각하지 말고, 자기네 별로 돌아가라고 해."
"너무 걱정하지 말래도."
"숙소에 들어가게 되면 방은 꼭 두 개 잡고, 문 걸어 잠그고…."
"율아, 나 배터리 별로 없어."

유는 온갖 걱정을 줄줄이 늘어놓는 전율의 전화를 겨우 끊었다. 에스타와 유는 식당에서 나와 스쿠터를 타고 숙소를 찾아 근처를 한 바퀴 돌아보았다. 두 사람은 바닷가 근처에 있는 노란 지붕의 민박집으로 갔다.

"방 하나 주세요."

취향이 비슷한 유와 에스타는 여러 사람이 함께 쓰는 게스트하우스나 모텔보다 민박집이 더 마음에 들었다. 바닥에 납작하게 달라붙은 두 채의 민박집 중 마당 왼쪽에 있는 독채가 두 사람에게 제공된 숙소였다.

플라스틱 문틀로 된 미닫이문을 열고 안으로 들어갔다. 방 안에 커다란 침대가 놓여 있었고, 욕실이 하나 있었다. 창문을 활짝 열자 파도 소리와 뻐꾸기 우는 소리가 들려왔다.

두 사람은 바닥에 앉아 침대에 등을 기댔다. 학창 시절부터 매일 지겹게 보아 온 얼굴, 서로에 대해 모르는 것이 없는 사이였다. 방금까지만 해도 함께 울고 웃고 밥을 먹었지만 어색함을 감출 수가 없었다.

"유야 미안. 배를 놓치게 될 줄은 몰랐어."

"아니야. 시간을 제대로 못 맞춘 것뿐이잖아. 나도 전혀 생각하지 못했어."

"씻을래?"

유가 씻는 동안 에스타는 근처 편의점에서 맥주와 과자 몇 봉지를 사 왔다. 맥주 한 캔을 손에 들고 음악을 감상하듯이 그녀가 샤워하는 소리를 들었다. 욕실에 있는 여자가 샤워를 마치고 나와도 물의 온도가 어땠는지 묻고 답하는 것 외에 할 수 있는 게 없었다. 에스타의 인생에서 처음 있는 일이었지만 그래도 열심히 귀를 기울였다. 물방울이 그녀의 머리카락을 적시고, 어깨와 등을 간지럽히고 바닥으로 떨어지는 소리를.

샤워를 마친 유가 밖으로 나왔다. 에스타는 그녀에게 맥주를 건넸다.

"맥주 마실래? 시원해."

유는 한 모금 마시고 "좋다"라고 했다.

이번에는 에스타가 욕실로 들어갔다. 에스타는 뜨거운 물을 맞으며 생각했다. 그녀도 이 소리를 듣고 있을까?

유는 머리를 말리고 맥주를 홀짝이며 에스타를 기다렸다. 주량이 비슷한 두 사람은 맥주 한 캔을 다 마시기도 전에 잠이 들겠지만, 어쩌면 그러는 편이 훨씬 나았기에 그가 맥주를 사 온 건지도 모른다.

샤워하고 나서도 두 사람의 옷차림은 민박집에 들어설 때와 같았다. 온종일 입고 돌아다닌 옷을 벗어 놓고 싶었지만 상대방이 어떻게 생각할지 몰라서 갖춰 입었다. 야외 수영장에서 서로의 몸을 봤어도 그때와는 달랐다.

"내가 나가서 잘까?"

마당에 평상이 하나 있었다. 에스타는 이불만 푹 뒤집어쓴다면 추위나 모기쯤은 막을 수 있을 것 같았다. 그가 불편해하는 거라고 생각한 유는 본인이 나가겠다며 베개를 챙겨 들었다. 에스타는 유의 손을 잡아서 침대에 앉혔다. 그는 맥주 한 캔을 더 땄다.

"나랑 같이 자는 거, 괜찮아?"

에스타가 물었다.

유는 거의 말라가는 긴 머리카락을 늘어트리고, 헐렁한 원피스 아래 무릎을 끌어안은 채 고개를 끄덕였다. 잠은 언제 어디서든 잘 수 있었다. 오히려 에스타가 걱정이었다. 유는 말없이 생각에 잠겼다.

"지금 무슨 생각해?"

우도에서 생긴 일

에스타의 물음에 유는 "상처 주고 싶지 않다는 생각을 해"라고 대답했다.

세 남자와 함께 있을 때 유가 가장 많이 하는 생각은 상처 주고 싶지 않다는 것이었다. 공평하게 사랑을 나누어 줄 수는 없지만 상처를 주고 싶지는 않다고. 그렇지만 결국에는 상처가 될 수밖에 없는 자신의 존재가 아이러니하다고 생각했다.

어색함을 지우려 두 사람은 두런두런 옛날이야기를 했다. 에스타는 유의 옆에서 잠을 자는 게 처음이 아니라고 고백했다. 가끔 여행 계획을 세우거나 숙제하려고 모였을 때 유가 잠이 들면 에스타는 몰래 그녀 옆에 누워 있곤 했다. 그러다 전율에게 들키면 한바탕 소란이 벌어졌다. 유는 그런 줄 몰랐다면서 웃었다.

"누울래?"

유는 침대에 누웠다. 에스타는 불을 끄고 바닥에 누웠다. 맥주 탓인지 아니면 바다에서 불어오는 바람 탓인지 가슴이 울렁거렸다.

"이런 건 의사도 못 고쳐?"

"어떤 거?"

"사랑. 어떻게 하면 사랑을 멈출 수 있을까 싶어서. 나 이제 널 그만 사랑해 보려고."

에스타의 실없는 농담에 유 역시 장난스럽게 물었다.

"그럼 네가 싫어하는 여성 타입을 말해 봐. 내가 네 앞에서 그렇게 행동할게. 넌 어떤 여자를 싫어해?"

에스타는 잠시 생각하더니 대답했다.

"나는… 나를 사랑하는 여자."

어둠 속에서도 이쪽을 바라보는 그녀의 시선이 느껴졌다. 에스타는 천장을 바라보며 설명을 덧붙였다.

"나를 사랑한다고 고백했던 여자들은 하나같이 겉모습을 중요하게 생각하거나 허영심만 가득한 여자들이었어. 그래서 언제부터인가 나를 사랑하는 여자들에게 환멸을 느끼게 된 것 같아. 만약 네가 날 사랑하게 된다면 난 널 더 이상 사랑하지 않을 것 같은데…. 역시 안 되겠지?"

네가 나를 사랑하는 일은 없겠지.

유는 잠에 걸린 목소리로 대답했다.

"안 될 것 같아. 만약 내가 널 사랑하게 된다면, 그건 허영심이 아닌 진심일 테니까."

눈을 감은 유는 금세 규칙적인 숨소리를 냈다. 이런 상황에서도 잠이 오는 건가? 에스타는 몸을 일으켜 침대에 턱을 괴었다. 잠이 든 건지, 잠든 척하는 건지 모를 그녀는 처음 만났던 그 시절 그대로 깨끗하고 순수한 모습이었다.

"넌 내가 만났던 여자 중 최악인데, 너의 이런 모순까지 사랑해."

에스타는 그 밤 꿈을 꾸었다. 유에게 사진 모델이 되어 달라는 부탁을 했다. 세상에서 가장 아름다운 것 하나만 사진으로 남기라면 그녀 외에 다른 건 떠오르지 않았다. 유는 고개를 끄덕였다. 그리고 준비할 시간을 달라고 했다.

에스타는 밖으로 나가서 렌즈를 깨끗하게 닦고 화각과 조리개 값을 조정했다. 들어오라는 그녀의 목소리에 문을 열고 들어갔다. 머리를 만지거나 화장을 고쳤을 줄 알았는데, 얇은 이불을 어깨에 두른 그녀의 모습은 방금 전과 다를 게 없었다.

에스타가 카메라 앵글을 맞추자 유는 몸을 감싸고 있던 이불을 걷어 내렸다. 그녀의 몸을 가리고 있는 건 아무것도 없었다. 형광등 아래 드러난 유의 나신은 들이마신 숨을 내뱉지도 못할 만큼 관능적이었다.

에스타는 손에 들고 있던 카메라를 내려놓고 눈앞에 있는 그녀를 직접 마주했다. 만지지 않아도 느껴지는 매끄러운 살결, 탐스럽고 유려한 몸이었다. 다시 떨리는 손으로 카메라를 들고 렌즈를 통해 그녀를 보았다. 어디에 초점을 맞춰야 할지 몰라서 자꾸만 시야가 흐려졌다. 사진을 제대로 찍을 수 있을지 자신이 없었지만 호흡을 깊게 들이마신 뒤 셔터를 눌렀다.

어깨를 돌리고 있던 유가 정면을 향했을 때 또 한 번 셔터를 눌렀다. 그녀의 몸을 한 군데도 빠짐없이 카메라에 담았다. 그녀를 갖고 싶은 욕망은 점점 커져 갔지만 그가 원하는 것이 그녀의 몸인지 아니면 그녀의 존재인지는 확실하지 않았다. 에스타는 침대 위로 올라가서 자신이 찍은 사진을 그녀에게 보여 주었다.

"나중에 내가 일흔 살이 되면 개인 전시회를 열고 싶어."

에스타의 입술이 그녀의 뺨에 닿았다. 목을 따라 내려온 입술은 가슴에 머물렀다.

"그때 제일 크게, 제일 앞자리에 이 사진을 걸어 둘 거야."

에스타는 그녀를 침대에 눕혔다. 유는 저항 없이 누워서 그를 올려다보았다.

"제목도 정했어."

어디선가 부드러운 음악이 들려왔다. 아직 제목을 말하지 않았는데, 울리는 전화벨 소리에 잠에서 깼다. 30분 뒤에 선착장으로 나오라는 전율의 전화였다. 에스타는 전화를 끊고 눈을 감았다. 생생하게 남아 있는 그녀의 살결, 설렘, 그리고 두려움. 머리맡에 있는 카메라를 열어서 메모리를 확인해 보았지만 찍혀 있는 건 온통 바다와 하늘뿐이었다.

동이 트기 전 어스름한 새벽, 이불을 걷고 자리에서 일어난 에스타는 침대 위에 죽은 것처럼 잠들어 있는 유를 깨웠다. 그들은 얼굴을 씻고 민박집을 나섰다. 두 사람이 탄 배가 출발하여 힘차게 파도를 가를 때 에스타가 검푸른 바다의 동쪽 하늘을 가리켰다.

"유야, 저길 봐."

해가 뜨지 않은 하늘에는 밝은 별 하나가 빛을 내고 있었다.

"엄마가 나를 낳은 시간이야. 어두운 새벽 동쪽 하늘에서 볼 수 있는 별. '샛별'이라고도 하고 영어로는 '이스트 스타(E-star)'라고도 불러. 그래서 시인이셨던 아버지가 '에스타'라고 이름을 지었대. 엄마는 지금도 나를 샛별이라고 부르지만."

"샛별이? 너무 예쁜 이름이다. 잘 어울려."

샛별은 화성이 아니라 금성인데, 전율과 박지오는 그런 건 상관없다는 듯 에스타를 화성이라고 부른다.

"내 이야기는 이걸로 끝이야."

유는 미소로 답했다.

"고마워. 덕분에 정말 즐거운 여행이었어."

선착장에는 뜬눈으로 밤을 샌 전율이 마중 나와 있었다. 전율은 에스타의 카메라부터 빼앗아서 찍은 사진들을 모조리 확인한 뒤 유를 차에 태웠다.

"넌 알아서 와."

그러고는 곧장 리조트로 출발했다. 스쿠터 하나, 헬멧 두 개와 함께 선착장에 남겨진 에스타는 허전한 뒷자리를 돌아보았다. 유의 팔이 감겼던 허리와 그녀가 기댔던 등이 조금은 쓸모가 없어진 것 같은 기분이 들었다.

사랑일까, 집착일까

전율과 친구들은 브런치를 먹기 위해 리조트 루프탑에 모였다. 유를 테이블에 앉혀 놓고 마실 것을 가지러 간 전율에게 웬 여자가 다가왔다. 긴 머리의 그녀는 유독 눈에 띄는 미인이었다. 반가운 얼굴로 인사하는 그녀와 달리 전율의 표정은 어두웠다. 테이블까지 따라온 그녀는 앉아 있는 인물들을 둘러보고는 긴 머리를 쓸어 넘기며 활짝 웃었다.

"동창회야 뭐야? 여기 다 모여 있었네! 정말 오랜만이다. 박지오, 김별."

박지오와 에스타는 즉각 유의 눈치를 살폈다. 전율도 불안한 눈빛으로 유를 바라보았다. 유는 자리에서 천천히 일어났다.

"어머, 이게 누구야? 이름이 윤유랬지. 전율 옆에 오래도 붙어 있네."
 그녀의 미모는 눈이 부셨지만 차갑고 도도한 성격은 여전했다.
 "손여은…. 안 변했구나."
 다 잊어버리고 산다고 생각했는데 그녀의 얼굴을 마주하는 순간 유는 그날의 기억이 어제 일처럼 떠올랐다. 그 예쁜 얼굴로 골목길에서 남학생들 앞으로 등을 떠밀었던. 그건 유의 인생에서 가장 끔찍했던 사건이었다. 잊었다고 해서 없던 일이 되지는 않는다. 유는 무서운 얼굴로 손여은 앞에 섰다.
 "한 번은 다시 만나고 싶었어. 너 왜 도망갔어? 나랑 볼일 남았잖아. 초콜릿 노래방 3번 방. 난 아직도 생생하게 기억하는데."
 손여은이 커다란 눈을 번쩍 뜨고 하하하 웃었다.
 "도대체 언제 적 얘길 하는 거야? 기억도 안 나거든?"
 "인간으로서 할 짓이 있고, 하면 안 되는 짓이 있어. 넌 그 선을 넘었고, 난 아직 사과를 못 받았어."
 자신보다 한 뼘은 크고 화려한 손여은 앞에서도 유는 주눅 들지 않았다. 오히려 야무지게 사과를 요구했다. 손여은은 그런 유가 매우 귀찮다는 듯이 대꾸했다.
 "어릴 때 장난 좀 친 것 갖고 왜 오버야. 그때 그 시절 이야기는 네 일기장에다가 해. 시시해 빠진 이야기는 아무도 못 보게 묵혀 두었다가 무덤까지 가져가란 말이야. 너랑 그딴 이야기나 하려고 여기까지 온 거 아니니까."
 유를 무시하는 손여은의 앙칼진 태도에 전율이 나서려 했지만 유가 막아섰다.

"사과해."

"싫다면?"

"그럼 어쩔 수 없지. 내가 돌려주는 수밖에."

유는 손을 들어 손여은의 뺨을 있는 힘껏 후려쳤다. 짜악, 소리와 함께 손여은의 고개가 돌아갔다. 두 사람을 주시하고 있던 친구들의 입이 떠억 벌어졌다. 얼굴을 손으로 감싸 쥔 손여은의 눈동자가 매섭게 유를 노려보았다. 아픔보다는 수치심과 분노가 이는 듯 보였다.

"너…."

그렇다고 해도 손여은이 반격할 상황은 아니었다. 이쪽을 향해 있는 사람들의 시선, 혹시라도 무슨 일이 벌어지면 당장이라도 일어서려는 박지오와 에스타, 아까부터 경계 태세를 갖추고 있는 전율. 손을 뻗는다고 해도 유에게 닿지 못할 것이다.

유는 꿈틀거리는 벌레를 꽉 밟듯 따끔하게 충고했다.

"착하게 살아. 네가 한 일에 대한 대가는 모두 너에게 다시 돌아가니까."

"윤유…."

"그리고 그때나 지금이나 율이는 내 거야. 남자 필요하면 다른 데 가서 알아봐."

분에 찬 손여은의 몸이 부들부들 떨렸다. 끓어오르는 성질을 겨우 가라앉히고 말을 뱉었다.

"너, 두고 봐. 내 발밑에 엎드리게 해 줄 테니까."

걸그룹을 준비한다더니 잘 안되었는지 아무런 소식도 들려오지 않던 손여은은 그래도 나름 연예인 지망생이라고 얼굴을 가린 채 황급히 자리를 피했다. 그제야 긴장이 풀린 유는 전율의 팔을 잡았다. 전율은 그녀를 데리고 건물 안으로 들어갔다. 두 사람이 자리를 비우자마자 이영은 충격이 가시지 않은 얼굴로 중얼거렸다.

"지푸라기 같은 팔로 어떻게 그런 스윙이 가능한 거지? 엄청 나."

박지오와 에스타는 그다지 놀랍지 않은 얼굴로 전망 좋은 루프탑에서의 브런치를 즐겼다. 윤유가 전율에게 집적대는 여자를 해치운 건 처음이 아니었다. 전설 속 사무라이처럼 단칼에 끝장을 내 버려서 안아름 같은 애들은 찍소리도 하지 못하고 떨어져 나가는 모습을 여러 번 보았다.

흥분한 이영은 사건의 전말에 대해 물었다. 그 여자의 정체, 그녀가 유에게 맞은 이유, 전율과의 관계. 박지오는 이영의 물음에 적당히 설명했다.

"초콜릿 노래방 사건 유명했지. 전율 고2 때 남학생 세 명이나 입원시키고 일주일 정학 먹은 전설적인 사건. 전율이 그날 일에 대해 입도 뻥긋하지 말라고 해서 그대로 묻혔지만."

"왜? 무슨 일이었는데?"

참을 수 없는 호기심으로 이영의 눈이 초롱초롱 빛났다.

"유는 그때 일을 떠올리는 것만으로도 괴로울 거야. 우리가 전율 쫓아서 노래방에 들어갔을 때, 끔찍했지. 전율은 눈이 돌아 있었고, 노래방 바닥이랑 소파랑 벽까지 피투성이였고, 유는 구석에 옷이 다 뜯긴 채로 누워 있었고…. 안 말렸으면 한 명은 죽었을지도 몰라."

이영의 입에서 연신 감탄사가 흘러나왔다.

"전율이 유를 업고 병원으로 뛰어가고, 노래방 주인이 신고해서 구급차 오고, 경찰 오고. 난장판도 그런 난장판이 없었을 거다. 나랑 김별이랑 다 수습했잖아. 유 휴대폰 부서진 거 주워다 전율한테 갖다 주고. 그날 전율 엄청나게 울었어. 손여은 죽여 버리겠다고 생난리를 쳐서 학교 그만두게 된 거잖아. 참고로 전율 쌍꺼풀은 그때 생겼다."

옛날이야기는 흥밋거리도 되지 못한다는 듯, 박지오는 하던 이야기로 돌아와 에스타에게 질책을 쏟아 냈다. 친구 여자 빌려 달라는 놈이나 빌려주는 놈이나 제정신이 아니다.

"넌 우도까지 가서 정말로 사진만 찍었어?"

"아니."

"그럼 뭐 했어?"

"병원 놀이."

에스타는 어제 일을 떠올리는 것만으로도 기분이 좋은지 편안한 미소를 지었다.

"병원 놀이? 짜증나게 하지 말고 솔직히 말해."

"그냥 이야기했어."

"무슨 이야기를 했냐니까."

"내 이야기."

짤막한 대답에 박지오는 이영을 쳐다보고는 망고 샐러드 두 접시만 더 가져오라고 지시했다. 이영은 황당한 얼굴로 "내가 왜?"라고 물었다.

"초콜릿 노래방 사건 말고도 몇 개 더 있어. 듣고 싶으면 얼른 갔다 와."
 그들의 학창 시절 에피소드는 유료 콘텐츠보다 훨씬 재미있는 드라마였다. 유와 세 남자의 풀 러브 스토리를 들을 수 있다면 망고 샐러드를 가져오는 것쯤은 문제가 되지 않았다. 이영은 냉큼 빈 접시를 들고 일어나서 샐러드를 가지러 갔다.
 에스타의 개인적인 사정에 대해 알고 있는 박지오는 조심스럽게 물었다.
 "아무한테도 말 안 하더니. 어떻게 유한테 말할 생각을 했냐?"
 "그냥… 하고 싶었어. 유는 들어 줄 것 같아서."
 "유 반응이 어땠는데?"
 "나를 치유해 주었어. 내 가슴 깊은 곳에 구멍이 뚫려 있었는데 지금은 꽉 채워진 기분이 들어. 마음이 한결 편안하고, 천하무적이 된 기분이야."
 에스타는 먼 바다를 바라보며 뿌듯하게 웃었다. 우울함이 걷힌 선한 얼굴이 더 아름답게 빛났다. 병원 놀이를 했다더니 정신병원 놀이인가….
 "예전에는 누가 나를 들춰낼까 봐, 그래서 상처받을까 봐 몸을 사렸어. 나 자신이 살짝만 부딪혀도 쉽게 부서지는 공갈 엿 같았거든. 그래서 단단한 가면 같은 게 필요했는데 지금은 아니야. 껍데기가 필요 없어졌어. 누가 나에게 온몸으로 부딪쳐 와도 멀쩡할 것 같아. 평생 잊지 못할 거야."
 "넌 너를 좀 더 아낄 필요가 있어. 예전에 경포대에서 네가 그랬지. 유가 별 볼 일 없는 너를 사랑하게 되면 실망할 것 같다고…. 그런데 만약 유가 널 사랑하게 된다면 그건 유가 보는 눈이 없어서가 아니야. 네가 사랑받을 만큼 괜찮은 인간이 되었다는 뜻이지. 물론 그럴 일은 없겠지만."

잠시 말을 쉬었던 박지오가 의미심장한 눈으로 에스타를 보았다.

"정말 그게 다야?"

에스타는 에이드에 꽂힌 빨대를 입에 물고 뭐가 더 남았느냐는 표정을 지었다. 박지오는 건물 안쪽을 힐끔 보더니 목소리를 낮추었다.

"지난번에 테라스에서, 솔직히 너 그거 처음 아니지? 유한테 키스한 거."

"세 번째."

예상은 했지만 어쩐지 뻔뻔한 대답에 박지오는 마시던 에이드를 내려놓고 그 안에 들어 있던 얼음을 손으로 꺼내 에스타에게 냅다 집어 던졌다.

"이런 미친놈."

마른하늘에서 쏟아지는 우박을 맞고도 아무렇지 않게 툭툭 털어 내는 에스타에게 박지오가 어이없다는 듯이 따져 물었다.

"알고 보니 상습범이네. 넌 그렇다 쳐도 윤유 걘 뭐야? 남친의 친구랑 키스를 세 번이나 하고도 그렇게 태연하단 말이야? 아무렇지 않게 같이 웃고 놀고, 그럴 수가 있어?"

"그러게. 전율보다 내가 훨씬 잘하는데 안 넘어오더라."

박지오는 냅킨으로 손을 닦았다.

"느낌이 어떤데? 다른 여자랑 달라?"

"다른 여자랑 할 땐 언제쯤 시작하고 어떻게 끝내야 되는지 조절이 가능한데, 유랑 할 땐 그게 안 돼. 하기 전부터 정신이 나가 버려서 정신 차리면 어느 순간 끝나 있어. 늘 아쉬워."

"전율 보기 미안하지도 않냐?"

"하나도 안 미안해. 앞으로도 기회가 될 때마다 할 거야."

샐러드 두 접시를 들고 온 이영이 서둘러 자리에 앉았다. 다음 에피소드를 내놓으라고 조르는 애처로운 눈빛을 외면할 수 없어서 박지오는 기억을 더듬었다. 그는 포크로 망고를 쿡쿡 찌르며 스키장에 갔던 이야기를 풀어놓았다.

1월 초였다. 눈이 펑펑 내리던 날, 유의 스무 살 기념 여행을 떠났다. 전율은 유와 단둘이 여행을 가고 싶어 했지만 콘도를 잡아 준 건 박지오의 아버지였다. 회원권이 얼마인 줄 아느냐, 극성수기라 회원 아니면 예약도 하지 못한다, 빠질 거면 너나 빠져라. 박지오가 꼬장을 부리는 바람에 시작부터 삐거덕거렸다.

여행을 떠나기 일주일 전 전율, 박지오, 에스타는 유네 집에 모여서 여행 계획을 세웠다. 공부할 때 깨어 있는 사람은 유 하나였지만, 놀러 갈 계획을 세울 때는 그 반대였다. 여행 계획을 세우다 말고 꾸벅꾸벅 조는 그녀를 2층으로 올려 보내면 슬그머니 일어선 에스타가 그녀의 뒤를 따라갔다. "지난번처럼 한 침대에 누워 있으면 뒤진다"라는 전율의 경고에도 에스타는 유가 잠이 들면 슬그머니 그녀의 옆에 누웠다. 그러다 전율에게 들키면 어김없이—혹시라도 유가 깰까 봐 큰 소리도 내지 못하는—무음의 난투극이 벌어졌다.

사실 에스타의 과감한 행동은 한두 번이 아니었다. 전율이 유의 입에 넣어 준 막대 사탕을 에스타가 슬쩍 뽑아서 빨아 먹는다든지, 그렇게 빨던 막대사탕을 다시 제자리―유의 입안―에 쓱 되돌려 놓는다든지 하는 일이 공공연히 벌어지면 쫓고 쫓기는 추격전이 펼쳐졌다.

여행을 가는 당일에는 누가 유 옆에 앉을 것인지 가위바위보를 했다. 단판으로 시작된 승부가 삼세판으로 바뀌고, 다섯 판 선승제로 바뀌고, 열 판으로 바뀌는 것은 늘 있는 일이었다.

"질척거리지 말고 승부 좀 깔끔하게 하자 새끼들아. 하루 종일 가위바위보만 할래?"

전율의 말에 박지오가 대꾸했다.

"제일 먼저 질척거린 게 누군데!"

"내가 다섯 판 이겼잖아!"

"그 전에 내가 제일 먼저 이겼거든! 두 판 더 하자고 더럽게 질척거린 새끼가."

대문 앞에 서 있던 유의 코끝이 빨갰다.

"그냥 내가 앞에 탈게."

유는 추위에 발을 동동 구르며 조수석에 타겠다고 했지만 세 남자 중 유의 말을 듣는 놈은 하나도 없었다. 보다 못한 박지오의 아버지가 창문을 열고 우렁차게 호통을 쳤다.

"안 갈 거냐, 이놈들아!"

전율이 못 참겠다는 듯 못을 박았다.

"그럼 진짜 열 판으로 끝내. 다시 하기 없어. 다들 하나씩 걸고 맹세해."

박지오가 냉큼 대답했다.

"난 울 아부지 건다."

운전석에 있던 아버지가 "저놈이!"라고 소리쳤지만, 에스타는 엄마를 걸었고, 전율은 할머니를 걸었다.

"할머니를 여기다 왜 걸어?"

"그러는 넌 엄마를 거냐?"

치열한 가위바위보 끝에 열 판을 먼저 이긴 건 박지오였다. 전율과 에스타가 앞에 앉고 박지오와 유가 뒷좌석에 나란히 앉았다. 여친 두고 가위바위보를 하는 놈이 어디 있느냐는 지오 아버지의 말에 전율은 당연히 이길 줄 알았다면서 투덜거렸다. 유의 옆에 앉은 박지오는 느긋하게 한마디 했다.

"할머니 걸었으면 조용히 가자."

그 대목에서 이영이 푸하하 웃음을 터뜨렸고, 마침 유와 전율이 자리로 돌아왔다. 엄청난 에피소드는 예고편만 공개된 채 끝이 나고 말았다.

브런치를 마친 그들은 루프탑에서 내려와 해변으로 갈 준비를 했다. 주차장에는 낯이 익은 한 쌍의 커플이 있었다. 신세기의 팔에 매달린 손여은을 보고 박지오가 다가갔다.

"형이 얘를 어떻게 알아?"

신세기에게서 덤덤한 반응이 돌아왔다.

"잘 몰라. 차차 알아 가려고. 왜? 아는 사이야?"
대화에 냉큼 끼어든 손여은은 고등학교 때 같은 학교에 다녔다는 말로 간략하게 대답하고 생긋 웃으며 신세기의 차에 올라탔다. 박지오가 진지하게 중얼거렸다.
"초콜릿 노래방 사건…. 세기 형한테 얘길 해야 하나?"
이영은 손여은이 신세기의 재력과 배경에 욕심을 부려서 의도적으로 접근한 게 분명하다며, 선량한 세기 오빠가 여우 같은 여자한테 홀려서 주머니 탈탈 털리면 어쩔 거냐고 조바심을 냈다. 얼른 두 사람을 쫓아가자는 이영을 보고 전율은 피식 웃었다.
"선량하긴 누가 선량해? 세기 형, 절대 호락호락한 인간 아니야. 사악하기로 따지면 한 수 위일걸. 겨우 손여은 따위한테 털릴 사람 같았으면 누구한테든 털렸겠지."
약속한 것도 아닌데 그들이 도착한 해변에는 두 사람이 먼저 와 있었다. 햇살이 눈 부셔 손으로 처마를 만든 유는 멀리 있는 신세기와 손여은을 보았다. 그가 좋은 여자를 만나기를 진심으로 바라지만 손여은이 그에게 좋은 여자가 될 수 있을지는 모르겠다. 유의 마음을 눈치챈 전율이 위로의 말을 건넸다.
"걱정하지 마. 돈 앞에 납작 엎드리는 여자라면 신세기 입장에서는 다루기 쉬운 여자일 수도 있어."
유는 발이 모래에 빠져서 샌들을 벗었다. 전율은 유가 벗은 샌들을 손에 들고 바다를 향해 걸었다. 유에게 달려온 박지오는 그녀의 손을 잡고 도망치듯 바다로 이끌었다. 더 멀리, 숨이 차도록 내달렸다. 가쁘게 숨을 내쉬는 그녀를 열정 가득한 눈으로 바라보며 물었다.

"어제 김별이랑 병원 놀이 했다며?"

병원 놀이라니. 유는 표현이 귀여워서 웃어 버렸다.

"마음을 치유받았다더라."

다행이라며 미소 짓는 유에게 박지오가 대뜸 말했다.

"나도 해 줘."

"응? 병원 놀이?"

"아니. 키스."

부리나케 쫓아온 전율이 박지오를 밀쳤다. 서로 바다에 빠트리려고 힘을 겨루는 모습은 어렸을 때나 지금이나 똑같았다. 유에게 다가온 에스타는 지난밤 꿈에서 했던 말을 그대로 내뱉었다.

"유야, 내 사진 모델이 되어 줄래?"

유는 꿈속에서와 달리 사진 찍히는 건 자신 없다며 거절했다.

"괜찮아. 그냥 편안하게 있으면 돼."

에스타는 바다를 배경으로 유를 세워 두고 다섯 걸음 정도 떨어진 곳에서 카메라를 들었다. 카메라 앵글 안에 들어온 그녀를 보며 새벽에 꾸었던 꿈을 떠올렸다. 꿈속에 등장했던 그녀 모습이 생각나 얼굴이 붉어지고 가슴이 두근거렸다.

젖은 옷에서 물을 뚝뚝 흘리며 걸어온 박지오가 에스타의 귀를 손으로 잡아당겼다.

"무슨 생각을 하는데 귀가 빨개?"

"안 빨개. 더워서."

셔터를 누르려던 에스타는 귀를 잡은 박지오의 손을 쳐 냈다.

"방송실에서 마이크 켜진 줄 모르고 학주 욕하다가 걸렸을 때랑, 고2 때 자취방에서 유한테 짜장면 비벼 건넸을 때 이후로 너 귀 빨개진 거 처음 보거든?"

"뭐래…. 방해하지 말고 저리 가."

"왜? 유가 등장하는 야한 꿈이라도 꿨어?"

친구란 이럴 때 조금 성가시다. 나보다 나를 더 잘 아는 한 사람 앞에서는 숨기고 싶은 걸 숨길 수 없다는 점에서.

여행의 마지막 날 밤, 전율과 유는 숙소 테라스 앞에 넓게 펼쳐진 수영장에서 시간을 보내고 있었다. 마리의 모노키니가 처참한 상태로 쓰레기통에 버려진 바람에 유는 로비에 있는 가게에 가서 수영복을 사 입었다.

싱글 침대만 한 튜브를 띄워 놓고 그 위에 유를 앉힌 전율은 튜브에 팔을 괴고 눈을 맞추었다.

"박지오한테는 우리가 그쪽으로 간다고 했어."

"그러면 얼른 가야 되잖아."

"아니. 난 너랑 둘이 있고 싶어."

전율은 몸을 일으키려는 유의 어깨를 잡고 입술을 포갰다. 아직 물에 젖지 않은 보드라운 입술에서 따뜻한 온기가 느껴졌다. 호흡 곤란이 올 정도로 진한 키스가 이어진 뒤, 전율은 내일 공항에 도착하면 본가로 갈 거라고 말했다. 부모님께 결혼한다는 이야기를 할 예정이었다.

"5년 뒤가 아니라 당장."

전율은 간절한 눈빛으로 유의 대답을 기다렸다. 유는 고개를 끄덕였다.

승낙이 떨어지자마자 전율은 튜브 위로 번쩍 올라가서 푹 젖은 하체로 유의 몸을 깔고 앉았다. 또 한 번 입술이 닿으려는 그때 신세기가 등장했다. 손여은도 함께였다. 유가 밀어내는 바람에 물속으로 풍덩 빠져 버린 전율은 손으로 물을 떠서 신세기에게 날렸다.

"타이밍 더럽게 못 맞추네. 쟤는 왜 하루 종일 달고 다녀?"

신세기는 마실 것을 가져오겠다며 손여은을 남겨 두고 자리를 비웠다. 조신하게 서 있던 손여은은 삐딱하게 자세를 바꿔 잡고 말했다.

"윤유, 네가 세기 오빠랑 아는 사이인 줄은 몰랐어. 나 오빠랑 잘해 보고 싶어. 그러니까 옛날이야기는 안 꺼냈으면 좋겠다. 필요하다면 사과도 할게. 전율 너도, 내가 너 좋아한다고 쫓아다닌 건 잠깐이잖아? 어릴 때 해프닝 한 번 없었던 사람이 어디 있겠니. 그땐 철이 없어서 그랬던 거니까 없던 걸로 해도 나쁘지 않고."

손여은한테 미안할 정도로, 전율은 그녀의 말을 듣고 있지 않았다. 신세기한테 방해받은 거 이어서 하자며 튜브 위로 올라간 그는 밀어내는 유를 쿡쿡 찔러 보느라 바빴다.

"여기 아무도 없잖아. 아까 하던 거 계속해야지."

"키스했으면 됐지. 뭘 더 해."

"시작도 하지 못했어. 겨우 입술만 닿았단 말이야."

물 밖에 서 있던 손여은이 꽥 소리를 질렀다.

"너희들 이 리조트가 누구 건지 몰라?"

방해받은 전율이 짜증을 냈다.

"리조트가 누구 거든 뭔 상관이야? 네 건 아니잖아!"

문밖에서 시끄러운 소리가 들리더니 박지오, 에스타, 이영이 등장했다. 오붓하게 놀고 있는 전율과 유에게 한마디 하려던 박지오는 손여은을 발견하고 싱긋 웃으며 다가섰다.

"왜? 유한테 한 대 더 맞고 싶어서 왔냐?"

손여은은 도도하게 말했다.

"너 보려고 여기 있는 거 아니야. 세기 오빠 손님으로 와 있는 거거든?"

"나 보려고 여기 있는 거 아니면 눈 깔아. 숟가락으로 확 파 버릴까 보다."

곧 신세기가 돌아왔고, 테이블에는 술과 음료, 근사한 음식들이 차려졌다. 손여은은 그들의 놀이에는 관심 없다는 듯 신세기 옆에 바짝 붙어서 인형 같은 미소를 지었다.

"형, 쟤랑 진짜 사귈 거야?"

박지오의 질문에 신세기는 나쁠 것도 없다고 했다. 여자를 만나고 헤어지는 것쯤은 껌을 씹다가 뱉는 것만큼이나 쉬운 일이었다. 박지오는 주먹을 꽉 쥐고 나이스를 외쳤다.

"경쟁자 한 명 탈락! 속이 다 후련하네."

조명이 켜진 수영장에는 음악이 흐르고 있었다. 쏟아지는 별빛, 향긋한 칵테일. 밤의 물놀이는 낮에 하는 것보다 더 낭만적이었다.

신세기는 값을 매기듯 옆에 앉은 손여은을 훑어보았다. 오래전부터 잘 알고 있었다며 접근해 온 그녀를 보며 속으로 웃었다. 내가 정말로 너를 모른다고 생각해? 유에게 어떤 짓을 했는지 신세기가 모를 리 없다. 온종일 그녀를 위한 최악의 데이트를 쥐어짜 내느라 그는 몹시 피곤했다. 이제 슬슬 마무리 지을 시간이었다. 신세기는 자리에서 일어났다.

"들어갈까? 방으로."

그 말이 무슨 뜻인지 잘 아는 그녀는 멈칫했다. 거절할 생각은 없지만 어떤 식으로 반응해야 할지 계산이 복잡해졌다. 냉큼 따라 들어가기에는 너무 쉽고 가벼운 여자처럼 보일 것 같고, 오늘 처음 만났는데 조금 빠른 거 아니에요? 하고 튕기자니 신세기에게 그런 건 먹히지도 않을 것 같다. 머리를 굴려 대던 손여은은 그를 따라 안으로 들어갔다.

신세기는 방문을 걸어 잠갔다. 그리고 곧장 셔츠 단추를 풀었다. 손여은의 얼굴을 한 손으로 잡고 입술을 최대한 가까이 가져갔다. 손여은은 애가 타는 얼굴로 신세기의 목을 끌어안았다. 한껏 뜨거워진 그녀의 귓가에 그가 속삭였다.

"난 평범한 플레이를 별로 좋아하지 않아."

신세기는 테이블 위에 미리 준비해 둔 A4 용지와 볼펜을 내밀었다.

"계속하고 싶으면 여기에 사인부터 해."

그가 내민 서류는 성관계 합의서였다. 손여은은 재빨리 내용을 훑어보았다. 글자가 빽빽한 종이에는 보험 약관보다 어려운 단어들이 줄줄이 적혀 있었다. 재벌 3세랑 만나 본 적 없어서 잘은 모르겠지만, 섹스 한 번 하는데도 이딴 서류가 필요하다는 걸 처음 알았다. 갑의 어떠한 행위에도 순응한다? 성관계 사실을 빌미로 정신적

육체적 피해 보상 요구를 하지 않는다?

눈으로 보면서도 정확하게 이해가 되지 않는 합의서 내용에 초조해진 그녀는 입술을 깨물었다. 여차하면 섹스하다 말고 변호사까지 부를 기세였다. 얼마나 꼼꼼하게 작성해 놓았는지 이걸 다 읽다가는 물씬 달아오른 분위기가 완전히 식어 버릴 것 같아서 끝까지 살펴보지도 않고 펜을 들어 사인을 휘갈겼다.

"보기보다 철저한 남자네요."

"요즘 세상이 그렇잖아? 뭐든 확실하게 하는 게 좋으니까."

손여은은 스스로 원피스를 벗어서 바닥으로 툭 떨어트렸다. 장난은 그만하고 본격적으로 성관계인지 나발인지를 시작해 보자는 뜻이었다. 그녀가 건넨 합의서를 받아 든 신세기는 피식 웃더니 휴대폰으로 누군가에게 전화를 걸었다.

"누나."

신세기의 누나인 신은서는 현재 손여은이 소속되어 있는 연예기획사 대표였다. 신세기는 나긋한 목소리로 회사에 소속된 연예인 지망생 중 한 명이 방금 회사와 계약한 내용을 어긴 것 같다는 말을 꺼냈다.

"사생활로 인해 계약이 깨지면 어떻게 되는 거였더라?"

"잠깐…. 잠깐만요."

손여은은 돌연 창백해진 얼굴로 말을 더듬었다. 잉크가 마르지도 않은 성관계 합의서를 신세기가 이딴 식으로 사용할 거라고는 상상도 하지 못했다. 이 남자, 처음부터 내가 누구인지 알고 있었어. 그녀의 등줄기에 식은땀이 흘렀다. 손여은은 신세기가 들고 있던 합의서를 빼앗으려 손을 뻗었고, 그는 매력적인 저음으로 속삭였다.

"아직 내 플레이는 시작도 안 했어."

건장한 세 명의 남성이 방 안으로 들어왔다. 아직 아무것도 한 게 없는데, 손여은의 날카로운 비명이 방 안을 울렸다.

"이건 합의서 내용이랑 다르잖아!"

신세기는 범죄를 저지를 생각은 없었다. 유가 당했던 그때의 공포를 그대로 돌려주고 싶을 뿐.

그는 여유롭게 웃으며 손여은에게 합의서 제일 아랫부분을 똑똑히 보여 주었다. 그곳에는 '갑 : 신세기 (외 세 명)' 이라고 분명히 쓰여 있었다. 그는 풀었던 셔츠 단추를 깔끔한 손동작으로 다시 채우고는 방문을 열었다. 본인이 했던 일이 얼마나 잔혹한 일이었는지 깨닫게 되기를.

"그럼 즐거운 시간 보내."

테라스로 나온 신세기는 의자에 앉아 유를 불렀다. 주머니에서 반지 케이스를 꺼내 유 앞으로 툭 던졌다. 프러포즈를 거절한다고 해도 그녀에게 준 마음을 되돌려 받을 수 없듯이, 반지 역시 그녀의 것이었다.

"프랑스 다이아 세공 장인에게 특별히 부탁해서 제작한 거야. 세상에 하나밖에 없는 유일한 디자인이고 링 안쪽에 네 이니셜까지 새겨져 있으니까 웬만하면 팔아먹지는 마."

반지에 관심 없던 유의 눈이 반짝 빛났다. 세상에 하나뿐인 반지가 소중하게 느껴졌다. 수줍게 반지를 껴 보는 유의 귓가에 "와, 쟤도 속물이었어"라는 박지오의 탄식이 들려왔다.

물 밖으로 나가 있던 에스타가 슬그머니 신세기의 뒤로 가서 섰다. 세 친구 사이에 빠른 눈짓이 오고 갔다. 이럴 때만 죽이 척척 맞는다. 에스타가 신호를 보내는 순간 물속에서 솟아오른 전율과 박지오는 신세기가 앉아 있는 의자를 번쩍 들어 올렸다. 앗, 할 사이도 없이 신세기는 의자에 다리를 꼬고 앉은 채 수영장에 던져졌다.

풍덩! 소리와 함께 물보라가 일었다. 허우적대는 그를 보며 전율, 박지오, 에스타는 배를 잡고 웃었다.

3박 4일간의 휴가는 끝이 났다. 유와 전율은 제주 공항에서 부모님께 드릴 선물을 샀다. 김포에 도착하자마자 곧장 부모님을 뵈러 용인으로 출발했다.

"나 유랑 결혼한다고 인사드리러 가는데 너희가 왜 따라가…."

전율의 한마디에 운전석에 앉은 박지오가 100마디로 대답했다.

"그럼 차가 한 대밖에 없는데 어쩌라고. 올 때 같이 왔으면 갈 때도 같이 가야지. 싫으면 내려. 너 혼자 버스 타든 지하철 타든 알아서 가라. 유는 내가 집에 데려다줄 테니까. 그리고 유 저거 가기 싫다고 생떼 부리는데 내가 옆에 있어 줘야 힘내서 예비 시부모님한테 인사라도 잘할 거 아니야."

가기 싫다고 생떼를 부린 적은 없다. 다만 조금 긴장이 되어 표정이 굳었을 뿐이다. 에스타가 잔뜩 긴장한 유의 어깨를 톡톡 두드려 주었다.

"너무 걱정하지 마. 내가 있잖아. 불편하면 나한테 윙크 한 번 해. 그럼 내가 너 데리고 나올게."

전율이 어금니를 악물고 말했다.

"시댁에 인사 온 남의 며느리 빼돌릴 생각하지 말고 너희는 각자 갈 길 가라."

전율은 부모님 댁 현관에 들어서면서 신발도 벗기 전에 할 말을 다 해 버렸다.

"나 유랑 결혼할 거야. 최대한 빨리. 그리고 이거 혼인 신고서. 여기 증인란에 엄마랑 아빠 이름 쓰고 사인해요."

전율의 부모님은 별로 놀라지 않았다. 유 없으면 못 산다고 울고불고할 때부터 알아봤다. 결혼 허락을 받는다기보다는 일방적인 통보였지만 공식적인 첫 번째 관문을 무사히 통과한 셈이다. 전율과 유는 거실에 앉아 부모님과 대화를 나누었다.

"작년에 한국에 왔다는 거 네 엄마한테 들었어. 혹시나 율이 다시 만나지 않았을까 생각은 했었는데. 지금은 병원에서 일하고 있다고?"

전율의 엄마가 묻자 유는 공손하게 대답했다.

"네…."

"아무래도 결혼은 집안의 큰 행사니까 유의 부모님과도 상의해야겠지. 한국에 언제쯤 들어오시는지 여쭤 보고 약속을 잡는 걸로 하자."

"네."
옆에서 전율이 끼어들었다.
"아무튼 최대한 빨리 하고 싶어."
옆에서 듣고 있던 에스타가 물었다.
"전율 결혼하면 유랑 한집에 다 같이 사는 거야?"
전율은 말도 안 된다며 단박에 선을 그었다.
"남의 신혼집에 얹혀사는 미친놈들이 어디 있어? 다음 달 안에 둘 다 방 빼."
"너무한 거 아니냐? 갑자기 나가라니. 어디로 나가? 놀부 같은 새끼."
발끈하는 박지오와 달리 에스타는 고개를 끄덕였다.
"그럼 난 유네 집에 가서 살아야지."
"신혼집으로 아파트보다는 마당 있는 집이 좋을 것 같아. 오피스텔을 팔고 아담한 주택을 알아봐야겠어."
박지오의 중얼거림이 끝나고 에스타가 의제를 바꾸었다.
"결혼식은 어디서 할까? 난 평범한 웨딩홀보다 야외가 좋은데."
"야외에서 하다가 비 오면 어쩌려고. 비는 둘째 치고 여름엔 더워 죽어. 에어컨 빵빵한 데서 해."
박지오가 반대하자 에스타가 말을 덧붙였다.
"가을쯤 선선할 때 하면 되지. 아님 해질 무렵? 저녁에 결혼식 하고 밤에 피로연 하는 것도 재밌을 것 같아."
"전율이 당장 하겠다고 지랄인데 가을까지 기다리겠냐? 그리고 밤에 하면 유 잠들어서 안 돼. 신부가 처자면 결혼식이 돼?"

"전통 결혼식 같은 건 어때? 얘 한복 입으면 왠지 귀여울 것 같지 않아?"

박지오와 에스타의 대화에 전율이 끼어들었다.

"그딴 건 안 해도 상관없으니까 혼인 신고 먼저 할 수 있게 여기 사인이나 좀 해."

누구 결혼식에 대한 얘길 하는 건지, 정작 당사자이자 신부인 유는 한 마디도 하지 못한 채 눈만 깜박거렸다.

거실 한가운데 자리를 펴고 앉아 오메기떡을 먹으며 결혼식을 어디에서 할지 의논하는 세 남자와 어머님을 뒤로하고 유는 예비 시아버지와 함께 식탁에 앉았다. 시원한 맥주를 한 잔 따르던 전율의 아버지가 물었다.

"어이쿠 이런. 실수할 뻔했네. 혹시… 맥주 마셔도 되니?"

"네."

유가 고개를 끄덕이자 전율의 아버지는 시원한 웃음을 머금고 잔을 가득 채웠다.

"난 또 뭐가 그리 급해서 혼인 신고서까지 들고 쫓아왔나 했지. 다른 좋은 소식 있나 해서. 허허."

"아… 아니요. 그런 건….''

유는 무슨 말인지 알 것 같아서 수줍게 얼굴을 붉혔다. 안 그래도 긴장한 탓에 목이 말랐는데 시원한 맥주가 꿀꺽꿀꺽 달게 잘도 넘어갔다.

"윤 사장은 잘 계시지? 예전에 너희 아빠랑 골프 치러 참 많이 다녔었는데. 호주에서도 계속 치셔?"

"네."

유와 전율이 서로의 집에 들락거리는 일이 잦아서 부모님들도 친분이 꽤 두터웠다.

"윤 사장, 그때 티샷 거리가 270야드가 넘었어. 드라이버가 엄청 잘 맞았지. 웬만하면 버디를 잡아서 내가 쫓아다니면서 많이 배웠어. 파3홀에서 어프로치샷으로 날린 게 홀인원 됐을 때, 그때 클럽하우스에서 양주 세 개짜리 한 박스를 선물로 받아 가지고 집에 와서 같이 나눠 마시고 그랬잖아. 참 좋았는데."

"네에…."

유는 잘 모르는 옛날이야기를 들으며 고개를 끄덕였다.

"골프라는 건 말이야, 아무리 멀리 친다고 해도 홀 안에 공이 들어가기 전까지는 모르는 거거든. 티샷이 그린에 안착했다고 해서 끝난 게 아니라 잠깐이라도 집중력이 흩어지면 그 반 컵을 남겨 놓고도 타수를 날리는 일이 생기는 법이지."

"아… 네…."

"네가 말도 없이 호주로 가는 바람에 율이가 마음고생 많이 했다. 내 아들이지만 어디 가서 못났다는 소리 한 번 들은 적 없었던 녀석인데 그렇게 우는 건 처음 봤거든. 가슴을 쥐어짜면서 우는데 어찌나 안됐던지. 몇 날 며칠을 병이 나서 골골대길래, 그래! 이왕 사내새끼가 사랑을 하려면 그 정도로는 해야 어디 가서 사랑해 봤다고 떳떳하게 말을 하지! 그랬거든."

아버님께 이런 말씀은 결례지만 박지오보다 말 많은 남자는 처음이었다. 그래도 잘못은 잘못이라 유는 사죄하고 반성하는 마음으로 고개를 숙였다.

"죄송합니다."

"아니. 나무라는 게 아니고. 그만큼 저 녀석이 너를 사랑한다 그거지. 너 없으면 참 안된 놈이니까 내 아들 울리지 말고 잘 좀 데리고 살아 달라고 내가 부탁하는 거야."

"네, 아버님. 율이 안 울릴게요. 제가 잘 데리고 살아 볼게요."

부모님과 저녁을 먹고 서울로 돌아가는 길에는 전율이 운전대를 잡았다. 뒷좌석에 앉은 유는 옆에 있는 박지오에게 윤지의 연락처를 아느냐고 물었다.

"윤지 누나? 작년까지는 가끔 SNS로 근황 보고 안부도 묻고 했는데, 그 후로 연락 안 한 지 1년 정도 됐어. 너 윤지 누나한테 연락 안 하는 게 좋을 거다. 길 가다가 마주치면 머리카락 다 뽑아 놓는다고 했어."

그러더니 휴대폰을 열어서 연락처 목록을 뒤졌다.

"이거 3년 전인가 바뀐 번호인데 아직도 이 번호를 쓰는지 모르겠네. 유야, 휴대폰 줘 봐. 내가 저장해 줄게."

박지오는 윤지의 전화번호를 입력하더니 그대로 통화 버튼을 눌렀다. 거의 7년 만에 윤지와 통화한 유는 적어도 30분 넘게 그녀에게 욕을 들어 먹었다. 윤지는 작년에 대학을 졸업하고 아르바이트 중이었는데, 곧 서울에 올라와서 취업 준비를 할 예정이라고 했다. 프랑스로 어학연수를 간 지현도 다음 달이면 한국에 들어온다고 했다. 밀린 이야기는 차차 만나서 하기로 하고 전화를 끊었다.

유는 행복한 표정으로 전율에게 말했다.

"율아, 있지…. 윤지 다음 주부터 올 집에 같이 있기로 했어."

운전하던 전율은 황당한 표정을 감추지 못하고 물었다.

"임윤지가 왜?"

"난 병원에 있으니까 집이 거의 비어 있잖아. 서울은 월세도 높은 데 같이 있으면 좋지."

"그럼 나는?"

"넌 오피스텔 있잖아."

오피스텔은 박지오랑 에스타가 있어서 안락함이랑은 거리가 멀고, 유가 옆에 있어야 내 집이라는 생각이 든다. 전율은 둘만의 보금자리를 빼앗긴 기분이었다. 그것보다….

"그럼… 우리 이제 어디에서 해?"

박지오는 반쯤 마신 생수병으로 전율의 뒤통수를 갈겼다.

"그딴 건 결혼한 다음 신혼집에 가서 해!"

꾸벅꾸벅 졸던 유는 박지오의 어깨에 기댔다가 아예 무릎을 베고 누워서 잠이 들었다. 전율은 운전을 하면서도 뒤를 힐끔거렸다.

"간디, 유 만지지 마."

"얘가 내 무릎 위에 있는데 너 같으면 안 만지겠냐?"

박지오는 보란 듯이 유의 이마에 있는 잔머리를 손바닥으로 쓱쓱 쓸어 넘겼다.

"여기 고속도로야. 다 같이 죽고 싶은 거 아니지?"

"참 예쁘게도 잔다. 침까지 흘리네. 허벅지 다 젖게."

자는 사람 얼굴을 손으로 감싸고 주무르는 놈도 이상하지만 그

와중에 안 깨고 자는 여자는 더 이상하다.
"유 얼굴에서 손 떼라고!"
달리고 있던 차가 휘청거렸다. 조수석에 앉은 에스타가 뒤를 돌아보고 조언을 건넸다.
"그러지 말고, 너도 하루만 유 빌려 달라고 해. 기왕이면 밤에 교통수단이 끊길 만한 곳으로."
어이가 없어서 돌겠다는 전율은 "무슨 렌털 서비스야? 윤유는 정수기가 아니다"라고 말하고 속도를 올렸다.

유는 병원 휴게실에 앉아 엄마와 통화를 했다. 쨍쨍한 이연희 여사의 목소리가 복도까지 울렸다.
"너 도대체 누구랑 결혼하는 거니? 2주 전에 세기랑 통화했을 땐 세기가 너랑 결혼한다고 해서 결혼 문제 상의도 할 겸 한국에 들어가려고 준비 중이었는데, 어제 은희 씨가 전화해서는 율이가 너랑 결혼하겠다고 집에 인사 왔다고 하더라. 어떻게 2주 만에 신랑이 바뀔 수가 있어?"
"엄마, 나 지금 병원이에요. 바쁘니까 이따 저녁때 통화해요."
그날 저녁 유와 윤지는 눈물겨운 재회를 했다. 변하지 않은 모습 그대로 예쁜 아가씨가 되어 있는 윤지를 보자마자 유는 울컥 눈물이 터졌다. 개도 키워 준 정을 아는데 어떻게 인간이 되어서 친구를 버릴 수가 있느냐며, 살다가 한 번이라도 마주치면 머리털을 다 뽑아 놓으려 했다고 말하는 윤지의 눈에서도 눈물이 줄줄 흘렀다.

두 여자가 부둥켜안고 울거나 말거나 전율은 달라진 집 안 분위기를 살피며 냉장고를 열었다. 이 집 냉장고에 음료수가 들어 있는 건 처음 보았다. 항상 책이 가득 들어 있어서 냉장 보관하는 책은 따로 있는 건지―특히 영어가 많고 두꺼운 책―아니면 시원하게 해 놓으면 더 잘 읽히는 건지―맥주도 시원해야 잘 넘어가니까―궁금했는데 둘 다 아니었나 보다.

냉면으로 유명한 갈빗집에 그때 그 시절 멤버가―프랑스에 있는 지현을 제외하고―다 모였다. 윤지는 처녀 보살처럼 앞에 앉은 전율, 박지오, 에스타를 한 사람씩 돌아가며 쳐다보고는 이 조합으로 다시 모이다니 대단하다며 손뼉을 쳤다.

"유네 집에서 그 난리를 쳤을 땐 막막했는데, 누구 하나 떨어져 나가지 않은 게 신기해."

윤지의 입에서 '유네 집 그 난리'라는 말이 나오자 전율, 박지오, 에스타는 멋쩍은 웃음을 지었다. 아무것도 모르는 유만 "우리 집? 무슨 일 있었어?"라며 어리둥절한 표정을 지었다. 절친인 세 남자가 한 여자를 좋아한다는 사실을 처음으로 알아 버린 그날은 정말로 앞이 깜깜했다. 우정이고 뭐고 이렇게 끝장나는 건가 싶어서 서로의 얼굴을 보는 게 절망적이었다.

유를 향해 꿋꿋하게 직진하는 전율, 자신의 첫사랑을 지키기 위해 애쓰는 박지오, 지구를 도는 달처럼 궤도에서 벗어나지 못하는 에스타. 우주의 기원을 설명하는 빅뱅 이론과 같이, 이것은 사랑이 빚어낸 인간관계의 또 다른 이론이었다.

"윤지 누나, SNS에 올린 사진이랑 얼굴이 달라. 이래서 여자들 사진은 믿을 게 못 된다니까."

"박지오 까부는 건 여전하네. 김별은? 아직 애 아빠 찾는다고 나타난 여자 없어?"

"안 그래도 택배 뜯을 때마다 애가 들어 있는 건 아닌가 싶어서 조마조마해요."

박지오의 농담에 모두 웃어 버렸다. 그들은 8년 전으로 되돌아간 것처럼 그 시절의 추억을 떠올렸다. 윤지가 이야기를 꺼내면 모두 맞아, 그땐 그랬지, 하면서 맞장구를 쳤다. 죽을 것처럼 괴로웠던 문제들도 지금은 술자리에서 나눌 수 있는 재미있는 이야깃거리가 되었다.

"놀이공원으로 소풍 갔을 때 너희 셋이 커플티 맞춰 입었던 거 기억나?"

박지오는 기억난다며 웃었다. 안아름에게 물벼락을 맞는 바람에 교복 블라우스가 젖어 버린 유는 기념품 가게에서 귀여운 캐릭터가 그려진 분홍색 티셔츠를 사서 입었다. 박지오가 그녀와 똑같은 티셔츠를 사 입고 나오자 전율은 지오의 옷을 벗기려 시도했다. 그러나 그의 완강한 반항에 티셔츠를 완전히 벗겨 내지 못했고, 결국 전율도 똑같은 티셔츠를 사 입고 놀이공원을 활보했다는 이야기.

"커플 티셔츠가 아니라 단체 티셔츠가 됐지."

윤지는 유가 떠난 후의 일에 관해서도 이야기했다. 전율이 유를 찾아 석양여고에 갔는데 하필 봄방학 중이라 교무실에 아무도 없어서 교장 집까지 찾아갔다는 이야기, 유네 집 앞을 서성이던 에스타가 그 집에 새로 이사 온 여자(대략 27세)를 유혹해서 한동안은 그 집에 드나들었다는 이야기.

"그 여자 덕분에 유가 없어도 유네 집에 놀러 갈 수 있어서 좋았어"라고 에스타가 회상하듯 말했다.

"너 도망가고 애네 셋 다 미쳤잖아. 박지오가 학교 그만두고 잠수 타는 바람에 저거 찾으러 전율이랑 별이 강원도 고성까지 가서 끌고 왔어. 조금만 늦었더라면 북한에 있었을지도 몰라."

그때의 일을 웃으면서 이야기할 수 있는 날이 올 거라고는 모두 생각조차 하지 못했다.

"근데 너 진짜 아무한테도 말 안 하고 간 거야?"

윤지의 물음에 박지오가 대신 대답했다.

"한 명은 알았지."

그 한 명이 누구냐고 묻기도 전에 신세기가 불쑥 등장했다. 윤지는 홀린 듯 자리에서 일어났다. 그녀는 눈부신 외계 생명체를 보듯 그를 바라보았다.

"오빠는 여전히 멋있네요. 여자친구 있어요?"

그날 네 사람 중 누가 제일 잘생겼냐는 윤지의 공식 질문에 유는 2위로 신세기를 지목했다. 신세기는 테이블 벨을 눌러 사장님을 불렀고, 플래티넘 카드를 내밀었다.

"지금 이 시간까지 주문 들어온 모든 테이블의 식대를 일시불로 계산해 주세요."

갈빗집 사장님은 신세기의 카드를 들고 카운터 앞에 서서 "골든 벨!"을 외쳤다. 식사를 하던 사람들은 갑작스러운 행운에 환호성을 지르며 신세기를 향해 박수를 보냈다. 덕분에 갈빗집은 축제의 현장이 되었다.

"이 형이 돈 쓸 줄 아네."

박지오와 에스타도 고개를 끄덕이며 박수를 쳤다. 그 와중에 혼자 심각한 전율이 3위는 누구냐고 물었다.

"3위는?"

"음… 지오?"

유의 대답에 희비가 극명하게 엇갈렸다. 박지오가 의기양양하게 말했다.

"유가 외모 보고 선택한 건 아니라니까! 전율의 지구력 때문인 게 확실해."

자신이 꼴찌라는 걸 믿을 수 없다는 듯 전율은 유의 눈꺼풀을 열어 동공을 들여다보았다.

"너 정말 눈이 어떻게 된 거 아니야? 앞이 보이는 거 확실해?"

"인정할 건 인정해라. 유 눈에는 너보다 내가 더 잘생겼나 보지."

부동의 1위를 차지한 에스타는 예쁘게 웃으며 유의 잔에 술을 따랐고, 외모 순위 3위와 4위의 싸움을 말리느라 진땀을 뺀 윤지는 다시는 그런 질문을 하지 않기로 다짐했다.

윤지가 유네 집에 들어온 지 2주째 되는 날 유의 부모님이 한국에 도착했다. 유는 퇴근하자마자 전율과 함께 곧장 집으로 향했다.

먼저 와서 기다리고 있던 부모님은 집 안으로 들어서는 두 사람과 반갑게 포옹했다. 전율을 안고 한참이나 등을 토닥이는 이연희 여사의 눈이 촉촉하게 젖어 들었다. 윤지가 주방에서 커피와 과일을 내왔다.

"율이, 고등학교 때 보고 몇 년 만이야? 아주 늠름하게 잘 컸네. 더 멋있어졌어."

"저 유랑 최대한 빨리 결혼하고 싶어요."

"안 그래도 은희 씨랑 지난주에 통화했어. 사실 이런 말 하려니 나도 입이 떨어지지 않고 마음이 아프지만…. 율아, 미안하다. 나는 이 결혼 반대야."

이연희 여사의 입에서 '결혼 반대'라는 말이 나오자 전율은 물론이고, 유와 윤지도 놀라서 숨을 죽였다. 믿기 어렵다는 듯 되묻는 전율의 목소리가 떨렸다.

"반대…라고요?"

"율이 너, 유가 어떤 앤지 아니?"

"대충은…."

"네가 보는 유는 어떤데?"

"사랑스럽고 귀엽고 예쁘고, 가끔 섹시하고…."

이 여사는 호호 웃었고, 옆에서 듣고 있던 윤지는 "저 뚫린 주둥이를 누가 말려…"라며 혼잣말을 했다.

"네 눈에만 보이는 그런 거 말고, 객관적인 사실을 말해 보자. 난 솔직히 너 고생시키는 거 싫어. 유를 소중하게 생각하는 만큼 너 역시 소중한 아들이야. 유는 내 딸이지만 너무 모자라서 도대체 떳떳하게 내놓을 수가 없어. 얘가 청소를 할 줄 아니, 빨래를 하니. 요리는커녕 달걀 프라이 하나 제대로 하지 못하는 앤데. 제 앞가림도 못해서 늘 주변 사람들 귀찮게 하는 거 알아. 한 사람의 아내가 되고, 누군가의 반려자가 되기엔 많이 부족하다는 것도. 윤지야, 네가 보기엔 어떠니?"

"넵. 맞습니다. 윤유 저거 어디에다 내놓아도 쓸 데가 없어서 짐짝 취급 안 당하면 다행이에요."

절친의 솔직한 평가에 유가 울상을 지었지만 전율에게 그런 건 아무런 문제도 되지 않았다.

"저 유한테 청소해라, 밥해라 안 시켜요. 저도 그 정도 능력은 있어요. 반대 이유가 그거라면 안 들은 걸로 할게요."

"다른 이유도 있어."

전율은 유의 손을 꽉 잡았다.

이연희 여사는 선뜻 말을 꺼내기 힘든지 잠시 생각을 정리했다. 빙 돌려서 말하는 것보다 역시 확실하게 말하는 게 좋을 것 같아서 단도직입적으로 이야기했다.

"너도 혹시 알고 있니? 세기."

유는 자신의 손을 잡고 있는 전율의 손이 떨리는 게 느껴졌다.

"세기가 그동안 유 뒤치다꺼리 많이 했어. 부족하고 모자란 내 딸이 혼자 한국에 온다고 했을 때 걱정이 이만저만이 아니었지. 물론 처음엔 반대도 했고. 그런데 세기가 한국에 있는 병원도 알아봐 주고, 유가 살 집도 구해 주고, 나를 설득했단다. 그렇지 않으면 난 유를 혼자 보내지 못했을 거야. 하나밖에 없는 딸을 한국으로 보내면서 내가 어떤 마음이었을지 짐작할 수 있겠니? 나 세기한테 유를 준 거나 다름없어."

유는 1년 전 그날을 떠올렸다. 시드니 공항에서 한국으로 들어올 때 엄마는 신세기의 손을 잡고 유를 잘 부탁한다고 말했다. 그게 무슨 의미였는지 안다. 신세기는 그녀의 든든한 울타리였다. 그녀는 그의 안에서 자유로웠고, 그가 있기에 아무 걱정 없이 자기 자신일 수 있었다.

"미안하다."

이 여사는 전율의 어깨를 쓰다듬고 자리에서 일어났다. 유의 부모님은 한 달 동안 지낼 임시 별장으로 출발했다.

윤지는 박지오를 만나겠다며 자리를 피해 주었고, 유와 전율 둘만 남은 방 안에는 무거운 침묵이 흘렀다. 너무 큰 충격에 한참을 미동도 없이 앉아 있던 전율은 유에게 물었다.

"너도 그렇게 생각해? 너와 신세기 사이에 내가 잘못 끼어 있는 거야?"

전율은 어쩌다가 유를 사랑하게 되었는지도 모르는데, 뭔가 잘못한 것 같은 더러운 기분이 들었다. 내 자리가 아닌 곳에 앉아서 내 자리라고 우기는 초라한 기분….

억지로 눈물을 삼키려는 전율의 목이 메었다.

"신세기는 네 뒤에 있어도 항상 여유로운데, 나는 네 옆에서도 늘 불안했어. 왜 그랬을까?"

"…."

"신세기는 널 갖지 못했는데, 난 너의 모든 걸 갖고서도 늘 더 갖

사랑일까, 집착일까

지 못해서 안달이었어. 왜 그랬을까?"

"…."

"유야, 내가 느끼는 감정은 사랑일까, 집착일까?"

전율은 손을 들어서 얼굴을 가렸다. 나약한 모습은 절대로 보여 주고 싶지 않았는데, 차오르는 서러움을 참을 수가 없었다. 후드득 떨어진 눈물이 바닥을 적셨다.

"힘들어."

힘들다는 그 한마디에 전율의 모든 것이 담겨 있었다. 지금까지 사랑을 위해 전력 질주하던 그의 발이 멈추었다. 더 이상은 달릴 힘이 없다고 온몸으로 외치고 있었다.

"어떡하냐. 전율 불쌍해서."

윤지는 편의점에서 사 들고 온 캔 맥주를 거실 테이블 위에 올려놓으며 본인이 좀 전에 보고 들은 것을 박지오와 에스타에게 전해 주었다.

"어머님이 대놓고 반대했다고?"

"어. 유를 세기 오빠한테 주었다고 딱 잘라서 말씀하셨어."

본인들이 차인 것도 아닌데 착잡한 건 박지오와 에스타도 마찬가지였다.

"산 넘어 산이네."

"나 오늘 여기에서 자고 갈 거야."

맥주 하나를 따서 마시는 윤지에게 에스타가 긍정도 부정도 아닌 말을 했다.

"이 집에서 여자가 자는 건 처음인데."

"유랑 전율이 어쩌고 있을지 모르는데 거길 어떻게 들어가."

"하긴. 이건 거의 핵폭탄급이라 아무리 전율이어도 충격이 만만치 않겠다."

박지오의 얼굴에 수심이 한가득이었다.

"나도 기분이 이런데 전율은 지금 어떨까? 울고 있는 거 아니야? 울 율이. 내 친구. 내가 가 볼까?"

에스타는 당장이라도 일어서려는 박지오를 제지하며 윤지에게 물었다.

"유는 뭐라는데요? 전율 혼자서 해결할 수 있는 문제가 아니라서 더 답답할 거야."

윤지의 한숨이 길게 새어 나왔다.

"아무 말도 안 했어. 그게 이상한 거야. 나 같았으면, 정말 전율을 사랑하고 전율이랑 결혼하고 싶었으면 엄마한테 말했겠지. 세기 오빠 이야기 꺼내지 마라, 우리는 그런 사이가 아니다, 무슨 일이 있어도 율이랑 결혼할 거다. 그렇게 못을 박았을 텐데 윤유는 가만히 있었어…."

에스타와 박지오도 윤지와 같은 생각인지 유의 편을 들거나 반박하지 못한 채 안타까운 한숨만 내쉬었다.

"걔는 옛날부터 지금까지 왜 이렇게 사람 피를 말리지? 무슨 생각을 하는지 도대체 모르겠어."

"누나가 좀 물어봐요. 친구니까 솔직하게 대답할 수도 있잖아. 도대체 머릿속에 뭐가 있냐고."
에스타의 말에, 박지오가 장담하듯이 말했다.
"아마 본인도 모를 거다."

소파에 누운 전율은 어둠 속에서 눈을 감았고, 유는 자신의 방 침대에 웅크리고 누웠다. 같은 공간에 있으면서 이렇게 멀리 떨어져 있는 건 처음이었다.
　유의 생각은 전율이 했던 질문에 대한 본질을 향하고 있었다.
　"나는 네 옆에서도 늘 불안했어. 왜 그랬을까?"
　"내가 느끼는 감정은 사랑일까, 집착일까?"
　이 질문들의 답을 찾지 못한다면 그는 앞으로도 계속 불안해하고 힘들어할 것이다.
　오래전 전율의 불안을 치유하기 위해 유가 내린 처방은 '안심'이었다. 그래서 목에 자물쇠를 채웠다. 그것으로 그를 안심시킬 수 있을 거라고 생각했지만 결국은 실패했다. 그를 자유롭게 놓아주기 위해 떠나는 길을 선택했지만 그것도 실패했다. 오히려 그녀를 잃게 될지도 모른다는 두려움만 키웠다. 그건 온전히 그녀의 잘못이었다. 이제라도 두려움이 아닌 사랑으로 꿋꿋하게 설 수 있도록 그를 해방해야 한다.
　유는 열쇠를 들고 거실로 나갔다. 잠이 들었는지, 눈을 감은 전율의 옆에는 꺼진 휴대폰과 지갑이 놓여 있었다. 지갑을 열었더니 접힌 모서리가 너덜너덜해진 혼인 신고서가 들어 있었다. 유는 전율의 목에 걸려 있는 자물쇠를 잡았다. 그리고 자물쇠에 열쇠를 넣었다.
"너 지금 뭐 하는 거야?"
유의 손을 움켜잡은 그가 물었다. 그의 눈빛은 여기저기 버려져 있는 단어 중 표현할 만한 단어를 찾지 못할 정도로 무섭게 슬펐다.
"자물쇠를 풀고 있었어."
전율은 몸을 일으켜 유가 손에 쥐고 있던 열쇠를 빼앗아 스스로 자물쇠를 열었다. 지난 8년간 족쇄처럼 목에 걸려 있던 사슬은 스르르 풀려 테이블 위에 올려졌다. 목걸이가 사라진 그의 목은 허전하기보다 홀가분해 보였다. 유는 전율에게 사과했다.
"내가 너한테 나쁜 짓을 했어. 처음부터 자물쇠를 채우지 말았어야 했어. 미안."
전율은 그 말이 무슨 의미인지 물어보지 못했다. 물어볼 용기가 없었다.
유가 말했다.
"넌 내 것이 아니고, 나도 네 것이 아니야. 사람은 사람에게 소유될 수 없어."

우리들의 엔딩

가을에 할 생각이었지만, 한국에 들어온 김에 얼른 해치우고 호주로 돌아갈 거라는 엄마의 성화에 못 이겨 삼복더위에 결혼식을 올리게 되었다. 그것도 야외에서. 태풍이 오고 있었다. 아침부터 부는 바람이 심상치가 않았다. 덥지 않아서 좋긴 한데 장식용 꽃들이 여기저기 굴러다니고, 테이블보가 날아가서 몇 번이나 다시 씌웠다.

결혼식은 신세기의 별장에서 진행되었다. 도시 외곽에 위치한 그곳은 2만 4000평의 숲으로 둘러싸이고, 정원이 아름답게 조경되어 있는 곳이었다. 3층으로 된 별장은 게스트 룸만 여덟 개가 넘었다.

오후 4시. 유는 1층 응접실에 앉아 있었다.

"안 떨려?"

윤지의 물음에 유는 "별로"라고 대답했다.

"하긴, 결혼 준비를 네가 했는지 내가 했는지 모를 정도였으니까. 드레스 숍에서는 나보고 신부님이라고 부를 정도였어. 결혼을 앞둔 신부가 일주일에 하루를 안 쉬냐?"

문밖에는 적어도 10년 전에 마지막으로 보았던 친척들이 북적거렸고, 사돈인지 팔촌인지 모를 사람들도 유의 옆에 와서 사진을 찍었다. 발랄한 원피스를 입은 다람과 세영이 해맑게 웃으며 유를 축하해 주었고, 멋지게 차려입고 온 우진은 예쁘다는 칭찬을 아끼지 않았다.

신세기와 박지오, 에스타가 안으로 들어왔다. 세 사람 모두 드라이플라워로 된 부토니에를 가슴에 꽂고 있었다.

"밖에 엄청 더워. 바람 불어서 머리 다 망가지겠네. 에어컨 빵빵한 실내에서 하자니까 밖에서 하느라 뭔 개고생이야."

박지오의 투덜거림에 아랑곳하지 않고 에스타가 말했다.

"내 로망이었거든. 야외 결혼식. 이따가 비까지 확 쏟아졌으면 좋겠다. 영화 〈어바웃 타임〉에서처럼."

사진작가는 기다렸다는 듯이 카메라를 들고 앵글을 맞추었다.

"신랑님, 신부님 옆으로 가서 서 주세요."

신세기는 사진작가의 말에 저벅저벅 걸어와 유의 왼쪽에 섰다. 떠들고 있던 박지오와 에스타도 얼른 그녀의 오른쪽에 자리를 잡았다. 사진작가는 들고 있던 카메라를 내리고 의아한 표정을 지었다. 무슨 의미인지 안다는 듯 박지오는 "그냥 찍어 주세요"라고 말했다. 신부 대기실 앞에 구경 왔던 하객들은 도대체 신랑이 몇 명이냐며 수군거렸다.

유는 조용해진 틈을 타서 지현에게 물었다.

"율이는… 아직 안 왔어?"

"모르겠어. 나가 볼까?"

"아니야. 금방 오겠지."

하객들이 야외로 물러가고 잠잠해진 사이, 신세기는 유의 앞에 무릎을 꿇고 앉았다. 유는 글썽이는 눈으로 그를 보았다.

"고마워요. 이 말밖에 떠오르지 않아."

처음부터 끝까지 그에게 받기만 했다. 그에게 어떤 것도 줄 수가 없어서, 유는 마음을 눈물로 대신했다. 신세기는 다정하게 유의 손을 잡았다.

"너와 함께한 시간들을 가진 것만으로도 난 충분해."

뒤늦게 도착한 전율이 안으로 뛰어 들어왔다. 그는 가쁜 숨을 고르며 말했다.

"남의 신부를 왜 울리고 있어?"

결혼식 한 달 전 이연희 여사는 유와 전율에게 '결혼 반대'라는 충격적인 말을 던지고 갔다. 유는 전율의 자물쇠를 풀어 버렸다. 그때 전율의 눈빛은 모든 걸 체념한 듯 슬프게 젖었다. 유는 전율을 가슴에 꼭 끌어안고 질문에 대한 답을 했다.

"사랑이 아니야, 집착이야."

사랑이 아니어도 괜찮다고 했다. 얼마든지 집착해도 좋다고 했다.

유는 그녀에게 버림받았던 열아홉 살의 전율을 불러내 사랑을 잃은 소년의 아픈 상처를 바라봐 주었다. 그리고 그 소년에게, 앞으로 함께할 매 순간을 오롯이 주겠다고 약속했다. 전율은 쏟아지는 눈물을 닦을 생각도 하지 않고 그녀의 품에서 펑펑 울었다.

다음 날 전율은 신세기를 찾아가서 유의 어머니를 설득해 달라고 부탁했다.

"내가 왜 그래야 되지? 그럴 이유가 없다고 보는데."

거절하는 신세기에게 전율은 당당히 제 뜻을 밝혔다.

"나 유랑 결혼하지 못해도 상관없어. 그 대신 유는 누구와도 결혼 못 해. 내가 결혼식장마다 찾아가서 손잡고 도망칠 거거든. 그게 형 결혼식이 될 수도 있으니까 서로 좋게 가자."

유의 결혼식이라면 지구 끝이라도 찾아가서 파투를 내겠다는 그의 말에 신세기는 웃음을 터트렸다. 한곳을 향해 직진하는 그의 열정에 두 손 두 발 다 들었다. 한참을 웃던 신세기가 전율에게 말했다.

"좋아. 내가 유의 어머님을 설득하지. 단, 조건이 있어. 장소는 내가 정해."

그리고 한 달 뒤 결혼식 당일, 예식 시간에 맞추어 겨우 도착한 전율은 신부가 된 유에게 잔소리를 쏟았다.

"결혼반지를 집에 놓고 오는 신부가 어디 있냐? 놓고 온 걸 알았으면 진작 좀 말하지 점심때가 지나서 말하면 어떡해? 주말이라 차가 엄청 막혔다고."

"그래서 너보고 챙기랬잖아. 나 짐 싸는 거 잘 못한단 말이야."

하루 전날 별장에 짐을 싸서 들어왔을 때는 몰랐는데, 결혼식 당일 점심을 먹은 후에야 유는 결혼반지를 집 화장대 서랍에 놓고 왔다는 사실이 생각났다.

밖에서 예식을 시작하겠다는 박지오의 목소리가 들려왔다. 전율은 옷매무시를 가다듬었다.

"나 먼저 간다. 한눈팔지 말고 곧장 내 옆으로 와."

"응. 알았어."

신부의 이마에 진하게 입을 맞추고 기분 좋은 발걸음으로 나가는 그의 뒷모습은 어느 때보다 행복해 보였다.

결혼식이 시작되었다. 예식 대본은 바람에 날아가고 없었다. 사회를 맡은 박지오와 에스타는 본인들이 하고 싶은 말을 아무렇게나 뱉어 냈다. 신부 입장을 먼저 보고 싶다는 에스타의 말에, 신부를 입장시킨 다음 신랑은 백 덤블링으로 입장하는 것으로 의견을 모았다.

"자, 그럼 신부 먼저 입장하겠습니다! 내 첫사랑 유야! 나와라!"

박지오가 신부 입장을 외쳤으나 사회자의 말을 무시한 전율이 먼저 입장했다. 유는 윤 사장의 손을 잡고 아름다운 음악에 맞춰 조심스럽게 발걸음을 옮겼다. 건물 안에 앉아 있을 땐 몰랐는데 바람이 엄청나게 불었다.

중간쯤 이르렀을 때 머리에 얹어 두었던 화관이 날아갔다. 날아가는 화관을 낚아챈 전율은 유의 손을 자기 겨드랑이 사이에 꽉 끼고 화관을 머리에 꾹꾹 눌러 얹어 주었다.

두 사람은 주례 앞에 섰다. 주례는 신세기였다. 그가 가슴에 부토니에를 꽂은 이유였다. 신세기는 목소리를 가다듬고 마이크를 잡았다.
 "제가 유를 알게 된 건 12년 전입니다. 첫눈에 반했는데, 그땐 유가 어렸어요. 다 자란 후에 데리러 갔더니 남자친구가 있었고, 그 남자친구가 바로 전율이었습니다. 다들 전율 성격 아시겠지만 만만치 않은 상대죠."
 바람이 세게 불어서 올려 묶었던 유의 머리는 어느새 자연스럽게 풀어졌다.
 "혹시 보내 주는 것도 사랑이다, 아니면 뒤에서 묵묵히 지켜보는 것도 사랑이다, 그렇게 생각하시는 분 계신가요? 그거 다 개소리예요. 사랑은 상대방의 손을 잡고 씩씩하게 앞으로 나아가는 거라는 걸 전율에게 배웠습니다."
 단상에 세워져 있던 꽃 아치가 뒤로 넘어갔다. 먼 하늘에서 우르르 쾅쾅 시커먼 비구름이 몰려왔다. 신랑 전율이 굳이 오늘 결혼식을 해야겠다며 난리를 치는 바람에 결혼하기 딱 좋은 날을 골랐다는 신세기의 반어적 표현에 하객들은 웃음을 터트렸다.
 "두 사람의 결혼에 이의를 제기할 유일한 사람이 저였는데 약아빠진 전율이 저에게 주례를 부탁했어요. 신부의 손을 잡고 도망치는 영화 같은 장면을 기대하셨던 분들께 실망을 안겨드려 유감입니다."
 전율은 주접떨지 말고 빨리 끝내라며 눈짓했다. 신세기는 주례사를 마무리 지었다.
 "옛 동화는 대체로 온갖 고난과 역경을 이겨내고 결혼하면 행복하게 산다는 내용으로 끝이 납니다. 하지만 우리는 알고 있죠. 결혼은 끝이 아니라 시작이라는 것을. 고난과 역경의 롤러코스터에 탑

승한 두 사람의 영혼이 부디 무사하기를 바라며, 주례를 마치겠습니다."

커다란 박수와 함께 단상에서 내려온 신세기는 유의 앞에 섰다. 그리고 그녀를 품에 안았다. 처음이자 마지막이라는 듯이, 다시는 안을 수 없다는 걸 안다는 듯이. 그러고는 그녀의 귓가에 속삭이듯 물었다.

"너 정말 후회 안 해?"

유는 짧지만 명확하게 대답했다.

"안 해."

유의 눈을 가만히 바라보던 세기는 그녀의 마음을 읽었는지 가볍게 미소를 지었다.

"언제든, 돌아와."

사회자들은 예식을 빠르게 마무리 지었다. 유는 반지 안 끼고 다닐 거니까 반지 교환은 생략하고, 마지막으로 키스? 이딴 거 봐야 하나? 박지오가 묻자 에스타는 별로 보고 싶지 않다고 대답했다.

"그럼 그것도 생략."

사회자들이 뭐라고 떠들든 전율은 유의 손에 반지를 끼웠다. 시키지도 않은 "윤유 사랑해!"를 외치며 수백 명의 하객 앞에서 뜨겁게 입을 맞추었다. 바닥에 굴러다니던 꽃들이 날아들었지만, 손뼉 치던 하객들이 지쳐서 환호를 멈출 때까지 키스는 계속되었다.

사회자들은 마이크에 대고 방송을 했다.

"지금부터 혼인 신고서 증인 경매 시작합니다. 전율의 혼인 신고서 증인란에 사인하실 분 계시면 손 들어 주세요! 벌금 10만 원부터 갑니다!"

결국 전율이 달려가서 사회 보던 놈들의 마이크를 빼앗아 버렸다. 본격적인 피로연이 이어졌다. 신세기와 박지오, 에스타는 축가를 부르겠다며 애절하고 슬픈 이별 노래를 불렀다. 태풍 탓에 한껏 꾸미고 온 사람들의 옷과 머리는 엉망이 되었지만 모두 격식을 내려놓고 마음껏 즐겼다.

윤지와 지현이 음식을 나르며 담소를 나누었다.

"세기 오빠 저런 스타일인지 몰랐네. 박지오, 김별이랑 어울릴 정도면 대충 사이즈 나오는데?"

"윤유 재벌가 사모님 될 뻔하다가 만 거 죽기 전에 후회 안 하려나 몰라."

"내가 볼 땐 전율이 먼저 후회한다."

회사 일 때문에 지방으로 출장 갔던 이영이 뒤늦게 도착했다.

"시간 맞춰 올 수 있을 것 같았는데 늦었다! 유 언니, 축하해요! 전율, 드디어 소원 풀었네? 축하해! 세기 오빠, 안녕하세요! 뭐야? 어째서 넷 다 가슴에 꽃을 달고 있어? 도대체 신랑이 누구야? 유 언니 오늘 진짜 예쁘긴 한데 무슨 일 있었어요? 롤러코스터 스무 번 탄 사람처럼 머리가 왜 산발이야?"

검정 머리끈으로 유의 머리를 다시 묶어 주던 윤지가 이영의 인사를 받았다. 박지오의 군대 동기라는 헛소리는 유에게나 통할 말이었다. 윤지는 이영과 박지오 사이를 곧바로 눈치챘지만 내색하지는 않았다.

"유 언니 친구 없는 줄 알았는데…. 학창 시절에 따돌림 당했을 것 같거든요."

윤지가 고개를 끄덕이며 수긍했다.

"나 아니면 이런 애랑 누가 같이 놀아? 귀찮게."

"맞아요. 유 언니가 은근히 손이 많이 가는 스타일이긴 해요. 재미도 없고."

"재미만 없냐? 쓸모도 없지. 전율만 똥 밟은 거야."

임윤지, 이영 두 사람이 만나면 싸움이 나진 않을까 걱정했는데 괜한 걱정이었다.

어두워진 마당에 조명이 켜졌고, 감미로운 음악이 흘러나왔다. 꾸역꾸역 참고 있던 굵은 빗방울이 후드득 떨어졌다. 갑자기 쏟아진 비는 시원하게 대지를 적셨다. 비를 피하기 위해 뛰어다니는 사람은 아무도 없었다. 모두 샴페인 잔을 들고 일어나 빗소리에 맞추어 흥겹게 춤을 추었다.

조용한 신도시에 박지오가 발품 팔아서 구해 놓은 주택은 마당이 넓고 정원이 예쁘게 가꾸어져 있는 2층집이었다. 그곳은 유의 취향이 전적으로 반영되어 있어서 소담하고도 아늑했다. 2층은 출입문이 따로 있어 세를 놓을 수 있었는데, 박지오와 에스타가 각각 방 하나씩 차지하고 짐을 풀었다.

전율은 그날 정말로 그들의 짐을 처분하기 위해 재활용 센터에 전화를 했다. 결국 월세와 밥값을 내는 조건으로 모두가 한집에 살게 되었다. 그리고 그때부터 전율의 꿈은 '유와 함께 무인도로 가는 것'이 되었다.

결혼한 지 한 달째 되는 날 아침, 전율은 주방에서 달걀 프라이를 하며 유에게 잔소리를 쏟아부었다.

"신세기랑 결혼하니까 좋냐? 재벌가 사모님이 되는 게 꿈이었어? 꿈이라서 내 맘대로 할 수도 없고, 그런 기분 알지? 막 급해 죽겠는데 아무리 빨리 달리려고 해도 다리가 움직여지지 않고, 침 뱉고 싶은데 입이 벌어지지 않고. 미치는 줄 알았다."

식탁에 앉아 빵에 버터를 바르던 유가 진심으로 부탁했다.

"율아, 미안한데 그 이야기 벌써 다섯 번째야. 이제 다른 이야기 하면 안 돼?"

"꿈에서 너 때문에 피가 말랐어. 그 결혼식 확 다 엎어 버렸어야 하는 건데 그렇게 하지 못한 게 너무 화가 나."

2층에서 내려온 박지오가 유 옆에 와서 앉았다. 그는 유가 정성껏 버터 발라 놓은 빵을 빼앗아 한 입 물고는 인상을 구겼다.

"전율 아침부터 왜 저래? 뭔 개꿈을 꾸었기에 시끄럽게 지랄이냐…. 2층까지 다 들려 새끼야."

에스타가 맞은편에 앉으며 물었다.

"또 유가 세기 형이랑 결혼하는 꿈을 꾼 거야?"

빵을 우적우적 씹던 박지오는 쯧쯧 혀를 찼다.

"어휴, 불쌍한 새끼…."

꿈에서도 바람피우면 이혼이라는 전율의 말을 듣는 둥 마는 둥, 유는 오렌지 주스를 한 모금 마시고 소파에 누웠다. 세 남자는 잠이

덜 깼냐, 아침부터 전율이 기를 다 빨아 놓았다, 밤에 잠 좀 자라 등 등 별별 소리를 해 댔다.

유는 정말로 힘이 없는지 다 죽어 가는 목소리로 대답했다.

"기운이 없어."

전율은 유의 이마에 손을 짚고 상태를 살폈다.

"어디 아파?"

"그냥 조금 어지럽고 졸려."

전율은 심각하게 물었다.

"그렇게 자고 또 졸린다고? 너 어제 열여섯 시간 잤어. 너무 많이 자서 어지러운 거 아니야?"

"몰라. 자꾸 하품이 나."

유는 원래도 집에서는 거의 누워 있거나 잠만 자는 애라 전율은 별로 이상하게 생각하진 않았다.

유가 잠에서 깬 건 깊은 밤 2시였다. 주방으로 간 그녀는 밥솥을 열어 밥을 뜨고 냉장고에서 반찬을 꺼내 식탁에 앉았다. 달그락달그락 밥을 먹고 있을 때 2층에서 에스타가 내려왔다.

"유야, 지금 시간이 몇 신데 밥을 먹는 거야?"

"응… 배가 고파서."

"자느라고 저녁을 굶어서 그런가 보다."

앞에 와서 앉은 에스타는 유가 밥을 다 먹을 때까지 기다려 주었다. 다음 날에도, 그다음 날에도 유는 새벽 2~3시만 되면 밥을 먹었다. 이제는 온 식구가 다 알게 되었고, 새벽 3시 세 남자는 식탁에 앉아서 그녀가 밥 먹는 걸 지켜보았다. 전율은 약간 피곤한 얼굴로 물었다.

"오늘 아침, 점심, 저녁, 야식 다 먹은 걸로 아는데, 배가 고파서 잠이 안 온다고?"

박지오 역시 뻑뻑한 눈을 비비며 하품을 했다.

"뱃속에 거지가 든 것도 아니고, 새벽 3시에 밥 먹는 여자는 처음 봐. 전율 너 알고 있었냐? 한밤중에 밥 먹는 여자랑 같이 살 수 있는 거 맞아? 이 결혼 다시 생각해 봐."

곰곰이 생각에 잠겨 있던 에스타가 뭔가 생각났다는 듯 유에게 물었다.

"유야, 너 혹시 이번 달에 생리했어?"

에스타의 질문에 전율이 자기 얼굴을 쓸어내리며 한숨을 쉬었다. 남의 와이프한테 못 하는 질문이 없네? 한집에 산다고 그런 것까지 공유해야 하냐? 주먹이 저절로 쥐어졌다.

"안 했어."

유가 불쑥 혼잣말하듯 대답했다.

"얘 임신한 거 아니야?"

박지오가 소리치자 식탁 위에는 몇 초간 정적이 흘렀다.

"그거 편의점에 팔아. 임신 테스트기."

에스타의 말이 끝나자마자 전율은 자리에서 벌떡 일어나 지갑을 챙기고 신발을 신고 현관을 뛰쳐나갔다. 그 뒤를 박지오가 따라갔다.

새벽 3시 반, 편의점으로 달려간 두 남자는 임신 테스트기를 사들고 돌아왔다. 밥을 다 먹은 유가 이를 닦고 나왔을 때, 세 남자는 거실 테이블에 앉아 머리를 맞대고 임신 테스트기 사용법을 정독하고 있었다.

"아침 첫 소변이 제일 정확하대."

"날짜가 이미 지났으면 아무 때나 측정해도 된다고 거기 쓰여 있잖아."

"양성은 두 줄이야? 두 줄이 임신이라는 이야기네? 정확도 99퍼센트."

전율은 박지오의 손에 들려 있던 테스트기를 빼앗아 들고 마스터 룸으로 들어갔다. 너무 설레서 잠이고 뭐고 달아났다. 마스터 룸 욕실에 유를 밀어 넣은 그는 기대에 부푼 목소리로 말했다.

"만약 임신이 아니라면 넌 병원 진료 받아야 해."

임신도 아니면서 새벽 3시에 밥 먹는 여자는 내과, 외과도 아닌 정신과로 가야 하는 게 맞다. 전율은 문 앞에 서서 초조한 듯 서성거렸다. 잠시 후 물 내리는 소리가 들리고 유가 나왔다. 전율은 유가 건넨 테스트기를 유심히 들여다보았다. 서서히 짙어지는 보라색 줄. 두 줄을 확인하는 순간 발끝에서 머리끝까지 '전율'이 일었다. 전율은 수줍은 듯 얼굴을 붉히는 유를 번쩍 안아 들고 침대 위에 고이 눕혔다.

"넌 이제 아무것도 하지 마. 원래도 아무것도 안 했지만 격렬하게 아무것도 하지 마. 내가 다 알아서 할게."

다음 날 아침 세 남자는 유를 받쳐 안고 병원으로 향했다. 전율이 접수하는 동안 박지오와 에스타는 유의 옆에 앉아 지나가는 만삭의 임신부들을 신기한 눈으로 구경했다.

"우와, 저 안에 아기가 있는 거야?"
"배가 저렇게 나왔는데도 걸어 다닐 수가 있어?"
산부인과에서 만삭의 임신부보다 눈에 띄는 건 박지오와 에스타였다. 아무리 봐도 산부인과랑 거리가 멀어 보이는 두 남자는 사람들의 시선을 한 몸에 받고 있었지만, 그걸 전혀 의식하지 못한다는 게—고등학생 때부터 이어져 온 고질적인—문제였다.
전율은 진료실 문 앞에서 박지오와 에스타를 들어오지 못하게 막았다. 나가라는 전율과 들어오겠다는 두 사람 사이에 실랑이가 벌어졌다. 셋이 문 앞에서 옥신각신하는 동안 유는 진료대 위에 누웠다. 의사가 아랫배에 초음파 기계를 갖다 대자 화면에 자궁 안이 훤히 펼쳐졌다.
"아이고 이런. 벌써 태아가 꽤 자랐네요. 8주에서 9주 넘어가고 있고요. 입덧은 한창이지만 12주쯤 되면 서서히 가라앉을 거예요. 그런데 어떻게 병원에 이제야 오셨을까요? 보통은 4주에서 6주 사이에 오시거든요."
8주라면 결혼 한 달 전에 이미 아이가 뱃속에 있었다는 이야기다. 예상하건데 제주도, 욕조에서의 거사가 성공한 것이다. 젤리곰 같은 녀석의 우렁찬 심장박동 소리가 스피커를 통해 들려오자 진료실 안에는 말로 형언하기 힘든 감동의 물결이 번졌다.
진료실을 나오면서 박지오의 구박이 쏟아졌다.
"의사라는 애가 본인 몸뚱이 상태도 모르면서 누구 몸을 진찰하겠다는 거야? 전율 너도 마찬가지야. 얘가 이러면 너라도 정신을 차렸어야지 어떻게 둘이 똑같냐…. 8개월 뒤에 똥이 나오는지 애가 나오는지 모를래?"

전율은 초음파 사진과 아기 수첩을 손에 들고 유의 허리를 고이 안았다. 친구들이 뭐라 하든 들리지도 않았다. 마트에 가서 카트가 넘치도록 장을 보았다. 유가 끼니당 2인분씩 하루에 다섯 끼를 먹어야 하니까 식재료를 넉넉히 챙겨야 한다.

전율이 밥을 하는 동안 박지오와 에스타는 노트북을 열고 앉아서 인터넷으로 출산 준비물을 검색했다.

"아무래도 베이비 페어를 갔다 오는 게 좋겠어. 유모차 핸들링이 어떤지 직접 밀어 봐야 알 것 같아. 아기띠도 직접 착용해 보고 사는 게 나을 것 같고."

"육아는 장비발이네. 세탁기도 새로 사야 하고, 젖병 소독기도 사야 하고. 전율 돈 많이 벌어야겠다."

그날부터 세 남자는 집에 들어올 때마다 아기 내복이니, 신발이니, 장난감 등을 한 보따리씩 챙겨 들고 들어왔고, 그것들을 놓을 공간이 없어서 1층 서재를 비우고 아기방을 꾸미기로 했다.

하루는 식탁에 모여 태명을 지었다.

"난 모찌라고 부를 거야." 박지오가 말했다.

"난 반짝이." 에스타가 말했다.

전율은 그들의 의견을 무시하고 '개꿈이'라고 불렀는데, 그날 아침 태몽 대신 개꿈을 꾸었다는 이유였다. 모찌, 반짝이, 개꿈이. 세 남자가 뭐라고 부르든 뱃속의 아기는 건강하게 무럭무럭 자랐다. 유가 배를 만지며 행복한 얼굴로 속삭였다.

"만복아, 넌 아빠가 많아서 좋겠다."

전율, 박지오, 에스타는 그녀를 위해 단단한 기둥이 되어 주었다. 유는 삶의 중심을 받쳐 줄 그들을 만나 지붕을 얹었다. 그들과 함께 있는 곳은 세상에서 가장 안전하고 아늑한 집이었다.

롤러코스터 운영 종료.

우리들의 롤러코스터 2

초판 1쇄 인쇄	2025년 5월 15일
초판 1쇄 발행	2025년 5월 20일
지은이	클로에 윤
총괄	김명래
책임편집	김명래
디자인	301페이지 이정현
책임마케팅	최혜령 박지수 도우리
마케팅	콘텐츠 IP 사업본부
해외사업	한승빈
경영지원	백선희, 권영환, 이기경, 최민선
제작	제이오
교정·교열	김정현
펴낸이	서현동
펴낸곳	㈜오팬하우스
출판등록	2024년 5월 16일 제2024-000141호
주소	서울특별시 강남구 테헤란로 419, 11층 (삼성동, 강남파이낸스플라자)
이메일	info@ofh.co.kr

ⓒ클로에 윤 2025
ISBN 979-11-94654-97-1 (03810)

한끼는 ㈜오팬하우스의 출판브랜드입니다.

- 이 책은 저작권법에 따라 보호받는 저작물이므로 무단전재와 무단복제를 금지하며, 이 책 내용의 전부 또는 일부를 이용하려면 반드시 저작권자와 ㈜오팬하우스의 서면동의를 받아야 합니다.
- 책값은 뒤표지에 표시되어 있습니다.
- 잘못된 책은 구입하신 서점에서 바꿔드립니다.